KISS ME IN GUERNEVILLE

DIE DAVENPORTS 1

ANNIE STONE

Für Katja!

Love,
Annie

Coverfoto: shutterstock.com / 495426352

Lektorat: Sabrina Cremer (Textwerkstatt)

ISBN: 9798788383132

V.i.S.d.P.
Autorencentrum.de
Ein Projekt der BlueCat Publishing GbR
Peter Maassen
Gneisenaustr. 64
10961 Berlin
E-Mail: bluecatmedia@web.de
Tel.: 030/61671496

Kontakt: annie@annie-stone.de

ANMERKUNG

Gewaltdarstellung in Kapitel 20

1

BRINLEY

Ich tauche den Kochlöffel in den Rindereintopf, rühre einmal um, bevor ich ihn zum Mund führe, um zu probieren. Hm, ein bisschen mehr Salz und … irgendwas fehlt da noch. Vielleicht … Ich schaue über die Gewürze, die im offenen Schrank stehen. O ja. Ich greife nach einer kleinen Dose. Eine Prise Zimt.

Ich schütte etwas von dem braunen Pulver hinzu, rühre noch einmal um. Perfekt. Das war genau das, was gefehlt hat, um den Geschmack abzurunden.

Die Seitentür wird geöffnet, ohne anzuklopfen. Ich lächele, weil ich weiß, dass es nur einer sein kann. Isaac. Mein bester Freund geht in meinem Haus ein und aus, als würde er ebenfalls hier wohnen. Ich mag das. Mag, dass er sich hier so wohlfühlt, weil ich dann denke, dass es was bedeutet.

Ich meine, das muss es doch, oder? Er wird bestimmt nach all den Jahren endlich auch was für mich fühlen. Sonst würde er sich anders verhalten. Ganz bestimmt sogar.

»Hey«, sagt er, bevor er zu mir tritt, mir einen Kuss auf

die Wange gibt.

Ich will gegen ihn sinken.

Will seine Arme um mich.

Will mich an seine Brust kuscheln und von ihm gehalten werden.

Will seine Wärme spüren, die langsam in meine Haut sickert.

Will seine Lippen auf meinen, nicht nur auf meiner Wange.

Aber ich bleibe stehen, lächele nur leicht, tue nichts von alldem, was ich eigentlich will, sondern begrüße ihn wie seine Freundin. Also, seine platonische Freundin, die ich leider bin.

Seit wir uns kennen, was schon beinahe eine Ewigkeit ist, bin ich in ihn verliebt. In Isaac. Aber er hat nie gezeigt, dass er auch in mich verliebt ist. Es kann doch aber sein, dass er schüchtern ist. Oder? Vielleicht traut er sich nicht, seine Gefühle zu offenbaren, vielleicht muss ich den ersten Schritt tun.

Aber da ist diese Angst ... Diese Angst, dass ich auch seine Freundschaft verlieren würde, wenn es schiefgeht. Und das könnte ich nicht ertragen. Niemals. Er ist doch mein bester Freund. Wenigstens das, auch wenn ich mir mehr wünschen würde ...

»Rinderschmortopf?«, fragt er und schnuppert. Seine Hände liegen auf meiner Taille. Genau an der Stelle, die nichts anderes als Freundschaft vermuten lässt. Ein wenig höher und man könnte denken, dass er meinen Brüsten nahekommen will, ein wenig tiefer und er käme in Reichweite meines Hinterns. Aber da? Rein platonisch. Nicht mal ich kann mir da mehr einreden, und ich habe mir in unserer gemeinsamen Zeit so einigen romantischen Schmu eingebildet.

»Ich weiß doch, dass das dein Lieblingsessen ist«, sage

ich und bemühe mich um eine normale Stimme, wobei ich eigentlich schnurren will, weil er mir so nah ist. Oder hauchen? Keuchen? Stöhnen? Ich bin wohl ein hoffnungsloser Fall, weil ich mir alles vorstellen könnte.

»Aber du wusstest nicht, dass ich heute vorbeikomme«, entgegnet er, lässt mich los, bevor er sich ein Glas aus dem Schrank nimmt, zum Kühlschrank geht und die Flasche Dr. Pepper rausnimmt, die ich immer für ihn dahabe.

»Es ist Dienstag«, antworte ich, als wäre das irgendeine Erklärung. Wobei es das ist. Denn dienstags hat er nichts anderes zu tun, weswegen er meistens vorbeikommt.

Montags, mittwochs und freitags ist er mit seinem Bruder Rhys laufen. Donnerstags ist er bei seiner Granny, die in Sonoma in einer Seniorenresidenz lebt, freitags nach dem Laufen geht er mit Kumpels in den Pub – den einzigen Pub, den es in Guerneville gibt – und an den Wochenenden verbringen wir oft Zeit zusammen. Also dienstags. Immer wieder dienstags zieht es ihn zu mir.

»So vorhersehbar bin ich?«, fragt er lachend, während er sich das Glas füllt. Er schaut zu meinem, das auf der Arbeitsfläche steht, und gießt mir noch Wasser nach.

Ich grinse ihn an. »Verlässlich würde ich es nennen.«

»Hm, das hört sich ein klein wenig besser an.«

»Aber nur ein klein wenig?«

»Na ja, jeder träumt doch davon, total mysteriös zu sein?«

»Ach, wollen das alle?«

»Okay, vielleicht nur Männer.« Er hüpft auf die Arbeitsplatte, lässt die Beine baumeln, während er einen Schluck nimmt. »Sind das nicht die Bücher, die du am meisten verkaufst? Der mysteriöse Fremde, der den Heldinnen das Wasser im Mund zusammenlaufen lässt?«

»Hm, kann schon sein.«

Eigentlich liebe ich nichts mehr, als über Bücher zu

reden, Bücher jeden Genres – wobei ich Thriller bevorzuge –, aber nicht mit ihm. Er hat kein Interesse am Lesen, hält es generell für Zeitverschwendung. Wenn man den Gedanken weiterspinnt, hält er also mein Leben für Zeitverschwendung, weswegen ich darüber lieber nicht nachdenke. Mein Buchladen ist mein ganzer Stolz, mein Baby.

»Willst du Freitag mit in den Pub kommen? Allen hat Geburtstag.«

Ich schaue zu ihm, ein wenig überrascht. Bisher waren ihm seine Pubnights mit den Jungs heilig. Früher habe ich mehrfach gefragt, ob ich mitgehen darf, aber das war ihm nicht so recht, weswegen ich aufgegeben habe. »Wirklich?«

»Klar. Je mehr, desto lustiger.«

»Oh, ja, klar, okay, gerne!« *Überschlag dich nur nicht vor Begeisterung, Brinley*, sage ich mir.

»Cool, wir haben ein Gemeinschaftsgeschenk. Vierzig Dollar für jeden.« Er sieht mich auffordernd an.

Ein Hauch von Bitterkeit legt sich über die Einladung, aber ich verdränge es. Isaac will, dass ich dabei bin. Es ist kein ... Kalkül. Ganz bestimmt nicht.

»Geb ich dir gleich, okay?«

»Klar, keine Eile. Ich weiß ja, wo du wohnst.« Er lacht auf.

»Kannst du schon mal den Tisch decken?«, wechsele ich das Thema. Vielleicht müssen wir einfach wieder auf neutralen Boden kommen, damit die Verlegenheit verschwindet, die sich in mir ausbreitet. Ich atme tief durch. Er ist mein bester Freund, ich sollte wirklich aufhören, ihn die ganze Zeit anzuschmachten, sonst wird es peinlich zwischen uns.

Isaac springt hinunter, bevor er tiefe Teller und Besteck aus den Schränken nimmt. Ich mag, dass er sich auskennt, nicht fragen muss, wo alles ist, sondern mit einem Griff fündig wird.

Aber ich sollte wirklich nicht die ganze Zeit an solche Dinge denken, weil es die Luft um uns auflädt. Auflädt mit so einer Spannung, die mich wahnsinnig werden lässt, als wäre ich konstant unter Strom, könnte nie relaxen.

»Wie war dein Tag?« Ich schaue ihn neugierig an.

Ein Stöhnen ist vom Esstisch zu vernehmen. »Puh, heute war wieder so ein Tag … Ich weiß ehrlich nicht, wie mein Chef denken kann, dass es okay ist, seine Mitarbeiter so auszubeuten.«

»Oje, was ist denn passiert?«, frage ich besorgt nach. Ich weiß, dass Isaac seinen Job nicht leiden kann, weiß auch, dass er sich ein anderes Leben wünscht und das Gefühl hat, hier festzusitzen. Es macht mich immer ganz traurig, wie unzufrieden er mit seiner Situation ist. Denn ich … ich bin es nicht. Ich habe meinen Traumjob, ich lebe an dem Ort, den ich über alles liebe, habe meine Familie bei mir … Das Einzige, was fehlt, ist Liebe. Und da habe ich noch Hoffnung, dass Isaac irgendwann erkennt …

»Er denkt doch tatsächlich, dass er mich für Laufarbeiten abkommandieren kann. Heute wollte er, dass ich Sachen zur Post bringe. Als hätten wir dafür keine Sekretärin!«

»Aber …«

Er unterbricht mich: »Er weiß mich einfach nicht zu schätzen. Ich würd am liebsten einfach kündigen, dann soll er mal sehen, wie er den Laden am Laufen hält. Dann würde er sich aber schnell umgucken, denn ich mach wirklich alles. Alles.«

»Ich …«

»Und dann immer seine Art! Als wäre er was Besseres. Nur weil er nicht aus dem Ort kommt, sondern von außerhalb. Aus San Francisco. Das ist doch abartig. Wie kann man sich denn für so was Besseres halten? Nein, versteh ich nicht. Außerdem hat er einen Stock im Arsch. Aber echt.«

Ich habe Mark mal kennengelernt und fand ihn eigentlich ganz sympathisch, weswegen ich nicht weiß, wie er zu dieser Einschätzung kommt. Aber es ist natürlich auch was anderes, ob man jemanden in einer professionellen oder in einer privaten Situation kennenlernt. »Das tut mir echt leid.«

Er seufzt. »Manchmal würde ich gern alles stehen und liegen lassen und einfach losfahren. Mal sehen, wohin mich der Weg führt.«

Immer wieder spricht er von seinem Roadtrip, den er machen will. Bisher hat er die Idee nicht in die Tat umgesetzt, was mich freut, denn ich würde ihn ganz schön vermissen.

Aber trotzdem sage ich: »Wenn du das machen willst, dann tu es«, weil ich glaube, dass das von mir als bester Freundin erwartet wird. »Ich mein, ich werd dich vermissen, aber ich will, dass du glücklich bist.«

Isaac lächelt mich an. »Ich weiß, aber ... Ach, keine Ahnung. Der Arsch zahlt einfach auch so schlecht, dass ich nichts zur Seite legen kann. Alles geht für meinen Lebensunterhalt drauf. Und du weißt ja, wie Mom ist.« Er lacht auf. »Ich muss mir eine reiche Frau suchen, die mich aushalten kann.«

»Plan B?«

»Na ja, eigentlich müsste es Plan A sein, weil ich wohl kaum eine andere Chance habe.«

»Vielleicht musst du dir einen anderen Job suchen ...«, werfe ich ein.

»In dieser Wirtschaftslage? Und was sollte ich auch machen? Vor allem, was gibt es hier? Soll ich bei deinem Bruder auf dem Weinberg arbeiten?« Er sagt das nicht verächtlich oder zumindest glaube ich nicht, dass er es verächtlich meint, aber bei meiner Familie bin ich dünnhäutig. Ich liebe sie über alles, auch wenn wir erst seit ein paar Monaten, im Grunde seit Leah in das Leben meines Bruders Troy getreten ist, wieder so recht zueinandergefunden haben. Vorher war es so, dass ich viel Kontakt mit einigen – zum Beispiel mit meinem Bruder Holden – gehabt habe, und mit anderen eher wenig. Troy habe ich am wenigsten gesehen, mit all seiner Eremiten-Art.

Aber dann kam Leah …

Und plötzlich wurde aus meinem grummeligen, älteren Bruder ein echter Familienmensch. Ich werde ihr für immer dankbar sein, dass sie uns wieder zusammengebracht hat, und ich werde niemals wieder zulassen, dass wir auseinanderdriften. Dafür liebe ich es viel zu sehr, dass wir endlich wieder eine richtige Familie sind. Also eine, die sich auch mal sieht und nicht nur zu Weihnachten.

»Was ist falsch daran, auf einem Weinberg zu arbeiten?«, frage ich vielleicht ein klein wenig defensiv.

»Nichts, wenn man es machen will. Ich will es nur nicht.« Er sieht mich mit gerunzelter Stirn an. »Oder kannst du dir mich in Gummistiefeln und Latzhose vorstellen?«

Ich lächele. »Okay, das kann ich tatsächlich nicht, wobei ich aber auch Troy noch nie in dem Outfit gesehen habe, weswegen ich denke, dass es nicht unbedingt erforderlich ist.«

Er grinst. »Gummistiefel schon.«

»Wahrscheinlich ja.«

Mit den Schultern zuckend geht er erneut an den Kühlschrank. »Dein Bruder ist glücklich, wieso auch immer, denn schließlich hatte er diesen tollen Job in New York. Also ist nichts daran verkehrt, aber für mich wäre es das.« Er sieht mich entwaffnend an, sodass ich ihm gar nicht böse sein könnte, selbst wenn ich es wollte.

»Was würdest du denn machen wollen, wenn es keinerlei Hindernisse gäbe?«, frage ich ihn.

»Meinst du beruflich?«

»Ja.«

»Dann wünschte ich mir, dass ich mir damals nicht das Knie verletzt hätte.« Das hatte ich erwartet. In seiner Erinnerung hat er durch seine Knieverletzung kein Sportstipendium bekommen, aber eigentlich war er gar nicht so gut, dass es überhaupt in Betracht gekommen wäre. Aber er hat beschlossen, all seine Probleme auf diesen Moment zurückzuführen.

»Und sonst? Ich mein, die Vergangenheit können wir nicht mehr ändern.«

»Und sonst? Hm. Irgendeinen Job, bei dem man viel Geld verdient.« Er grinst mich an. »Und dann würde ich reisen.«

»Das könntest du auch so«, gebe ich zu bedenken.

»Dafür brauch ich Geld.«

Ich runzele die Stirn, als mir etwas einfällt. »Hey, hattest du nicht gesagt, dass du was gespart hättest? Ich mein, vor ein paar Wochen hattest du das erwähnt.«

Er reibt sich das Gesicht, sieht ein wenig verlegen aus. »Hatte ich auch. Nicht viel, aber doch so viel, dass ich mich einige Zeit über Wasser halten könnte.«

»Und was ist passiert?«

»Ich war mit Rhys auf der Rennbahn.«

Bei dem Namen stellen sich mir alle Nackenhaare auf. Auch wenn wir uns schon so ewig kennen, bin ich mit Isaacs Bruder nie so richtig warm geworden. Ganz im Gegenteil. Wir können uns nicht ausstehen, weswegen wir es vermeiden, jemals aufeinanderzutreffen. »Ich ahne Schlimmes.«

»Rhys hat gesagt, das wäre eine sichere Sache ...«

»Und du hast ihm geglaubt?« Ich bemühe mich, die Verachtung aus meiner Stimme zu lassen, aber so ganz gelingt mir das nicht.

»Er hatte den Tipp von jemandem ... Woher sollte ich wissen, dass diese Person nicht vertrauenswürdig ist?«

»Dein Bruder ist nicht vertrauenswürdig«, sage ich leise.

»Hey, lass das. Meine Beziehung zu meinem Bruder geht dich nichts an.« Seine Augen funkeln ein wenig, aber nicht auf gute Weise.

»Sorry«, sage ich schnell, weil er recht hat. Wenn er nichts Schlechtes über meine Familie sagen darf, dann ich auch nicht über seine. »Ich misch mich da nicht ein.«

»Es geht dich einfach nichts an. Ich weiß, du kannst Rhys nicht leiden, was übrigens auf Gegenseitigkeit beruht.« Keine Ahnung, wieso er das so betonen muss, schließlich weiß ich das. »Aber er ist mein Bruder. Damit musst du klarkommen.«

»Du hast recht«, sage ich ein wenig kleinlaut. Ich wollte ganz sicher nicht, dass wir streiten. Schon gar nicht wegen Rhys.

»Lass es einfach, okay?«

»Okay. Sorry.«

Er lächelt. »Ich hab voll Hunger.« Und damit sind wir wieder auf sicherem Terrain.

»Ist auch gleich fertig.« Ich probiere noch einmal, befinde es für gut, und stelle den Topf auf den Tisch. Ich fülle erst seinen Teller, dann meinen, hole noch das Brot von Nana, das ich gerade aufgeschnitten habe, bevor ich mich ebenfalls setze.

»Guten Appetit«, sage ich.

Er hat schon angefangen und schluckt schnell. »Dir auch. Es schmeckt echt gut.«

Meine Wangen werden ein wenig warm. Komplimente anzunehmen ist nicht immer so einfach, aber sie freuen mich jedes Mal. »Danke.«

2

BRINLEY

Einen Moment stehe ich unschlüssig vor dem Pub. Isaac hat gesagt, dass wir uns vor der Tür treffen wollen, aber jetzt warte ich hier schon seit einer Viertelstunde. Vielleicht bin ich zu spät und er ist schon ohne mich reingegangen? Oder er hat vergessen, dass wir uns vorher treffen wollten? Soll ich einfach reingehen?

Keine Ahnung.

Bisher hat Isaac seine Freunde und mich immer separiert, was mir bisher das Gefühl gegeben hat, dass er sich vielleicht meinetwegen schämt. Da ist es eventuell nicht so nett, einfach aufzutauchen, auch wenn ich eingeladen bin.

Während ich noch nachdenke, öffnet sich die Tür und Tony, der einen Souvenirladen neben meinem Buchladen betreibt, kommt heraus. Er lächelt mich an, als er mich erkennt. »Hey, Brinley. Wie gehts?«

Ich grinse. »Genauso wie heute den ganzen Tag«, antworte ich.

Er lacht auf. »Okay, ich sollte es wissen, hast recht. Auf wen wartest du?«

»Auf Isaac.«

Tony deutet über seine Schulter zum Pub. »Ach, der ist schon drin.«

»Oh, okay, danke. Dann geh ich mal rein.«

»Machst du morgen den Laden auf?«

Ich nicke. »Ich bleib nicht so lange, da sollte das kein Problem sein.«

»Alles klar, dann sehen wir uns morgen. Schönen Abend noch!«

»Danke, dir auch.«

Als er gegangen ist, atme ich durch, öffne die Tür und schaue mich in dem schummrigen Raum um. Ah, da hinten sind sie. Ich gehe auf Isaac zu, lege meine Hand auf seine Schulter.

Er dreht sich zu mir um, lächelt. »Hey, da bist du ja!«

Eine Umarmung später antworte ich: »Sorry, ich hatte da was falsch verstanden. Ich dachte, wir treffen uns draußen. Tut mir leid für die Verspätung.«

»Ach, alles gut«, erwidert er, bevor er sich zu seinen Freunden – und seinem Bruder, wie ich feststellen muss – umdreht und sagt: »Ihr erinnert euch doch alle an Brinley?«

Ich sehe Rhys sein Gesicht verziehen, als sein Blick auf meinen trifft, weswegen ich schnell wegsehe. Das fehlt mir auch noch, dass er mir den Abend vermiest. Schließlich ist es in unserer Freundschaft nicht oft vorgekommen, dass er mich zu solchen Treffen eingeladen hat, daher will ich es in vollen Zügen genießen.

Allen grinst mich an. »Hey, schön, dich mal wiederzusehen. Das ist ja eine Ewigkeit her.«

»Happy birthday«, sage ich lächelnd.

»Danke. Und danke auch, dass du mich davor bewahrst, hier nur mit denselben Idioten wie immer abzuhängen.«

Isaac legt seine Hand um meine Schultern. »Brinley ist

halt so beschäftigt mit ihrem Laden, da bleibt nicht so viel Zeit, um auszugehen.«

Was? Ich schaue ihn irritiert an. So ist es doch gar nicht. Er hat mich bisher von seinen Freunden ferngehalten, ich habe nicht einmal gesagt, dass ich keine Zeit habe. Hat er es vielleicht so verstanden? Vielleicht habe ich ganz am Anfang mal gesagt, dass ich an einem Termin keine Zeit habe, und er hat es so aufgefasst, dass ich nie Zeit habe. Das kann natürlich sein.

Das wäre dann ja mal ein lang anhaltendes Missverständnis. Das täte mir echt leid.

»So ist das, wenn man selbstständig ist«, erklärt Michael, ein anderer Kumpel von Isaac. »Geht mir auch nicht anders. Selbst und ständig ist die Devise.« Er lächelt mich an.

»Ähm, ja, es gibt immer was zu tun«, sage ich lahm und mache mir eine mentale Notiz, dass ich Isaac mal sagen muss, dass ich gerne öfter zu seinen Treffen kommen würde.

»Liest du dann eigentlich den ganzen Tag?«, fragt Allen. Seine Augen sind schon ein wenig glasig, er hat offenbar ein bisschen tief ins Glas geschaut.

»Sie verkauft Bücher«, erklärt Isaac. »Sie liest sie nicht alle.«

Ich zucke ein bisschen zusammen, als ich den abwertenden Tonfall höre. Mein Blick schweift durch die Gruppe, bleibt einen Augenblick an Rhys hängen, der das Gesicht verzogen hat. Ah, die ganze Familie gehört also nicht zur lesenden Zunft. Schnell weitergucken.

»Aber du liest doch auch?«, fragt Allen mich.

»Ja, ich les auch, aber tatsächlich nicht alle Bücher, die ich im Laden verkaufe.«

»Natürlich nicht! Das sind ja auch Unmengen«, meint Isaac lächelnd.

Ich wünschte es, denke ich, während ich zustimmend nicke. Ich wünschte, ich würde wirklich Unmengen an Büchern verkaufen. Nicht damit ich reich werde, sondern um auch anderen Menschen die Schönheit des Lesens nahezubringen.

Isaac holt mir ein Bier, stößt mit mir an, bevor es die anderen auch tun. Sie sehen alle so aus, als hätten sie mir schon einiges voraus, also bemühe ich mich, mein Bier zügig auszutrinken. Eigentlich sollte es mir egal sein, aber ich will nicht als Spaßbremse gelten. Dann würde mich nie wieder jemand einladen. Diese Chance, einen Blick in sein anderes Leben zu werfen, will ich mir nicht versauen.

Manche Scherze sind derbe, aber ich mache gute Miene zum bösen Spiel, lache mit ihnen, trinke mit ihnen und freue mich, dass Isaac so ausgelassen ist. Sein Lachen ist einfach so ansteckend.

»Was hast du denn als Letztes gelesen?«, fragt Michael mich, als wir beide etwas am Rand der Gruppe stehen.

Ich schaue zu ihm, fragend, bevor ich zurück zu Isaac schaue, der sich dem Billardtisch nähert. Dort spielen gerade zwei sehr hübsche Frauen eine Partie. Ich kenne sie beide nicht, weswegen ich denke, dass sie Touristinnen sind. Nicht dass ich alle Einwohner von Guerneville kenne, aber so im Vorbeigehen habe ich wahrscheinlich alle schon mal gesehen.

»Entschuldige, was?«, frage ich nach, auch wenn ich den Blick nicht von meinem Freund lassen kann.

Ich habe in all den Jahren unserer Freundschaft schon öfter Frauen an seiner Seite gesehen, habe seine Partnerinnen kennengelernt, weiß von all den One-Night-Stands, die er hatte – und von denen er erzählt hat. Ich bin mir sicher, dass er auch Dinge für sich behält. Und trotzdem … trotzdem gibt es mir einen Stich, dass er jetzt offensichtlich mit einer ganz bestimmten Absicht an den Tisch tritt.

»Welches das letzte Buch war, das du gelesen hast?« Er lächelt mich an, wie ich aus den Augenwinkeln sehe.

Reiß dich zusammen, sage ich mir, wende mich an Michael. »Ganz unoriginell das letzte Buch von Stephen King.«

»Gibt es da ein Neues oder meinst du *Billy Summers*?«

Überrascht schaue ich ihn an. »Du liest auch?«

Er nickt. »Sehr gerne sogar. Ich häng das nicht unbedingt an die große Glocke, ist schließlich was Privates.«

»Versteh ich gut. Hast du es denn gelesen?«

»Ich glaub, ich hab alles von ihm gelesen.«

»Wie fandest du es?«, frage ich neugierig nach, während ich immer wieder zu Isaac schaue. »Ohne zu spoilern, bin noch nicht ganz fertig.«

»Ah, okay, also liest du es gerade? Hm, ich würde nicht sagen, dass es sein bestes Buch ist, aber es ist spannend, überraschend und ich konnte es kaum aus der Hand legen. Kann sein, dass ich ein paar Aufträge zu spät abgeliefert hab, weil ich lesen musste.«

»Ach, echt? Das find ich toll. Ich muss sagen, dass mir besonders gut die Paarung gefällt, also der grobschlächtige Auftragskiller und dann als Kontrast das Mädchen. Das ist schon überraschend, aber es passt so gut.«

»Find ich auch. Und ich mag einfach seine Art, Geschichten zu erzählen.«

»Das auf jeden Fall. Er ist ein Meister des Handwerks, ganz eindeutig. Es gibt kaum jemanden, dem es gelingt, eine solche Bandbreite an Gefühlen mit so wenigen Worten zu transportieren.«

Er nickt, bevor er einen Schluck aus seiner Flasche trinkt. »Magst du seine psychologischen Sachen lieber oder die gruseligen?«

»Bin ich mir gar nicht so sicher. Also, ich muss gestehen, wenn es Horror ist, hab ich es nicht gelesen, aber ich mag es, wenn einem so Schauer über den Rücken laufen, wenn es ein bisschen gruselig ist. Er macht einfach beides sehr gut.«

»Dann hast du *Es* gar nicht gelesen?«

Ich lege mir die Hand auf die Brust. »Auf gar keinen Fall!«

Grinsend meint er: »Bist du ein Angsthase?«

»Was das angeht, auf jeden Fall. Ich mag Spannung, aber Horror ist mir zu viel.« Nachdem ich den letzten Schluck getrunken habe, stelle ich meine Flasche auf die Theke.

»Möchtest du noch was?«, fragt er mich.

»Aber ich zahle.« Schließlich will ich nicht, dass er sich Hoffnungen macht. Mein Herz gehört einem anderen, auch wenn ich befürchte, dass es niemals erhört werden wird.

Es liegt Enttäuschung in seinem Blick, weil er es genauso verstanden hat, wie es auch gemeint war. »Alles klar. Danke.«

Aber nachdem ich klargemacht habe, dass bei mir nichts läuft, ist er nicht mehr halb so aufmerksam dabei. Stattdessen gesellt er sich zum Billardtisch, wo Isaac sich gerade bemüht, den beiden Frauen das Spiel zu erklären, das sie eindeutig besser beherrschen als er.

Ich will nicht sagen, dass er sich zum Narren macht ... Vielleicht bin ich ein bisschen bitter, weil er nicht hier bei mir steht.

Von außen ist da alles klar. Die beiden lassen sich Drink nach Drink ausgeben, aber sehen nicht so aus, als würde er da bei einer von beiden zum Zug kommen. Mir ist es schleierhaft, wieso er das nicht sieht.

»Wie armselig kann man sein«, höre ich da eine missbilligende Stimme neben mir, auf die ich verzichten könnte.

»Er ist dein Bruder«, entgegne ich. Wenn ich eine Katze

wäre, würde sich mir der Kamm aufstellen bei seinem Tonfall.

»Ihn mein ich nicht. Du bist armselig, wie du ihn die ganze Zeit anstarrst, dir Sabber aus dem Mund läuft und du nicht kapierst, dass er dich nie so ansehen wird.«

Meine Augen werden groß, als ich ihn sprachlos anschaue. Ich hätte nicht gedacht, dass irgendjemand merken würde, dass ich ... nun ja, dass ich erbärmlich bin. Weil ich seit Ewigkeiten in jemanden verliebt bin, der mich niemals so sehen wird.

»Hast du keinen Stolz?«, fragt er abwertend.

Offensichtlich nicht, aber das würde ich nie zugeben, schon gar nicht vor ihm. Aber da mir auch nichts anderes einfällt, bleibe ich stumm, versuche mir einzureden, dass mir die Meinung einer anderen Person egal ist, vollkommen egal. Ich bin nicht von seinem Gutdünken abhängig. Es interessiert mich nicht, was er von mir denkt.

Aber irgendwie ... Ich mag nicht, dass irgendjemand – und wenn es auch so eine schäbige Person wie Rhys Jacobson ist – schlecht von mir denkt. Ich wünschte, es wäre anders.

Als ich nichts sage, schnaubt er, knurrt »Jämmerlich«, bevor er sich wieder trollt. Und in mir bleibt so ein mieses Gefühl zurück, weswegen ich mir noch ein Bier und einen Shot Tequila bestelle. Und vielleicht danach noch eine zweite Runde. Und eine dritte.

Ein Arm wird um meine Schultern geschlungen. »Alles okay?«, fragt mich Isaac, wobei er sich ebenso betrunken anhört, wie ich befürchte, dass ich bin. So ganz weiß ich es nicht, schließlich habe ich mich nicht mehr von meinem

Stuhl bewegt, um zu vermeiden, dass ich mit dem Gesicht nach unten auf dem Boden lande.

»Was ist … hicks … mit deinen … hicks … Weibern?«, frage ich lallend.

»Das sind dumme …« Er rülpst. »… dumme Schlampen.«

»Wollen sie dich … hicks … nicht?« Kann sein, dass ich mich ein bisschen schadenfroh anhöre. Aber vielleicht spricht auch nur der Alkohol aus mir.

»Die sind … eh … hässlich. Würd ich … nicht mal … mit einer … Kneifzange anfassen.«

Wir wissen beide, dass er lügt, denn schließlich hat er sich ziemlich ins Zeug gelegt, aber Männer müssen bei einem Korb ihr Ego schützen, sonst können sie nicht mit einer Zurückweisung leben. »Und jetzt?«, frage ich.

Er sieht mich an, seine braunen Augen ein wenig verschwommen, aber ich weiß ganz genau, wie sie aussehen. Kenne jeden kleinen grünen und goldenen Fleck, der sich in seiner Iris befindet, habe diese Augen in jeder Lebenslage gesehen. Voller Freude, voller Leid, voll Glück und auch voll Tränen. Nichts ist mir verborgen geblieben.

»Jetzt bring … ich dich … nach Hause.«

Ich nicke. »Danke.« Langsam stehe ich auf, schwanke ein wenig, aber er legt seinen Arm um mich, zieht mich an sich.

»Hab dich.«

So nah, viel zu nah bin ich ihm gerade. Sein Duft steigt in meine Nase. Okay, er riecht ein wenig nach Bier und Schweiß, aber da ist auch sein Geruch. Dieses … Hm … keine Ahnung. Es ist irgendwie würzig, holzig. Ich weiß nicht, wie man das beschreibt, aber es gibt mir so ein Gefühl von Zuhause und Geborgenheit. Es ist mein liebster Duft.

Ich schaue zu ihm auf, beiße mir auf die Wangentasche, will diesen Moment hinauszögern, solange es geht.

Und da ist was … da ist was, was vorher noch nicht da war. Was ich noch nie in diesen Augen, die ich so gut kenne wie meine eigenen, gesehen habe. Interesse? Kann das sein? Werden meine Träume nach so langer Zeit doch erfüllt?

Er schluckt, bevor er sagt: »Wir müssen noch zahlen.«

Ich nicke, der Gedanke zu gewöhnlich für die Fantasieblase, die ich um uns kreiert habe. Wie ein kalter Guss, der mich in die Gegenwart zurückholt. Schwankend trete ich an die Theke, bitte um meine Rechnung, während ich meine Kreditkarte zücke.

Als mir der Barkeeper den Bon gibt, bin ich schockiert, wie viel ich zahlen muss, aber wahrscheinlich habe ich einfach nicht mitbekommen, wie viel ich getrunken habe. Ich meine, mein Zustand lässt so einiges vermuten.

Ich stecke den Zettel ein, unterschreibe den Beleg, bevor ich mich wieder Isaac zuwende.

»Dann los.« Einen Moment will ich fragen, ob er nichts zahlen muss, aber er wird das schon gemacht haben, bevor er mich eingesammelt hat.

Auf dem Weg zur Tür, auf dem Isaac seinen Arm um mich geschlungen hat, spüre ich Blicke auf mir, aber als ich mich umsehe, ist da niemand. Nur Rhys, der an der Bar sitzt mit einem Bier in der Hand.

Das Gute an einer Kleinstadt ist, dass alles fußläufig zu erreichen ist, weswegen es nur ein paar Straßen sind, die wir zu mir gehen müssen. Aber sie fühlen sich an wie der längste Gang der Welt. Hätte ich mal bequemere Schuhe angezogen, aber nein. Falscher Stolz hat mich gepackt, als ich diese hohen Hacken ausgewählt habe. Jetzt rächt es sich. Gleichzeitig habe ich natürlich auch die perfekte Entschuldigung, mich ganz eng an Isaac zu kuscheln, damit er mich halten kann.

Das nennt man also Glück im Unglück.

Wir reden nicht miteinander, während wir durch die

laue Herbstnacht gehen. Ich mag es, wenn die Blätter anfangen, sich bunt zu färben; mag es, wenn es kühler wird, wenn wieder die Zeit ist für warme Pullis und kuschelige Schals. Ich liebe es, mich mit einem Buch und einer Tasse heißem Tee auf die Couch zu kuscheln, mag diese Gemütlichkeit. Das nördliche Kalifornien hat alle vier Jahreszeiten, anders als der Süden, der eigentlich das ganze Jahr ein wärmeres Klima hat. Aber hier kann man den Herbst richtig genießen.

Als wir an meiner Tür ankommen, fummele ich den Schlüssel aus meiner Handtasche, aber ich schaffe es nicht, ihn ins Schloss zu stecken. Warme Hände nehmen ihn mir ab, schließen die Tür auf. Und dann stehen wir voreinander. Ich schaue ein wenig nach oben, er ein wenig nach unten. Wieder dieser Blick. Ist es Interesse? Keine Ahnung.

Ich schlucke, schaue auf seine Lippen, die sich öffnen, ganz leicht nur, als müsste sein Atem entweichen.

Und dann, dann ist plötzlich sein Mund auf meinem. Kurz erschrecke ich, bevor ich leise seufze. Das hier habe ich mir schon immer gewünscht. Küsse von Isaac. Umarmungen von Isaac. Sex mit Isaac. Dass er mich endlich nicht nur als einen Kumpel wahrnimmt, sondern als Frau. Als begehrenswerte Frau.

Als er merkt, dass ich seinen Kuss erwidere, schiebt er seine Hände in meine Haare, umfasst meinen Hinterkopf und dringt mit seiner Zunge in meinen Mund ein. O Gott. Wie sehr habe ich mir das erhofft! So viele Jahre habe ich es mir vorgestellt, habe fantasiert und es mir ausgemalt, dass ich es jetzt kaum fassen kann, dass es wirklich passiert.

Meine Zunge reibt sich an seiner, was seinen Kuss heftiger macht, bis ich gar nicht mehr hinterherkomme. So voller Leidenschaft ist sein Kuss.

Er schiebt mich ins Haus, tritt die Tür hinter uns ins Schloss, schlingt seine Arme um mich, als er merkt, dass ich ins Straucheln gerate, bevor er mich langsam in Richtung Schlafzimmer drängt. Liegen. Ja, das ist jetzt genau das Richtige für mich. Hinlegen, ein bisschen kuscheln und dann neben ihm einschlafen.

Oh, wie schnell wir hier gelandet sind, denke ich, als plötzlich die Bettkante gegen meine Beine drückt.

Er presst seinen Körper gegen meinen, sodass ich langsam auf die Matratze sinke. Oh, das fühlt sich schön an, so intim. Seine Küsse wandern von meinem Mund zu meiner Wange, meinem Kiefer, meinem Hals. Eine Hand ist in meinen Haaren, die andere streicht über mein Dekolleté, schlüpft unter meinen Ausschnitt.

Seine Fingerspitzen berühren meinen Busen, finden den Weg unter meinen BH.

Ich keuche auf, als sie meinen Nippel berühren, drücke meine Finger in seine Schultern.

»Isaac«, hauche ich. »Isaac.«

Was ich genau sagen will, weiß ich nicht. Es ist alles so verschwommen in meinem Kopf, nebelig. Zu viel Alkohol. Das ist nie eine Lösung.

Seine Hand wandert meinen Bauch entlang, schiebt sich unter mein Oberteil, streift den Stoff nach oben. Kühle Luft streicht über meine Haut, was so angenehm als Kontrast zur Wärme seines Körpers ist, der halb auf mir und halb neben mir liegt.

»Isaac«, murmele ich erneut, keine Ahnung, ob um ihn aufzuhalten oder ihn anzufeuern. Aber er versteht es als Aufforderung, beginnt mein Dekolleté zu küssen, zieht das Körbchen zur Seite, umfährt meinen Nippel mit der Zunge.

O Gott. Das ist gut. Das ist so richtig gut.

Er sieht zu mir auf, lächelt, bevor er meinen Oberkörper anhebt, mein Oberteil auszieht, den BH öffnet, beides zur Seite schmeißt. Er greift in seinen Nacken, zieht seinen Pulli aus, lässt ihn ebenfalls fallen. Ich kenne ihn oben ohne, aber jetzt darf ich ihn anfassen, darf endlich meine Finger über seine Haut fahren lassen, darf jedes Fleckchen an ihm erkunden.

Er greift an seinen Gürtel, öffnet ihn.

Ich schlucke, war mir nicht sicher, dass wir … Ich meine, heute schon. Jetzt.

Langsam schaue ich zu ihm auf. Er lächelt mich an, streichelt meine Wange. »Du bist so wunderschön.«

Sein Kompliment geht runter wie Öl.

»Ich will dich so sehr.«

Er will mich! Isaac Jacobson will mich. Endlich! Ich würde es am liebsten in die ganze Welt hinausposaunen. Kann man vielleicht ein Flugzeug mit Banner buchen?

Isaac öffnet seinen Gürtel, seine Hose, zieht sie herunter. Ich schlucke erneut, so nackt habe ich ihn noch nie gesehen. Nicht einmal aus Versehen.

Er drückt mich zurück auf die Matratze, öffnet meinen Rock, zieht ihn mit der Strumpfhose nach unten. »Hilf mir mal.«

Ich stütze mich ab, hebe mein Becken. Und dann … dann liegt er plötzlich auf mir, greift nach meinem Oberschenkel, zieht ihn nach oben.

»Wow, Brin, ich hätte nie gedacht, dass das hier mal passiert. Wahnsinn«, flüstert er, streichelt meine Wange, bevor er langsam in mich eindringt.

Ich ziehe scharf die Luft ein, der Moment ist ein wenig unangenehm.

»Alles okay?«, fragt er angespannt.

Ich nicke, versuche, mich so zu bewegen, dass es weniger drückt.

»Du fühlst dich so gut an«, murmelt er, küsst mich, intensiv und leidenschaftlich.

Langsam entspannen meine Muskeln und er beginnt, sich in mir zu bewegen.

Ich habe so lange auf diesen Augenblick gewartet. Schon immer. Okay, das ist übertrieben, wir kennen uns seit der Grundschule, damals habe ich noch nicht an Sex gedacht. Aber seit Hormone durch meinen Körper fließen, seitdem habe ich mir vorgestellt, dass Isaac auf mir ist und in mir und mein Herz in Händen hält.

»Fuck, Brin, ich halt nicht lange durch ...«, stöhnt er gegen meine Wange, drückt seine Stirn gegen meine, beginnt sich abgehackt zu bewegen, unkoordiniert.

Plötzlich versteift er sich, stöhnt auf, bevor er auf mir zusammenbricht. Eine Weile bleibt er liegen, während ich seinen Rücken streichele, versuche, meine Enttäuschung runterzuschlucken. Das erste Mal mit jemand Neuem ist doch eigentlich nie gut. Man muss sich erst aneinander gewöhnen, muss sich einspielen. Das heißt nichts. Morgen früh ist es bestimmt besser.

Isaac regt sich, sieht mich lächelnd an. »Ich muss morgen früh raus.« Er zieht sich aus mir zurück, zieht seine Hose an, die er nicht einmal ganz ausgezogen hat, wird mir jetzt klar. »Da kann ich besser zu Hause schlafen, dann stör ich dich nicht.«

Er greift nach seinem Pulli, beugt sich über mich, küsst mich auf die Wange, bevor er mein Schlafzimmer verlässt.

Und er hat nicht einmal seine Socken ausgezogen, bemerke ich, als ich ihm nachsehe.

Ich drehe mich zur Seite, versuche mir zu sagen, dass das nichts zu bedeuten hat, dass es doch sehr fürsorglich ist, dass er mich schlafen lassen will. Vielleicht ist es ihm auch ein bisschen unangenehm, dass er nicht so lange durchgehalten hat. Männer sind da ja manchmal komisch. Das wird es sein.

Wahrscheinlich ist morgen alles wieder okay. Er kommt bestimmt mittags in den Laden, bringt mir einen Kaffee mit, wie sonst auch immer.

Ich muss mir gar keine Sorgen machen.

Ein wenig unsicher rolle ich mich aus dem Bett, schlurfe ins Bad, überlege, ob ich noch kurz duschen soll, entscheide mich aber dann dagegen, mache mich nur kurz mit einem Waschlappen sauber. Ich erstarre in der Bewegung. Mist.

Er hat kein Kondom verwendet. Wie konnte ich nur so doof sein und es vergessen? Wie dumm kann man denn sein? Weil ich schon so lange keinen Sex mehr hatte, habe ich irgendwann die Pille abgesetzt. Wobei Verhütung natürlich auch nicht der einzige Grund für ein Gummi ist.

Noch nie habe ich es vergessen. Auch wenn beinahe jeder Mann, mit dem ich je geschlafen habe – was nicht so viele waren, wie es sich jetzt anhört –, es auch sofort ohne getan hätte. Ich habe immer dran gedacht. Nur dieses Mal nicht.

Der Alkohol ist schuld, aber auch meine Gefühle. Da konnte ich einfach nicht mehr klar denken.

Auch wenn das keine Entschuldigung sein kann.

Wenn das die Bürgermeisterin erfahren würde …

Ich ziehe mir meinen Lieblingspyjama an, hole mir ein Stück Schokolade, bevor ich mich ins Bett kuschele und die Augen zumache. Und ganz doll versuche, nicht zu weinen, auch wenn mir kaum jemals so sehr danach zumute gewesen ist wie in diesem Moment.

3

BRINLEY

Aua. Das ist das Erste, was mir in den Sinn kommt, als ich am nächsten Morgen die Augen aufschlage und sie sofort wieder schließe. Zu hell. Es ist einfach so verdammt hell in diesem Raum. Wie konnte ich vergessen, die Vorhänge zuzuziehen?

Aua. Ich fasse an meinen Kopf, der sich anfühlt, als wäre er voller Watte und gleichzeitig würden Nadeln von innen gegen die Schädeldecke geschlagen. Eine nach der anderen.

In meinem Mund ist doch bestimmt ein pelziges Tier gestorben, zumindest fühlt es sich so an. Und schmeckt so. Bäh. Ich hasse es, einen Kater zu haben.

Meine Bewegungen sind nicht ganz zielgerichtet, aber irgendwie schaffe ich es, mich aufzusetzen. Aua. Gar keine gute Idee, aber ich muss auf die Toilette, weswegen ich da jetzt durchmuss. Mit dröhnendem Schädel stehe ich auf, wanke zum Bad, bekomme gerade noch rechtzeitig meine Schlafanzughose und meinen Slip herunter, bevor ich mich auf die Toilette fallen lasse. Noch mal gut gegangen. Nicht auszudenken, wenn das jetzt auch noch daneben gegangen wäre.

Ich lehne mich hinten an, schließe die Augen, wäre beinahe zur Seite gekippt, kann mich gerade noch aufrappeln. Vor mich hin schimpfend putze ich ab, ziehe meine Hosen wieder hoch, wanke zum Waschbecken.

Habe ich jetzt eigentlich abgezogen?

Ich zucke mit den Schultern, was gar keine gute Idee ist. Weil das tote Tier immer noch auf meiner Zunge liegt, trinke ich ein paar Schlucke aus dem Wasserhahn, bevor ich zurück zum Bett tapse. Noch einen Moment hinlegen ... Das hört sich himmlisch an.

Es kostet mich einiges, mich wieder auf die Matratze zu bugsieren, dabei sollte das doch einfach sein, aber jede Bewegung schmerzt. Vor allem, wenn ich den Kopf bewege. Als ich dann aber liege und mir die Decke über die Augen ziehe ... Das fühlt sich wirklich gut an.

Plötzlich dringt ein Geräusch durch meinen Kokon. Ein furchtbarer Laut, der mir in seiner schrillen Intensität durch Mark und Bein geht. Muss ich darauf reagieren? Und was ist das überhaupt?

Ich beschließe, einfach die Decke auf meine Ohren zu pressen – was nicht die beste aller Ideen ist, weil mein Kopf einfach so hämmert und jeder Druck eine zusätzliche Belastung ist.

Aber da ist es schon wieder ... Dieses Klingeln. Es nervt. Und es tut mir weh.

Als mir klar wird, was es ist, stöhne ich auf. Mein Telefon. Mist. Wieso ruft mich denn jemand an? Noch dazu so früh an einem ...? Was ist heute für ein Tag? Samstag?

Oh, Samstag. Wie spät ist es denn?

Mit all meiner Kraft öffne ich ein Auge, schaue auf die kleine Uhr auf meinem Nachttisch. Das kann nicht sein.

Wieso sehe ich die Zeit zweimal? Seufzend drehe ich mich um, stöhne dabei gefühlt dreitausendmal, weil mein Gehirn explodieren will. Ich greife nach der Uhr, ziehe sie näher ran.

Schon zehn Uhr? Oh, nein, schon elf!

Jetzt stöhne ich aus ganz anderen Gründen. Verdammt. Der Buchladen.

Wieder ertönt das Klingeln meines Handys. Da will mich wohl jemand unbedingt erreichen.

Ich quäle mich aus dem Bett – und es ist wirklich eine Qual. Eigentlich trinke ich nicht. Oder nicht viel. In meiner Vergangenheit tummeln sich zu viele Tequila-Partys und Gin-Gelage mit schlimmem Ausgang, weswegen ich dem Teufelszeug weitgehend abgeschworen habe. Man muss auch einfach sagen, dass ich viel zu viel Unsinn anstelle, wenn ich getrunken habe.

Aber darüber will ich nicht nachdenken, immerhin ist das ein Segen. Dieses Mal habe ich nichts … Geschockt bleibe ich auf der Kante des Betts sitzen.

Erinnerungsfetzen stehlen sich in mein geschundenes Hirn. Nein. Das haben wir nicht. Oder doch? Ich hatte doch keinen Sex mit Isaac! Das … nein, das ist ausgeschlossen. Das kann ich mir gar nicht vorstellen.

Oje.

Wir haben es getan, oder?

Ich lasse meinen Kopf in die Hände sinken, wobei ich zu viel Schwung habe und beinahe vom Bett falle. Gerade noch rechtzeitig kann ich mich halten. Aber dann lasse ich mich auf den Boden rutschen, denn ich habe einfach die Kraft nicht, mich wieder aufzurichten. Ich habe doch nicht ernsthaft mit meinem besten Freund geschlafen!

Aber vielleicht … sagt da so eine kleine Stimme. Vielleicht ist das jetzt ein Zeichen. Dass er mich vielleicht ebenso mag wie ich ihn …

Kann das sein? Nach all den Jahren hat er endlich gesehen, dass ich nicht nur seine beste Freundin bin, sondern auch eine Frau? Eine ganz passable Frau, wenn ich das selbst so sagen darf.

Es könnte doch sein, dass er endlich gemerkt hat, dass er auch in mich verliebt ist. Und ja, eine betrunkene Nacht ist vielleicht nicht der beste Anfang für eine Liebesgeschichte, aber eventuell brauchten wir einen Grund, unsere Hemmungen abzulegen, um zu erkennen, was so richtig ist.

Und es war doch guter Sex. Da bin ich mir ziemlich sicher. So ganz kann ich mich nicht erinnern, aber es war doch gut. Ganz bestimmt.

Das Telefon klingelt wieder. Dieses Mal springe ich beinahe auf – was aber die Schmerzen auch nicht verhindert –, voller Energie, weil es doch Isaac sein muss, der fragen will, ob wir heute was zusammen machen. Dass er es nicht erwarten kann, mich wiederzusehen. Und so geht es mir auch.

Mit einem Lächeln – und Kopfschmerzen aus der Hölle – greife ich nach meinem Handy und bin dann ziemlich ernüchtert, als auf dem Display der Name meines Bruders Everett erscheint.

Eigentlich habe ich gerade so wirklich gar keine Lust auf ihn. Aber ich gehe trotzdem ran. Er hat schon mehrmals angerufen, vielleicht ist was passiert.

»Hallo?«, frage ich zögerlich, nachdem ich auf den grünen Button gedrückt habe.

»Hey, alles okay? Ich hab gesehen, dass du deinen Laden noch nicht aufgemacht hast. Geht es dir gut?«

Everett hat eine Käserei und einen Laden, in dem er die besten Käsesorten verkauft, die ich jemals gegessen habe. Und dieser Laden ist nicht weit von meiner Buchhandlung entfernt, man kann rüber gucken. Das ist in einer Kleinstadt nicht ungewöhnlich, dass man eng aufeinander lebt, aber in diesem Augenblick hasse ich es.

»Ich hab einen Kater und verschlafen.«

»Oh, oh. Soll ich ein Schild an deine Tür hängen, dass es später wird, oder gar nicht wird, meinetwegen?«

»Das ist echt lieb von dir. Ich dusche und mach mich dann auf den Weg. Oder ich versuch es zumindest.« Ich will schon auflegen, vollkommen unhöflich.

»Ist auch wirklich alles okay? Ich mein, du trinkst ja eigentlich nicht …«

»Doch, alles gut. Wirklich. Ich war nur gestern auf einem Geburtstag mit Isaac …«

»Es passt nur gar nicht zu dir. Ich mein … Ich weiß, wir sind nicht so eng miteinander wie du und Holden, aber du kannst mit mir auch reden. Ich bin für dich da.«

Wärme fließt durch meinen Körper bei diesen Worten. »Danke. Wirklich. Aber das war einfach nur … keine Ahnung. Ein stressiger Tag und ich hab gar nicht mitbekommen, wie viel ich getrunken hab. Nach einer Dusche geht es mir besser.«

»Okay, dann häng ich eben einen Zettel an deine Tür.«

»Ich danke dir!« Und diese Worte sind so voller Dankbarkeit, dass ich selbst ganz gerührt bin.

Die Verabschiedung ist kurz, weil ich dann ins Bad wanke, um mich unter die Dusche zu stellen. Sehr wichtig, um klarzukommen, aber auch um die Ausdünstungen wieder loszuwerden, die Alkohol und Sex – bestimmt der beste Sex aller Zeiten! – hinterlassen haben.

Es kann doch gar nicht anders sein. Oder? Es muss toll gewesen sein. Ich wünschte nur, ich würde mich erinnern. Und wieso ist er eigentlich gestern noch nach Hause gegangen? Das werde ich ihn fragen, wenn wir uns sehen. Samstags kommt er oft im Buchladen vorbei, wenn er nichts zu tun hat.

Bestimmt heute auch. Oder er denkt, dass ich ausschlafen muss.

Ich seife mich ein, massiere das Shampoo in meine Haare, bevor ich alles abspüle. Ah, das war eine gute Idee. Ein ganzes Stück wacher bin ich doch geworden. Wenn ich mir im Laden noch einen Kaffee mache, wird das schon gehen.

Alles dauert etwas länger als normalerweise, irgendwie sind meine Bewegungen noch nicht wieder ganz so frisch wie sonst, aber dann komme ich doch endlich an dem Platz an, um den alle Geschäfte unserer Kleinstadt drapiert sind. Da ist Nanas Bäckerei, der kleine Supermarkt, das Café, Everetts Käseladen ... Ein Restaurant, ein Metzger, ein Weinladen, der den Wein meines Bruders Troy verkauft. Alles, was man braucht. Auf der anderen Seite steht das *Guerneville Inn*, das meiner Mom, der Bürgermeisterin, gehört. Unser Familienunternehmen.

Als ich an meiner Tür ankomme, die schön gestalteten Schaufenster sehe, geht mein Herz auf. Ich liebe mein kleines Reich einfach so sehr. Kann sein, dass ich nicht ganz objektiv bin, aber ich kenne keine Buchhandlung, die so schön ist wie meine.

Ich lächele, als ich den Zettel abmache, den Everett an die Scheibe geklebt hat, bevor ich den Schlüssel ins Schloss stecke und aufschließe. Es ist einfach so ein schöner Geruch, der einem entgegenkommt, wenn man eintritt. Ich schnuppere. Aber heute riecht es nicht nach Büchern. Sondern nach ... Kaffee!

O Gott, Everett ist einfach der Beste!

Ich lasse die Tür hinter mir zufallen und eile zur Kaffeemaschine, während ich meine Jacke und meinen Schal ausziehe. Ein wenig hastig greife ich nach einer Tasse, fülle mir das Lebenselixier ein, lasse mir den Duft in die Nase steigen, bevor ich einen großen Schluck nehme.

»Oh, scheiße, heiß, heiß, heiß«, murmele ich, während ich die Hälfte der Flüssigkeit zurück in die Tasse spucke.

Auch mit Anfang dreißig habe ich noch nicht gelernt, dass Kaffee heiß ist. Für Leute wie mich steht auf Kaffeebechern übrigens »Vorsicht heiß« drauf. Der nächste Schluck ist behutsamer und wird von einem langen »Ahhhh« verfolgt. Das tut gut.

Ich nehme die Tasse mit nach vorne, sammele Jacke, Schal und Handtasche ein, bevor ich sie nach hinten in mein Büro bringe. Ich trete wieder in den Verkaufsraum, mache den Computer und die Kasse an, schaue nach, ob es elektronische Bestellungen gab, arbeite diese ab. Zwischendurch hole ich mir noch einen Kaffee.

Mein Magen grummelt. Hm, das ist ein gutes Zeichen. Dann kann es mir nicht mehr ganz so schlecht gehen. Nachdem ich erst so spät hier war, kann ich eigentlich nicht schon wieder Pause machen, um zu Nana zu gehen, um mir sündige Plunderteilchen zu holen ... Hm.

Die Türglocke geht und ich schaue auf.

»Oh, dich schickt der Himmel!«, rufe ich aus, als mein Bruder Everett durch die Tür kommt und die bekannte rosa Box in der Hand hält, in der Nana immer ihre Teilchen verpackt.

Er grinst. »Es gibt nichts Besseres als fettiges Gebäck, um die Reste des Alkohols aufzusaugen.«

Ich reiße ihm die Schachtel beinahe aus der Hand, öffne sie und ich schwöre, es dauert nicht mal eine Sekunde, bis die Süße meinen Mund füllt. Eindeutig bestes Kateressen. »Du bist echt der Beste! Danke auch für den Kaffee«, sage ich schnell, bevor ich den nächsten Bissen nehme.

»Ich hab ja deinen Schlüssel für Notfälle. Das klang nach einem.«

»Du kannst ihn jeden Morgen benutzen, wenn ich dafür Kaffee bekomme«, erkläre ich grinsend.

Er deutet auf sein Kinn und macht eine wischende Bewegung mit dem Finger. »Du hast da was.«

Ups. War ja klar, dass ich wieder mal nicht essen kann. Ich fahre mir mit der Hand übers Gesicht, spüre, wie sich der Krümel löst, versuche ihn aufzufangen, schließlich will ich nichts verschwenden, und muss dann doch zusehen, wie er auf dem Boden landet. Ich zucke mit den Schultern. Darum kann ich mich jetzt nicht auch noch kümmern.

Everett geht nach hinten, bevor er mit einer Tasse und einem Papiertuch wiederkommt, mit dem er meinen Krümel aufwischt. Habe ich schon erwähnt, dass er der Beste ist?

»Danke«, sage ich und stopfe mir das letzte Stück in den Mund.

»Bist du dir sicher, dass alles okay ist?«, fragt er nach.

Ich nicke, während ich kaue. »Jetzt ist alles mehr als okay. Kaffee und Plunderstücke. Perfekte Kombi.«

Sein Blick ist ein bisschen fragend, zweifelnd, aber es geht mir gut. Ich denke, mein Kater ist so weit abgeklungen, wie es nur geht, aber warum es mir wirklich gut geht, ist natürlich, dass Isaac und ich … diese unerwartete Nacht hatten. Endlich ist er mal mit mir nach Hause gegangen. Ich musste ihm mit seinen Eroberungen nicht hinterhersehen, sondern ich war die Eroberung. Meine Stirn zieht sich kraus. Nein, das hört sich nicht richtig an. Ich bin keine Eroberung. Das zwischen uns war etwas anderes … Ganz bestimmt sogar.

Endlich erwidert er meine Gefühle und ich kann noch gar nicht so richtig fassen, wie glücklich mich das macht. Isaac kommt bestimmt jeden Augenblick vorbei.

»Du strahlst so«, stellt Everett fest.

Ich nicke, bevor ich den Kopf schüttele und abwinke. »Es ist einfach ein schöner Tag.«

»Was führst du im Schilde, Brinley Davenport?«

»Gar nichts«, beteuere ich und versuche, dabei möglichst unschuldig zu wirken.

Aber so ganz scheint das nicht zu klappen.

Mein kleiner Bruder seufzt. »Dann sag mir halt nichts.« Er lächelt leicht. »Kommst du morgen zu Troy und Leah?«

Ich reiße die Augen auf. »Oh, Mann, das hatte ich ja beinahe vergessen! Gut, dass du mich erinnerst. Ich muss noch überlegen, was ich mitbringe.« Seit Leah das Potluckdinner in unserer Familie eingeführt hat, machen wir das immer. Jeder bringt was mit, niemand muss stundenlang in der Küche schuften, um die anderen zu bewirten. Und wir haben eine große Familie. Das bedeutet wirklich viel Arbeit, wenn alle zum Essen kommen. »Lass mich raten, was du mitbringst.« Ich grinse ihn an.

»Okay, ja, vielleicht ist das nicht ganz so überraschend.« Er kratzt sich am Nacken. »Aber dafür bringe ich auch noch Brot mit.«

»Ah, Brot und Käse ... immer noch ziemlich offensichtlich«, ziehe ich ihn auf.

»Hey, du magst Käse!«

»Und ganz besonders deinen.«

Er kneift die Augen zusammen. »Manchmal weiß ich nicht, ob du scherzt oder es ernst meinst.«

»Ich scherze nie.«

»Lügnerin.«

»Okay, erwischt. Aber das war die Wahrheit. Ich liebe deinen Käse, vor allem den ...«

»... geaschten Ziegenkäse, ich weiß.«

»Der ist einfach himmlisch.«

»Ich bring dir eine Extra-Portion mit. Kommt Issac eigentlich auch?«

Ich zucke mit den Schultern, bemühe mich, einen coolen Gesichtsausdruck zu wahren, der nichts verrät. »Ich glaub nicht. Bisher hat er noch nie verlauten lassen, dass er will.«

»Aber bei euch ist alles okay?«

»Klar. Wieso?«

»Ich mein, mich zu erinnern, dass du erzählt hast, dass er eigentlich verreisen will.«

»Ja, das … Will er auch immer noch, aber er muss noch ein wenig sparen.« Gott sei Dank.

»Und wo will er hin?«

»Was spielen wir hier? Tausend Fragen?«, scherze ich, aber es hört sich doch ein wenig defensiv an.

»Sorry, war mir nur gerade eingefallen.«

Und schon habe ich ein schlechtes Gewissen, weil er so nett war, und ich ihm den Kopf abbeiße, obwohl er einfach nur Interesse zeigt. »Tut mir leid. Ich schiebs auf den Kater.«

Er lächelt. »Okay, das kann man ja verstehen. Da wäre ich auch grummelig.«

»Danke. Wirklich.«

Sein Blick geht zur Tür. »Ich sollte mal wieder …«

Aus einem Impuls heraus umarme ich ihn. Seine Arme umschlingen mich ebenfalls und die Steifheit, die sich eingeschlichen hat, weil ich eine Zicke war, verschwindet. »Danke.«

»Gerne, Kleine.«

»Hey, ich bin älter als du.«

Er grinst. »Aber nicht größer.« Lachend verabschiedet er sich von mir. Und dann schlinge ich noch das zweite Teilchen runter.

Ich erwische mich immer wieder dabei, wie ich auf die Uhr schaue. Isaac kommt meist mittags vorbei. Zwölf Uhr verstreicht, ein Uhr verstreicht, zwei Uhr ... Wieso meldet er sich nicht? Wieso kommt er nicht vorbei? Mit jeder Minute, die vergeht, schwindet meine Hoffnung und wird durch etwas ersetzt, das richtig heftig an meinem Innersten knabbert. Hat er das alles nicht so empfunden wie ich?

Habe ich mir vielleicht nur etwas eingebildet?

Ich wünschte, ich könnte mich erinnern. Erinnern, was alles passiert ist, aber es ist alles verschwommen, schemenhaft. Ich kann mir nicht vorstellen, dass es anders als in meiner Fantasie abgelaufen ist. Und ich habe mir bestimmt eine Million Mal überlegt, wie es wäre, mit Isaac zu schlafen. Er wäre bestimmt superaufmerksam, liebevoll, mehr auf mich bedacht als auf seinen eigenen Spaß. Er würde sich Zeit nehmen, wir würden einander erkunden, bis wir jede einzelne Stelle ertastet, erstreichelt, erküsst und erkostet hätten. Wir hätten gelacht und geküsst, gescherzt und gestöhnt. Und es wäre einfach die beste Erfahrung meines Lebens gewesen.

Gut, da muss man natürlich ein paar Abstriche machen. Schließlich war ich betrunken. Und er auch. Da kann man nicht erwarten, dass es die ganze Nacht heiß her ging. Das ist klar. Aber alles andere war doch schön. Das muss einfach so sein.

Isaac ist kein Egoist, der nur an sich denkt. Es ist ihm wichtig, dass es auch der Frau Spaß macht, das weiß ich. Und ich bin seine beste Freundin. Da hätte er sich doch noch mal so viel Mühe gegeben, schließlich mag er mich. Liebt mich vielleicht sogar. Ich hoffe es so sehr.

Aber dieses merkwürdige Gefühl in meiner Magengegend ... Ach, das will keine Ruhe geben.

Die Zeit verstreicht weiter und immer noch habe ich nichts von ihm gehört. Das macht mir Sorge. Wirklich. Immer wieder greife ich nach meinem Handy, versuche es zu beschwören, doch endlich einen Anruf oder eine Textnachricht von ihm anzuzeigen, aber Pustekuchen.

Schließlich denke ich mir, dass ich eigentlich gar nicht warten muss. Ich kann doch einfach den ersten Schritt machen. Mit einem tiefen Durchatmen drücke ich auf seinen Namen, halte das Handy ans Ohr. Es tutet dreimal, währenddessen mir ganz schlecht wird, und dann bricht der Anruf ab. Verdattert schaue ich aufs Display, kann nicht so ganz fassen, was passiert ist. Hat er mich weggedrückt? Nein, das kann ich mir nicht vorstellen. Er arbeitet samstags doch nicht. Und sonst gibt es keinen Grund, meinen Anruf abzuwürgen. Da kann man auch nicht sagen, dass er es nicht gehört hat.

Vielleicht ein Fehler? Ich probiere es noch einmal mit demselben Ergebnis. Hm. Ich schreibe ihm eine Nachricht. Vielleicht spinnt die Technik. *Hey, wie gehts dir? Kommst du heute noch vorbei? Bin im Laden.* Das ist unverfänglich, sagt aber aus, dass ich ihn gerne sehen würde.

Ein grauer Haken, dann erscheint sofort der zweite. Sie werden blau. Unter seinem Namen steht *Online*. Und dann ... nichts. Kein Schreiben, keine Punkte, kein gar nichts. Und plötzlich ist er auch nicht mehr online.

Ich beiße mir auf die Lippe, frage mich, was das zu bedeuten hat. Isaac ist eigentlich jemand, der sein Handy ständig griffbereit hat. Ich habe noch nie länger als eine Minute warten müssen, bis ich eine Antwort hatte, auch nicht, wenn er arbeitet. Daher ist das hier ziemlich merkwürdig. Es muss etwas passiert sein, anders kann ich mir das nicht erklären. Isaac ist doch mein Freund. Mein bester Freund.

Der Nachmittag vergeht endlos langsam. Es kommen nicht einmal viele Kunden, sodass ich viel zu viel Zeit zum Nachdenken, oder besser gesagt zum Verrücktmachen habe. Dieses furchtbare Gefühl in meinem Inneren wird stärker, verwandelt sich in einen Eisklotz, der alle Wärme, die ich beim Gedanken an ihn empfunden habe, verschwinden lässt. Es ist wie eine Vorahnung, wie die Gewitterwolken, die man schon von Weitem sehen kann, einen wissen lassen, was kommen wird.

4

BRINLEY

Um fünf schließe ich den Laden und mache mich auf den Weg zu Isaac. Es lässt mir keine Ruhe. Er hat nicht geantwortet, nicht zurückgerufen und ist auch nicht vorbeigekommen. Irgendwas muss da doch sein. Etwas, was ich nicht verstehe, aber es kann doch nicht sein, dass er mit mir schläft und sich dann nicht mehr meldet.

Das Gute an Kleinstädten ist, dass man immer weiß, wo die andere Person wohnt, sodass man vorbeigehen kann. Und das tue ich jetzt. Ich habe kein gutes Gefühl, echt nicht, aber ich war schon immer der Meinung, dass es besser ist, etwas zu wissen, wie schwer es auch ist, statt immer im Trüben zu fischen.

Sein Haus ist auf der anderen Seite der Stadt, aber nur ein paar Blocks entfernt. Es ist ein wenig windig geworden, weswegen ich den Schal enger um meinen Hals schlinge, bevor ich durch die Straßen eile, immer mal wieder lächele und Hallo sage, winke und nicke. Wenn man so eine kleine

Gemeinde ist, bleibt es nicht aus, dass man einander kennt, wenigstens vom Sehen.

Ich biege in seine Straße ein, sehe seinen Wagen vor dem Haus stehen, gehe zur Treppe, die zur Anliegerwohnung über der Garage führt, nehme zwei Stufen auf einmal und klopfe mit bangem Herzen an die Tür.

Nach einem kurzen Moment macht er auf, sieht mich überrascht an. Er öffnet die Tür nicht weiter, was ich sehr merkwürdig finde, schließlich war ich es, die ihm geholfen hat, seine Wohnung einzurichten, und jetzt darf ich nicht mal rein?

»Was machst du hier?«, fragt er, als wir uns eine viel zu lange Zeit schweigend gegenübergestanden haben.

»Ich wollte sehen, wie es dir geht.«

»Alles gut.«

»Du hast nicht zurückgerufen.«

»Oh, hatte ich nicht gesehen.« Und ich sehe die Lüge.

»Du hast mich weggedrückt.«

»Nicht mit Absicht.« Er lacht ein wenig nervös auf.

»Hm. Darf ich reinkommen?«

Er lässt das Türblatt nicht los. »Ähm, das passt gerade nicht.« Mein Blick schweift über ihn, nimmt wahr, dass er nur Shorts und ein Unterhemd trägt. Und Socken.

Socken. Ein Bild schießt mir durch den Kopf. Er hat die Socken beim Sex angelassen. Und seine Hose nur runtergezogen.

Das Fantasiegebilde, das ich mir aufgebaut habe, fällt in sich zusammen. Er hat sich gar keine Zeit genommen. Im Gegenteil. Wie Schuppen fällt es mir von den Augen. Es war nicht liebevoll, nicht wunderschön. Nein, es war ein kurzer Fick und dann ist er gegangen. Er hat mich einfach nur gefickt.

»Isaac!«, ruft eine helle Stimme, bevor eine blonde Frau, die nur mit seinem Pullover bekleidet ist, ins Wohnzimmer kommt. »Ups.« Sie tut, als wäre sie verlegen, aber ich sehe den Blick.

Sofort treten mir Tränen in die Augen. Ich wünschte, ich wäre so eine coole Person, die in schlimmen Situationen einfach die Contenance bewahren kann, aber ich bin so emotional, dass man mir alles vom Gesicht ablesen kann. Fassungslos starre ich auf das Bild, das sie beide ergeben. Beide halb bekleidet, offensichtlich miteinander beschäftigt.

»Brin«, sagt er leise und scheinbar mit genug Schuldbewusstsein, dass es ihm wenigstens unangenehm ist.

»Nein«, ist alles, was ich rausbringe. Ich drehe mich um, laufe die Treppe hinunter, stolpere auf der vorletzten Stufe, falle auf die Knie. Schmerz zuckt durch mich.

»Brinley! Warte!«, ruft er und ich höre seine Schritte auf den Stufen. Schnell stehe ich auf, humpele die Straße entlang. Alles, nur das nicht.

Meine Knie tun so weh, die Hosenbeine sind kaputt gegangen und ich spüre, dass meine Haut an beiden Seiten aufgeschürft ist. Auch das noch. Aber es ist gut. Es ist gut, dass ich körperliche Schmerzen habe, dann spüre ich die seelischen nicht ganz so stark. Als ich um die Ecke laufe, schaue ich mich um, aber er ist mir nicht weiter gefolgt. Ich werde langsamer, bleibe stehen, um wieder zu Atem zu kommen.

Ich hebe mein Bein, betrachte erst das eine Knie, dann das andere. Mist. Ich brauche Pflaster. Und das nicht nur für die Wunden. Ich brauche auch welches für mein Herz, denn das ist in der Mitte zerbrochen.

Wie konnte ich nur so dumm sein? Wie konnte ich denken, dass Isaac nach all der Zeit auch etwas für mich empfindet?

Und dann ... dann dieser Sex! O Gott. Die schlimmste Erfahrung meines Lebens. Nachdem ich mich an ein Detail erinnert habe, kamen die anderen sofort nach. Die Socken waren der Trigger.

Nicht mal verhütet haben wir. Mir wird schlecht.

Ich muss ... Wann war meine letzte Periode? Ich glaube, ich brauche eine Pille danach. Oder bin ich nicht im fruchtbaren Bereich? Mein Handy. Mein Handy kennt die Antwort, weil ich immer alles in eine App eintrage. Als ich diese öffne, sehe ich sofort, dass gestern und heute grün sind. Mögliche fruchtbare Tage.

Mist.

Ich muss zur Apotheke. Aber nicht hier im Ort, da wüsste dann spätestens morgen jeder Bescheid. Ich muss nach Santa Rosa fahren, da kennt mich keiner.

Ich gehe weiter, aber ich habe so ein flaues Gefühl im Magen, dass ich mich richtig schwach fühle. So kann ich den Weg nicht auf mich nehmen. Ich könnte Holden anrufen ... Aber na ja. Dann müsste ich ihm alles erzählen und er mag Isaac sowieso nicht so gerne. Er hat es zwar nie gesagt, aber ich merke, wie er auf ihn reagiert.

Nein, es muss eine Frau sein. Aber nicht die Bürgermeisterin. Nicht meine Mom. Sie würde sich nur furchtbar aufregen. Ich hätte meine Cousine Emerson gefragt, aber sie hat Guerneville vor ein paar Jahren den Rücken gekehrt.

Leah. Die Freundin meines Bruders. Sie kann ich fragen. Sie wird es nicht weitererzählen. Sie ist Psychologin. Nicht meine und eigentlich auch für Kinder, aber sie ist vertrauenswürdig. Sie wird mich nicht verraten.

Ich drücke auf ihren Namen. Hoffentlich ist sie zu Hause. An manchen Wochenenden ist sie in San Francisco bei ihrer Familie, aber wenn morgen ein Familienessen stattfindet, wird sie wohl da sein.

»Hey, Brin«, kommt ihre sympathische Stimme aus meinem Handy.

»Hey, bist du in der Stadt?«

»Äh, auf dem Weingut.«

»Ja, mein ich ja. Hast du Zeit?«

»Klar. Was gibt es?«

»Kannst du mich abholen und mit mir nach Santa Rosa fahren? Ich erzähl dir dann alles.«

»Ja, sicher. Wo bist du?«

Ich schaue mich um. »Einen Block vom Buchladen in Richtung ...« Ich wollte schon sagen, in Richtung von Isaacs Haus, aber das verkneife ich mir. »... in Richtung Tankstelle.«

»Bin sofort da.«

»Danke dir.«

Erleichtert setze ich mich auf eine der Bänke. Ich hätte auch zum Platz laufen können, aber da hätte ich dann so viele Bekannte getroffen, und ich glaube nicht, dass ich in der Lage bin, gute Miene zu bösem Spiel zu machen. Und erklären, was los ist, will ich auch nicht.

Ich verberge das Gesicht in meinen Händen. Wie konnte das nur passieren? Wie konnte er mir das antun?

Okay, offensichtlich habe ich mir da was eingebildet, aber ich bin doch trotzdem seine Freundin. Musste er da unbedingt am nächsten Tag ...? In jedem Fall hätte mich das verletzt. Selbst wenn ich keine Gefühle für ihn hätte.

Aber jetzt ist mein Herz mehrfach gebrochen.

Weil er nicht in mich verliebt ist ...

Weil er offensichtlich nicht mal mehr mein Freund ist ...

Und weil ich so schlechten Sex hatte.

Ehrlich, ich hatte immer gedacht, dass solche Erzählungen ausgedacht sind, aber jetzt habe ich es am eigenen Leib erfahren. Männer können absolut egoistisch und nur auf ihren eigenen Spaß aus sein. Und ich hatte wirklich nicht geglaubt, dass Sex nur fünf Minuten dauern könnte. Und das mit den Socken ... Echt? Männer lassen ihre Socken an?

Aber am meisten ärgere ich mich über mich selbst. Weil ich so naiv gewesen bin und mir Hoffnungen gemacht habe, obwohl ich es mir doch hätte denken können. Isaac hat gestern zwei andere Frauen angemacht und nur weil er von ihnen einen Korb bekommen hat, ist er auf mich umgeschwenkt. Da war keine plötzliche Liebe, wie denn auch?

Ich war nur so verblendet und so ... na ja, verliebt, dass ich einfach die Wahrheit nicht mehr erkennen konnte. Und wenn ich ganz ehrlich bin, nachdem ich jetzt alles noch mal erlebt habe, wollte ich es auch gar nicht wirklich, und habe mich überrumpeln lassen. Ich habe nicht Nein gesagt, habe mitgemacht, ja, aber trotzdem fühle ich mich jetzt ... irgendwie ekelig.

Er konnte nicht wissen, dass ich gar nicht wollte, aber ... nun ja, ich war schon ziemlich betrunken. Oder versuche ich gerade nur, mein eigenes Gewissen zu beruhigen?

Ich sehe Leahs Wagen in die Straße einbiegen und stehe auf, wische mir über die Wangen, um die Tränen zu verbergen, was aber nichts bringt, denn sie kommen immer noch aus meinen Augenwinkeln. Sie hält neben mir und ich öffne die Tür. Langsam steige ich ein, den Kater doch immer noch nicht ganz ausgestanden.

Leah sieht mich an. »Was ist passiert?« Und ihre Stimme klingt so mitfühlend, so warm, so nach Geborgenheit, dass ich anfange zu schluchzen.

»Hey, hey«, murmelt sie leise, schnallt sich ab, bevor sie mich zu sich zieht. Und dann ist sie einfach nur da, streichelt meinen Rücken, umarmt mich, während ich auseinanderfalle. Sie hält sich nicht mit Floskeln auf, sagt nicht, dass alles wieder gut wird, weil ich das in diesem Augenblick sowieso nicht glauben würde. Wie soll es wieder gut werden, wenn man gleichzeitig seine große Liebe und seinen besten Freund verliert?

Davon kann man sich niemals erholen.

Ich presse meine Finger in ihren Mantel, verberge mein Gesicht an ihrer Schulter, bin so gerührt, dass sie gekommen ist, dass sie für mich da ist.

Wie viel Zeit vergangen ist, weiß ich nicht, aber irgendwann fühlt es sich an, als wären keine Tränen mehr in mir, als wäre ich schon vollkommen ausgedörrt. Ich hebe zögerlich den Kopf, bin ein bisschen verlegen, wische mir die Tränen ab, greife nach dem Taschentuch, das Leah mir reicht.

»Danke.«

»Ich bin immer für dich da. Du kannst mir alles anvertrauen und ich erzähle nichts weiter. Auch deinem Bruder nicht.«

Ich nicke, kann aber gar nicht wirklich was sagen, sondern nehme noch ein Taschentuch, um mir die Nase zu putzen. Nicht so damenhaft, eher wie ein Elefant. Ich lache verlegen auf, aber mir ist gar nicht nach Lachen zumute. Ganz und gar nicht.

»Willst du es mir erzählen?« Sie blickt auf meine Knie. »Und du brauchst ein Pflaster.«

»Können wir erst nach Santa Rosa?«, frage ich leise. »Zu einer Apotheke?«

»Natürlich. Es ist deine Geschichte, du erzählst sie, wenn du bereit bist. Aber ... darf ich fragen, wieso wir zur Apotheke müssen?«

»Ich brauch die Pille danach.«

»Alles klar.« Leah steigt aus, geht an den Kofferraum, kommt dann mit Pflaster und Desinfektionsmittel zurück, damit ich meine Wunden verarzten kann. Sie startet den Wagen erneut, bevor sie über die Schulter blickt und losfährt. »Willst du Musik hören? Willst du reden? Einfach nur schweigen?«

»Kannst du mir was erzählen?« Ich klebe das zweite Pflaster fest.

»Ja, klar … Mach ich.« Sie biegt auf die 116, die aus Guerneville rausgeht, vorbei an Troys Weingut, vorbei an vielen kleineren Ortschaften und dann nach Santa Rosa führt, der größten Stadt in der Gegend. Man kann auch über die River Road fahren, was ein paar Minuten kürzer ist, aber Leah wohnt noch nicht so lange in der Gegend, daher weiß sie das vielleicht nicht. Wobei es auch egal ist.

»Ähm, also ich freu mich schon auf morgen. Es ist wieder viel zu lange her, dass wir alle beisammen waren. Ich zähl mich einfach mal dazu.« Sie lacht auf. »Es hat ewig gedauert, bis ich Troy dazu bekommen hab, mal einen Termin festzulegen. Ich sag dir, er ist echt ein Eremit.«

»Wem sagst du das.« Bevor Leah in sein Leben getreten ist, habe ich meinen Bruder kaum gesehen. Dadurch, dass er ein wenig außerhalb des Orts wohnt, konnte er sich immer hinter seinen Rebstöcken verbergen.

»Wir machen dieses Mal einen Braten, damit Troy nicht die ganze Zeit grillt und eine Ausrede hat, nicht mit am Tisch sitzen zu müssen.«

»Wie geht es eigentlich Pebbles?« Als Leah nach Guerneville kam, hat sie das kleine Hundebaby im Sturm gerettet.

»Großartig. Sie ist ein echter Schatz. Sogar Troy ist hin und weg. Das würde er natürlich nie zugeben, aber er nennt sie immer *meine Beste*, wenn er glaubt, dass ich nicht hinhöre. Sie folgt ihm auch überallhin. Ganz große Liebe zwischen den beiden.« Sie sieht kurz zu mir. »Und nächstes Wochenende fahre ich zum Lake Tahoe mit meiner Familie, den verrückten Iren.« Sie lacht auf. »Ganz ehrlich, ich hab sie vermisst. Ich seh sie zwar jede Woche, aber nicht immer alle und schon gar nicht zusammen.«

Am Lake Tahoe ist das riesige Ferienhaus von Leahs riesiger Familie, die in den letzten Jahren einfach noch riesiger geworden ist, als sie schon war. Ich war im Sommer einmal zur Hochzeit ihrer Mutter mit und es ist einfach wunderschön. Die Landschaft, das Haus, die Familie, die so eng zusammenhält. Da habe ich erst gemerkt, wie sehr ich das mit meiner eigenen vermisst habe. Klar, wenn irgendwas war, konnte ich mich auch auf alle verlassen, aber trotzdem gab es da nicht dieses Gemeinschaftsgefühl. Als hätten wir gar nicht gewusst, wie man wirklich eine Familie ist. Erst als Leah in unser Leben kam, hat sich das geändert. Sie hat uns gezeigt, wie es geht, und seitdem haben wir einfach mehr Kontakt.

»Wann kommt Mallorys Baby?«, frage ich nach. Mallory ist die Freundin von Leahs Cousin Brady.

»Im Februar glaub ich. Lass mich mal nachrechnen.« Sie verzieht das Gesicht angestrengt. »Ja, ich glaub, das stimmt. Sie ist für Mitte Februar ausgezählt. Vielleicht wird es ein Valentinstagsbaby!«

Ich lächele. »Wärst du gern mehr bei ihnen?«

»Ich seh sie jede Woche und ich könnte ja einfach öfter hinfahren, was ich bestimmt mache, wenn das Baby da ist. So oft, dass sie mich wegjagen werden.« Sie lacht auf. »Ich denke, so hab ich das Beste aus zwei Welten. Ich hab die wunderschöne Natur hier, euch, Troy und Pebbles, und gleichzeitig hab ich auch San Francisco, weil ich nur anderthalb Stunden fahre, um da zu sein. Es ist geradezu perfekt.«

»Ich bin froh, dass du dich entschieden hast, hierzubleiben.«

»Ich auch.«

»Und wie geht es deinem Bruder?« Cameron und seine Frau Sam haben erst vor ein paar Monaten die Kinder ihrer Cousine aufgenommen, als sie und ihr Mann bei einem Unfall tödlich verunglückt sind. Es ist nicht immer leicht, wie ich aus Leahs Erzählungen weiß, aber sie haben sich

Hilfe gesucht und es gibt nichts, was Sam nicht schaffen kann.

»Sie richten sich so langsam in Moms Haus ein.«

»Die Hochzeit war wirklich wunderschön«, sage ich leise. Leahs Mom hat ihrem Terry am Lake Tahoe das Jawort gegeben. Ganz ohne Zwischenfall, was man zu Camerons Hochzeit nicht sagen kann. Aber das weiß ich nur aus Erzählungen.

»Ja, ich bin so froh, dass Mom glücklich ist. Sie hat es einfach verdient.«

Leahs Mom Bridget ist im Grunde das genaue Gegenteil von meiner Mom. Sie ist so richtig schön mütterlich, während meine mal eine der gefürchtetsten Brokerinnen in New York war, bevor sie und Dad zurück in seine Heimat zogen, wo sie jetzt die Bürgermeisterin ist. Sie muss immer alle rumkommandieren, sonst ist sie nicht zufrieden. Aber sie hat ein goldenes Herz hinter ihrer rauen Schale. Wen sie liebt, den liebt sie.

Leah biegt auf den Parkplatz einer Apotheke ein. »Soll ich mitkommen?«

Ich schüttele den Kopf. »Das schaff ich schon. Nur …« Ich beiße mir auf die Lippe. »Hm, wie mach ich das?«

»Du gehst an den Schalter und fragst nach der Pille danach. Es gibt Präparate, für die man kein Rezept braucht.«

»Danke.« Ich frage nicht nach, wieso sie das weiß, weil es mich nichts angeht, aber ich bin froh, dass sie es tut.

Der Weg über den Parkplatz sieht so elend weit aus. Ein wenig nervös greife ich an meinen Schal, als wollte ich mich festhalten, steige aus und gehe los. Irgendwie habe ich das Gefühl, als müsste im Hintergrund jemand »Schande« rufen. Ich schüttele mich ein wenig, um diese Beklemmung loszuwerden. Es ist nicht verwerflich, sich die Pille danach zu holen. Es ist nur ein wenig dumm, es ohne Gummi zu machen.

Ach, verdammt. Ich hatte einfach mehr von meinem besten Freund erwartet. Und mehr von mir. Dass wir aufeinander aufpassen. Oder so.

Die Schiebetür geht automatisch auf und ich schlüpfe in den Laden, gehe sofort zur Theke.

»Was kann ich für Sie tun?«, fragt eine ältere Frau mit grau-schwarzem Kurzhaarschnitt.

»Ich möchte ... ähm ... eine ... Pille danach.«

Sie lächelt mich an. »Wann war Ihre letzte Periode?«

»Vor elf Tagen.« Das hat mir meine App verraten.

Sie nickt. »Haben Sie schon mal eine genommen?« Ich schüttele den Kopf.

»Wann war der ungeschützte Sex?«

»Letzte Nacht.«

»Dann sind wir noch im richtigen Zeitfenster. Eine bestimmte Sorte?«

»Was Sie empfehlen.« Meine Stimme ist kaum als ein Flüstern. Wieso schäme ich mich so?

Sie holt eine Packung. »Dann nehmen Sie diese hier. Es ist eine Tablette, die Sie so schnell wie möglich nehmen sollten, aber spätestens nach zweiundsiebzig Stunden.«

»Alles klar.«

Sie stecktt die Packung in eine Papiertüte. »Nebenwirkungen sind bei diesem Präparat nicht sehr häufig, aber es kann sein, dass Ihre nächste Periode verändert ist. Nach der Einnahme kann es sein, dass Sie ein bisschen Bauchschmerzen haben, aber das sollte schnell aufhören. Wenn Sie sich innerhalb von zwei Stunden nach Einnahme übergeben, sollten Sie noch mal herkommen.« Ich nicke, glaube, alles verstanden zu haben. »Das macht dann fünfundvierzig Dollar.«

Ich bin ein wenig geschockt von dem Preis, aber das ist

es mir wert. Aus meiner Handtasche ziehe ich meine Kreditkarte, reiche sie ihr.

»Danke«, sage ich, als ich Karte, Belege und Tüte bekomme.

»Alles Gute«, sagt sie freundlich.

Mit gesenktem Kopf eile ich aus dem Laden zurück in Leahs Auto. Wieder ruft niemand, dass ich eine Schande bin, aber es fühlt sich trotzdem so an.

»Hast du sie?«, fragt Leah.

Ich nicke.

Sie greift nach einer Flasche Wasser. »Hier. Oder willst du sie lieber erst zu Hause nehmen?«

»Nein, ich will kein Risiko eingehen.« Ich hole die Pille aus der Packung, öffne die Flasche und schlucke sie runter. Danach geht es mir ein wenig besser.

»Alles okay?«, fragt sie.

Ich nicke. »Keine Ahnung, wieso, aber ich hab mich so geschämt.«

»Wieso? Weil du eine gekauft hast oder wegen dem, was dazu geführt hat?«

»Beides irgendwie. Es war mir unangenehm, eine zu kaufen, aber ich fühl mich auch einfach so dumm, dass es überhaupt dazu gekommen ist.«

»Willst du drüber reden?«

Ich zucke mit den Schultern. »Ich hatte Sex. Und ich war so betrunken, dass ich nicht daran gedacht hab ... Nein, das ist auch falsch. Mir ist der Gedanke gekommen, aber dann hab ich ihn verworfen.«

»Wieso?«

»Weil ... Ich komm mir so dämlich vor!«

»Hey, solche Sachen passieren eben. Man sollte immer vorsichtig sein, aber manchmal denkt man eben nicht klar.«

Ich seufze, bevor ich sie ansehe. »Es war mit Isaac.«

Einen Moment ist sie sprachlos. »Mit dem Isaac, in den du verliebt bist?«

Ich reiße die Augen auf. »Woher weißt du das?« Ich habe das noch nie jemandem erzählt, habe dieses Geheimnis immer für mich behalten, nie laut ausgesprochen.

»Das sieht man doch.« Sie greift nach meinem Arm. »Wenn es dich beruhigt, ich glaub nicht, dass deine Familie es weiß.«

»Hm, ich dachte, ich hätte es gut verborgen.«

Sie schüttelt den Kopf. »Nicht so wirklich. Aber ist das nicht eigentlich was Positives? Dass du mit dem Mann geschlafen hast, den du liebst? Oder ...?«

»Eindeutig oder.« Ich reibe mir die Stirn, komme mir einfach so dämlich vor. »Ich hätte es besser wissen müssen. Er hat zwei andere Frauen angebaggert, die ihn abblitzen ließen, na ja, und dann ist es passiert.«

»Autsch.«

»Ja, echt. Aber ich war so betrunken ... Und so verliebt ... Ach, keine Ahnung. Ich konnte nicht klar denken, wie du es gerade gesagt hast.«

»Und dann? Ich schätze, nach dem Sex war er nicht gerade ... verliebt?«

»Nein. Der Sex hat fünf Minuten gedauert, er war egoistisch und ist dann sofort verschwunden. Ich war dann gerade bei ihm und was glaubst du? Er hatte schon eine andere im Bett!« Wut ist auf jeden Fall ein besseres Gefühl als Traurigkeit.

»Nein! Was für ein Arschloch!«

»Ja, oder? Ich mein, selbst wenn ich nicht in ihn verliebt wäre, hätte mich das Verhalten verletzt. Das hätte ihm doch klar sein müssen. Ich dachte ... na ja, ich dachte, dass wir Freunde sind.«

»Hm«, macht sie nur.

Ich schaue sie an. »Was?«

Sie seufzt. »Willst du die Wahrheit hören?«

»Eigentlich nicht.«

Sie grinst. »Auch okay.«

»Okay, sag.« Ich verschränke meine Finger, drücke sie, als könnte ich so einem Sturm trotzen, der zu kommen droht.

»Ich hab euch ja erst ein paarmal zusammen gesehen. Und ich hab euch nicht als Kinder gekannt und alles, vielleicht sehe ich Dinge deswegen anders. Wobei ... na ja, Troy ist eigentlich derselben Meinung.«

»Und die ist?«, frage ich nach.

Leah sieht mich an, versucht, so mitfühlend wie möglich zu sein. »Ich fand, dass du viel mehr in eure Freundschaft investiert hast als er. Du warst die treibende Kraft. Und er ... na ja, vielleicht seh ich es falsch, aber er hat immer alles angenommen, was du so freigiebig und großherzig gegeben hast. Ich will nicht sagen, dass er dich ausgenutzt hat ... Oder doch, eigentlich will ich genau das sagen. Aber es ist ja okay. Wenn ihr beide da so ein Arrangement hattet, dann misch ich mich da nicht ein. Aber dass er dich jetzt auch noch sexuell ausgenutzt hat ... Wow. Er kann sich warm anziehen.« Ihr Gesicht wird hart, so als wollte die kleine Leah sich den großen Isaac mal zur Brust nehmen.

»Hat er doch nicht. Ich mein, ich hab mitgemacht.«

»Du warst betrunken.«

»Ja, aber er auch.« Denke ich zumindest. Oder war er vielleicht gar nicht so betrunken?

»Du warst in ihn verliebt.«

»Das wusste er ja nicht.«

»Oh, doch, Brinley, das wusste er. Ganz eindeutig.«

Ich schaue sie an, zweifelnd, aber vielleicht hat sie recht. Zumindest hätte er sich doch mal fragen müssen, wieso seine anderen Freunde nicht alles das für ihn tun, was ich getan habe.

»Ich weiß, du willst ihn verteidigen, weil er dein Freund ist und du nichts Schlechtes annehmen willst. Aber von außen betrachtet, ohne Emotionen und Gefühle, hat er dich ausgenutzt. Er ist abgeblitzt und hat sich dann an dich rangemacht, weil er wusste, dass du nicht Nein sagen würdest. Und dann besitzt er auch noch die absolute Frechheit, nur auf sich zu achten. Tut mir leid, aber das war kein einvernehmlicher Sex. Dazu kommt noch, dass er nicht mal einen Gummi benutzt hat! Ich mein, was für ein kolossales Arschloch! Ich werd ihn umbringen.«

Ich grinse leicht. »Wirst du nicht. Aber ich hab doch nicht Nein gesagt, hab mich nicht gewehrt, hab mitgemacht ...«

»Die einzige Frage, die du dir stellen musst, ist, wolltest du es?«

Statt einer Antwort kommen mir die Tränen. »Nein.«

Sie greift nach meiner Hand. »Vielleicht ist er rechtlich nicht haftbar, vielleicht ist es eine Grauzone, aber wenn du es nicht wolltest, darfst du dich benutzt fühlen.« Leah drückt meine Finger. »Nur wenn man enthusiastisch mitmacht, nur dann ist es einvernehmlicher Sex. Und wenn du betrunken warst, hätte er das niemals ausnutzen dürfen.«

»Aber ich hab doch nicht Nein gesagt ...«

»Weil du ihn mochtest. Und wann hast du denn jemals zu ihm Nein gesagt? Nie, oder? Du hast immer alles für ihn gemacht, weil du einfach so bist. Und er hat immer nur genommen, genommen, genommen. Mach dir keine Vorwürfe. Ich will dir auch nicht einreden, dass du dich benutzt fühlen musst, aber wenn du es tust, dann hast du allen Grund dazu.«

Einen Moment starre ich aus dem Fenster, bevor ich sage: »Da ist so ein diffuses Gefühl ...«

»Ich weiß.«

Ich schaue sie an. »Hattest du so was auch schon mal?«

Sie nickt. »Ich hatte mal einen One-Night-Stand, bei dem der Typ nur auf sich bedacht war. Aber dann auch noch seine Art. Er war so herrisch. Sein Tonfall war so ... na ja, als hätte er halt das Recht, seinen Schwanz in meinen Mund zu stecken. *Was ist hier? Los blasen.* Das hat er gesagt. Und eigentlich wollte ich es abbrechen. Ich habs danach einfach nicht mehr gefühlt. Ich wollte nicht weitermachen, aber weil ich Angst vor seiner Reaktion hatte, hab ich mich nicht getraut, was zu sagen, und hab es durchgezogen. Als er weg war, hab ich erst mal geheult, weil ich mich benutzt gefühlt hab. Anfangs wollte ich es, er war heiß, aber dann ... Daher, nur wenn man enthusiastisch mitmacht, ist es okay.«

»Das tut mir so leid«, flüstere ich.

»Ja, mir auch. Ich wünschte, so viele müssten nicht diese Erfahrungen machen.« Sie sieht mich an.» Ich bin jederzeit für dich da. Du kannst mich immer anrufen oder vorbeikommen. Jederzeit.«

»Danke.«

»Was möchtest du jetzt machen?«

»Ich möchte nach Hause.«

»Okay. Dann bring ich dich hin.«

5

BRINLEY

Zu Hause ziehe ich meine Jacke und meine Schuhe aus, nehme mein Handy aus der Handtasche, bemerke dabei den ganzen Müll, der sich angesammelt hat. Die Verpackung ebenso wie die Belege. Ich ziehe das ganze Papier heraus, trete in die Küche, um es wegzuschmeißen, als mein Blick auf eine Rechnung fällt.

Einen Moment kann ich es nicht glauben, muss mir die Augen wischen, um sicher zu sein, dass ich das hier richtig sehe. Ich habe gestern Abend fast zweihundertfünfzig Dollar in der Bar ausgegeben?

Das kann doch nicht sein. Klar, ich habe viel getrunken, aber wenn ich für zweihundertfünfzig Dollar Alkohol getrunken hätte, wäre ich nicht mehr aufgestanden.

Ich falte den Zettel auf, sehe die Getränke, die bestellt wurden. Jede Menge fruchtige Cocktails, die ich nie im Leben getrunken hätte. Er hat doch nicht ...

Aber hier ist es schwarz auf weiß. Ich habe gesehen, wie Isaac den beiden Frauen immer wieder was ausgegeben hat, habe gesehen, dass sie teure Cocktails getrunken haben ... Er hat ihre Getränke auf meine Rechnung setzen lassen. Das gibt es doch nicht.

Das kann doch nicht sein Ernst sein.

Vielleicht ist es bizarr, aber das ist der Moment, in dem ich richtig sauer werde. Alles, was bisher passiert ist, hat mich eher traurig gemacht, aber das macht mich wütend. Vielleicht habe ich falsche Prioritäten, vielleicht sollte ich ihn für die emotionalen Sachen hassen, aber ich kann es nicht ändern. Ich bin wütend. Und zwar so richtig. Oh, das wird er mir büßen!

Ich halte den Zettel in der Hand wie eine Anklageschrift, als ich mir schnell wieder meine Jacke anziehe, in meine Schuhe schlüpfe und meinen Autoschlüssel hole.

Jetzt ist Schluss mit lustig.

Ich renne beinahe aus dem Haus, springe ins Auto und fahre zu seiner Wohnung. Aber ich will gar nicht zu ihm.

Nein, ich will zu seiner Mom!

Da hat er sich mit der Falschen angelegt.

Ich trete abrupt auf die Bremse, als ich an ihrem Haus ankomme. Isaac wohnt über der Garage, aber seine Eltern wohnen im Rest des Gebäudes.

Der kann was erleben!

Ich klopfe an die Tür, bis Mrs. Jacobson sie öffnet. Sie lächelt mich an. »Brinley, mein Mädchen! Wie schön, dass du mich besuchen kommst!«

Sofort werde ich an ihre ausladende Brust gezogen.

»Hey, Mrs. J. Ich freu mich auch, Sie zu sehen.« Und das tue ich. Seine Mom ist wirklich toll, aber man sollte es sich mit ihr nicht verscherzen.

»Komm rein, komm rein! Willst du was trinken? Oh, ich hab gerade das Zucchinibrot gebacken, das du so magst. Möchtest du ein Stück davon?«

»Mrs. J, wieso ich gekommen bin ...« Ich atme tief durch. Petzen ist irgendwie gar nicht so leicht. Ich halte ihr die Rechnung hin. »Isaac hat gestern den ganzen Abend auf meine Kosten getrunken und noch zwei Touristinnen eingeladen!« Oh, doch einfacher als gedacht. Also das Petzen.

Sie zieht die Stirn kraus. »Zeig mal her.« Sie greift nach einer Lesebrille, die im ganzen Haus verteilt sind, sodass sie immer eine zur Hand hat. »Sex on the Beach? So was trinkst du doch gar nicht!«

»Eben.«

»Das haben wir gleich.« Sie tritt an die Treppe. »Isaac Jacobson, komm sofort her!« Ihre Stimme hat genug Volumen, dass er das hört. Hat er immer schon. Es dauert nicht lange, bis er herunterkommt. Als sein Blick auf mich fällt, reißt er die Augen auf, fängt an, mit dem Kopf zu schütteln.

»Hast du gestern auf Brinleys Kosten getrunken und auch noch andere eingeladen?«

Ich verschränke die Arme vor der Brust, nicke ihm zu.

»Du verpetzt mich bei meiner Mom?«, ruft er aus. »Ich dachte, wir sind Freunde!«

»Sprich sie nicht an, Junge«, entgegnet diese. »Hab ich dir nicht beigebracht, was richtig und falsch ist?«

»Doch«, sagt er betreten, während er mich anfunkelt.

»Und ist es richtig, deine beste Freundin zu bestehlen?«

»Nein.« Er sieht auf den Boden.

»Du wirst ihr das Geld zurückgeben.«

»Ja, Ma'am.«

Sie sieht ihn auffordernd an. »Na, los, hol dein Geld.«

»So viel hab ich nicht hier.«

»Dann gehst du gleich zum Automaten, aber noch heute bekommt Brinley ihr Geld zurück. Haben wir uns verstanden?«

»Ja, Ma'am.«

Sie lächelt. »Gut.« Sie schaut zu mir. »Und jetzt? Ein Stück Zucchinibrot?«

Eigentlich will ich nicht, aber Isaac sieht so angepisst aus, dass ich nicht anders kann, als Ja zu sagen. Ich werfe ihm einen schadenfrohen Blick zu. Keine Sternstunde, ich gebe es zu, aber das hat er einfach verdient.

Ich folge ihr in die Küche, bekomme ein Glas Limonade, ein Stück Zucchinibrot mit Butter und genieße meinen Triumph. Rache kann echt süß schmecken.

Als ich etwa eine Stunde später aus dem Haus trete, kommt Isaac gerade mit dem Auto an.

»Wirklich, Brinley? Du bist zu meiner Mom gegangen?« Er sieht mich so böse an, dass ich Angst bekomme, aber ich bemühe mich, sie nicht zu zeigen.

Ich schlucke. »Sei froh, dass ich ihr nur das mit dem Geld gesagt hab. Stell dir vor, was sie getan hätte, wenn sie *alles* wüsste.«

»Das wagst du nicht.«

»Wollen wir wetten?«

Aber er scheint irgendwas in meinen Augen zu sehen, dass er nicht drauf eingeht. Er gibt mir ein paar Scheine. »Hier.«

Ich widerstehe dem Impuls, nachzuzählen. »Das war echt uncool.«

»Nicht so uncool, wie zu meiner Mom zu gehen. Das machen Freunde nicht.«

»Aber Freunde ficken ihre Freundinnen, obwohl sie ganz genau wissen, dass sie in sie verliebt ist?«, frage ich nach. Vielleicht sollte ich mir diese Blöße nicht geben, aber ... Keine Ahnung. Ich kann mich auch nicht stoppen.

Das ist eindeutig Verlegenheit in seinem Blick. »Hör mal ... Das ist vielleicht alles nicht so gut gelaufen ...«

»Was du nicht sagst.«

»Ich wollte dir nicht wehtun.«

»Hast du aber.«

Er sieht auf den Boden. »Du wolltest es doch.«

Ich lache bitter auf. »Ich wollte dich, aber ich wollte nicht den schlechtesten Sex meines Lebens haben.«

Isaacs Blick schnellt zu mir, empört, bevor er sagt: »Ich war eben auch betrunken.«

»Nein, nicht so sehr, dass du es darauf schieben kannst. Aber ganz ehrlich, das war nicht mal das Schlimmste.«

Er seufzt. »Ja, okay, vielleicht ist das auch nicht optimal gewesen, dass Lucy da war, als du gekommen bist ...«

»Nicht optimal würde ich auch sagen.«

»Du hast doch jetzt dein Geld. Können wir nicht alles vergessen?«

Fassungslos starre ich ihn an. »Du denkst, es ging mir ums Geld?«

»Na, deswegen bist du doch zu Mom gegangen ...«

»Ja, weil ich wenigstens ein bisschen Gerechtigkeit wollte, aber nicht für deinen Tod verantwortlich sein wollte.«

Er reibt sich das Gesicht. »Wir waren doch Freunde.«

»Ja, waren wir. Aber dir hat das ja nichts bedeutet. Zumindest nicht mehr als dein Schwanz.« Wow, dass ich tatsächlich solche Worte zu ihm sage ... Da bin ich schon ein wenig stolz auf mich.

Isaac zuckt auch richtiggehend zusammen, was mir irgendwie einen Kick gibt. Wie sagt man? Die Hölle kennt keine Wut wie die einer verschmähten Frau. Oder eher einer Frau, der man ihr hartverdientes Geld aus der Tasche zieht.

»Doch, natürlich ...«

»Beleidige uns beide nicht mit solchen Lügen.«

»Unsere Freundschaft hat mir viel bedeutet.«

»Das mag sein, aber eben nicht genug ...« Ich seufze leise. »Ich hab schon zu viel Zeit auf dich verschwendet.« Damit drehe ich mich um und steige in mein Auto. Erst auf dem Weg nach Hause fällt mir auf, dass er nicht bestritten hat, dass er wusste, wie es um mich stand. Und am liebsten würde ich jetzt sofort umdrehen und ihn über den Haufen fahren. Aber ich habe meinen Standpunkt klargemacht, das reicht. Man muss auch nicht blutrünstig werden. Vampirromane sind auch nicht so meins.

»Geh weg«, rufe ich, als es erneut klingelt.

»Brin, mach die Tür auf«, ruft mein Bruder Holden am nächsten Vormittag.

Ich habe den Abend und die Nacht auf der Couch verbracht, habe mir eine Tiefkühlpizza warm gemacht und alle Schokolade, die ich im Haus hatte, aufgegessen. Jetzt habe ich gerade überlegt, was ich noch essen kann, als plötzlich dieses Geklingel angefangen hat. Immer und immer wieder, bis er nicht mehr aufgehört hat.

»Ach, du bist es«, murmele ich vor mich hin, versuche, mich aus meinen Decken zu befreien, und schlurfe zur Tür.

»Du hast Schokolade am Kinn«, erklärt mein Bruder, als ich ihm aufgemacht habe.

Ich wische mir über das Gesicht.

»Jetzt hast du sie überall.« Wenn jemand eine trockene Art hat, dann auf jeden Fall mein Bruder. Wie die Sahara.

»Ach, lass mich.« Ich kehre ihm den Rücken zu, lasse aber die Tür auf, verkrieche mich erneut im Wohnzimmer, ziehe die Decke über den Kopf.

»Schau mal, was ich für dich hab«, sagt er in so einem verführerischen Singsang, dass ich den Kopf doch wieder hebe.

»Haben will!«, kreische ich, als ich den Kaffee und die rosa Box von Nana sehe.

»Nur wenn du dich anständig hinsetzt«, scherzt er, was mich dazu bringt, ihm den Mittelfinger zu zeigen.

Lachend stellt er den Becher und die Schachtel auf den Tisch, so weit entfernt, dass ich mich tatsächlich aufrappeln muss, was ich unter Gefluche mache. Aber nur, weil ich Hunger habe.

Ich trinke einen Schluck und seufze dann. »Ach, das tut gut.«

»Alles okay? Everett meinte, du hättest gestern einen Kater gehabt.«

»Alles okay. Na ja, zumindest so weit.«

»Kryptisch. Also, was ist los? Und erzähl mir keinen Scheiß.« Sein strenger Blick besagt, dass er Bullshit drei Meilen gegen den Wind riechen kann.

»Kann ich dir nicht sagen.«

»Wieso nicht?«

»Weil du dann eine Straftat begehst, ins Gefängnis musst und ich dich nur noch hinter Gittern besuchen kann. Das ist es nicht wert.«

Er hatte sich gerade auf einen Sessel gesetzt, jetzt beugt er sich vor und fragt mit mörderischer Stimme: »Wen muss ich umbringen?«

»Sag ich nicht.« Ich beiße in das Teilchen.

»Brin ...«

»Holden ...«, erwidere ich im selben Tonfall.

Er seufzt. »Fein, ich versprech, dass ich niemanden töte.«

»Reicht mir nicht.«

Er hält drei Finger hoch. »Ich schwöre.«

»Reicht mir auch nicht. Ich weiß ganz genau, dass du deinen Schwur brechen wirst. Und wenn die Rollen umgekehrt wären, würde ich das auch.«

»Also ist es eigentlich ziemlich unfair von dir, das von mir zu verlangen.«

»Ist es, aber du bist mir wichtiger. Ich brauche dich bei mir.«

Er sieht mich an, abwartend, analysierend. »Was hat Isaac getan?«

»Wie kommst du darauf, dass er es war?«, frage ich nach. Schnell, viel zu schnell. Und viel zu defensiv. Mist.

»Aha.« Er steht auf. »Hast du noch die Axt in der Garage?«

Ich springe auf, verschütte dabei meinen Kaffee, versuche, mich aus den Decken zu befreien, und laufe ihm dann hinterher. »Holden! Nicht!«

»Sorry, Brin, ich bring ihn um. Es ist sowieso ein Wunder, dass das noch niemand getan hat.«

»Du kannst ihn nicht töten.«

»Kann ich wohl.«

»Ja, okay, du kannst es«, räume ich ein, als ich meinen Bruder mit Isaac vergleiche, »aber du darfst es nicht.«

»Wer soll es mir verbieten?«

»Wenn ich es mir recht überlege, ist es ziemlich chauvinistisch, dass du denkst, du müsstest meine Ehre verteidigen, als könnte ich das nicht selbst.«

Er bleibt mit der Hand am Türknauf stehen, seufzt leise, dreht sich dann um. »Hast du es denn selbst getan?«

»Ich hab es Mrs. J gesagt.«

Holden grinst. »Guter Schachzug. Hat sie ihm die Hammelbeine lang gezogen?«

»Sie hat zumindest dafür gesorgt, dass ich mein Geld wiederbekommen hab.«

Er zieht die Stirn kraus. »Er hat dir Geld geschuldet?«

»Er hat Freitagabend auf meine Rechnung getrunken und noch Leute eingeladen.« Ich verschweige, dass es sich um Frauen gehandelt hat, denn das hätte verraten, dass mich dieser Umstand ganz besonders getroffen hat. Langsam gehe ich zurück ins Wohnzimmer, setze mich hin, greife erneut nach meinem Plunderstück.

»So ein Arschloch! Aber du bist auch immer zu gutmütig«, sagt er von der Tür. »Obwohl … es seiner Mom zu erzählen, war schon richtig bösartig. Hätte ich dir gar nicht zugetraut.«

»Er mir wohl auch nicht.«

»Ich hätte zu gern sein Gesicht gesehen.« Mein Bruder setzt sich wieder, bevor er auflacht. »Isaac hatte bestimmt die Hosen voll.«

»Es hieß nur noch *Ja, Ma'am.*«

»Hat er verdient.«

»Eindeutig.«

Holden spielt an dem einen Faden herum, der aus der Lehne des Sessels ragt. »Hat das was zwischen euch verändert?«

Ich nicke. »Schätze, unsere Freundschaft ist vorbei.« Ich erzähle ihm nicht, was der eigentliche Grund ist, das würde er nicht verkraften. Und dann wäre Isaac tatsächlich tot.

Er zieht die Augenbrauen hoch. »Wirklich? Krass!«

»Findest du das zu überzogen?«

»Nein, ganz ehrlich, es war schon lange überfällig. Der Typ ist eine Kakerlake.«

Überrascht beuge ich mich ein wenig vor. »Hä? Ich dachte, du magst ihn.«

»Ich hab ihn deinetwegen toleriert, aber ich konnte überhaupt nicht leiden, wie du dich in seiner Gegenwart immer verhalten hast.«

»Wie hab ich mich denn verhalten?«, frage ich reichlich defensiv.

»Na, wie so eine hirnlose Tante, die es ihrem Typen recht machen will und sich schlecht behandeln lässt, damit er nicht abhaut.«

Das muss ich erst mal sacken lassen. »Wow, halt mit deiner Meinung bloß nicht hinterm Berg.«

»Ich konnte einfach nicht verstehen, wieso du dich bei ihm so anders verhalten hast. Du hast dich ständig kleingemacht und alles für ihn getan. Dass du ihm nicht noch sein Butterbrot geschmiert hast, war schon alles.«

»Also, das wäre zu weit gegangen …« Aber wenn er mich darum gebeten hätte, hätte ich es wahrscheinlich doch gemacht.

»Wenn du das ernst meinst, dann find ich das echt gut.«

»Es sind auch noch andere Sachen gewesen«, verteidige ich mich. »Das war nur der letzte Tropfen.«

»Verständlich. Aber selbst das ist doch schon ein ziemlicher Vertrauensbruch.«

»Ich will nur nicht, dass du denkst, ich hätte das leichtfertig wegen nichts …«

»Hey, das würde ich nie denken. Und es ist nicht nichts.« Er lächelt mich an.

Langsam lasse ich mich in die Kissen sinken. »Es tut nur so weh.«

»Versteh ich. Ihr wart schon ewig befreundet.« Sein Blick ist mitfühlend, als er hinzufügt: »Auch wenn es von deiner Seite immer ein bisschen mehr war, oder?«

Ich seufze. »Ich dachte, ich hätte das gut versteckt.«

»Hm.«

Ich schaue zu ihm. Er versucht, einen gewollt neutralen Gesichtsausdruck beizubehalten. »Nicht?«

»Na ja, ich kenn dich eben ziemlich gut.«

»Okay, kann ich Plan B, eine Schauspielkarriere, auch vergessen.«

»Ist besser.« Lachend fängt er das Kissen auf, das ich ihm an den Kopf werfe. »Hey, was bringst du heute zum Dinner mit? Ich wollte Brot mitbringen, aber Everett ist ein Arsch.«

Ich schüttele den Kopf. »Ganz ehrlich, ihr könnt doch nicht ernsthaft annehmen, dass ihr mit so wenig Aufwand durchkommt. Und Everett hat immerhin noch Käse.«

»Kann ich ja nichts für, dass er so eine Leidenschaft hat.«

»Dann mach doch Kartoffelpüree oder ein Gratin.«

Er setzt ein Welpengesicht auf. »Kannst du das für mich machen? Biiiiitte.«

Ich verdrehe die Augen. »Du nutzt auch schamlos aus, dass ich nicht Nein sagen kann.«

»Hey, dafür warte ich dein Auto und bin immer da, wenn du was aufzubauen hast.«

»Okay, das stimmt auch wieder.«

»Also, machst du es?«

»Fein. Ich machs. Wobei ich noch nicht mal weiß, was ich mitbringe.«

»Oh, mach doch diese Whiskeykarotten. Die sind der Hit.«

Ich runzele die Stirn. »Ich weiß nicht mal, ob ich noch Möhren hab.«

»Ich geh einkaufen. Was soll ich mitbringen?«

»Echt?«

»Klar. Wenn du mir dafür auch was zauberst, womit ich nicht so lächerlich wie Everett wirke …« Er lacht auf. Meine kleinen Brüder haben die geschwisterliche Rivalität schon immer ernst genommen. Troy war eher außen vor, weil er so viel älter ist und schon halb ausgezogen war, als sie aus den Windeln waren. Und als einziges Mädchen hatte ich sowieso eine besondere Stellung.

»Okay, also Möhren …« Er tippt es in sein Handy. »Willst du lieber Püree oder Gratin?«

»Ich mag lieber Püree.«

»Okay, dann Kartoffeln, Sahne und geriebenen Käse. Alles andere hab ich noch. Oh, und bring noch Rotkohl mit, dann mach ich noch eine zweite Beilage.«

»Und Whiskey?«

»Hab ich noch. Leah hat mir welchen aus dem Pub mitgebracht.«

»Wieso schickt Cian mir eigentlich keinen Whiskey?«

»Macht er bestimmt, wenn du ihm das sagst.«

»Wieso verschickt er überhaupt welchen?«

»Ich hatte im Ferienhaus erwähnt, dass ich noch nie Whiskey getrunken hab, da hat er gesagt, er gibt Leah richtig guten für mich zum Probieren mit.«

Holden steht auf, geht zu dem Schrank, in dem ich meinen Alkohol aufbewahre, den ich aber selbst kaum anrühre. »Okay, wow, das ist ... echt guter Whiskey. Nein, den kannst du nicht zum Kochen verwenden. Ich bring dir anderen mir. Der hier ... der muss genossen werden.«

»Nimm ihn mit.«

»Ehrlich?«, fragt er mit großen Augen.

»Ehrlich. Ich hab einen Schluck getrunken, aber es ist einfach nicht so mein Fall. Die klaren Spirituosen haben es mir mehr angetan.«

»Aber die Flasche kostet bestimmt hundertfünfzig Dollar!«

»Was?«, frage ich entsetzt.

»Ja, was dachtest du denn, was guter Single Malt kostet?«

»Ähm, dreißig?«

»Ja, von wegen. Nur in deinen Träumen.«

»Dafür könnte er aber echt besser schmecken.«

»Du Banausin!« Er nimmt die Flasche in den Arm, als wollte er sie vor der grausamen Realität schützen. »Du schenkst sie mir echt?«

»Yep. Nimm sie mit und kauf mir irgendeinen Fusel.«

Er stellt sie auf die Kommode. »Ich lass sie erst mal noch hier, damit sie niemand klaut, während ich einkaufe.« Er sieht auf die Schokoverpackungen, die auf dem Tisch liegen. »Noch ein bisschen mehr Schokolade?«

»Nein, ich hab schon mein Gewicht in Schoki gegessen. Das muss für einen Tag reichen.«

»Aber morgen ist auch noch ein Tag …«

»Guter Punkt. Also ja.« Ich grinse ihn an.

Er beugt sich zu mir, küsst mich auf den Kopf. »Sicher, dass ich Isaac nicht umbringen soll?«

»Sicher, aber bitte halt Spaten und Mülltüten bereit, falls ich es selbst tue.«

»Schreib ich auch noch auf die Einkaufsliste.«

6

BRINLEY

Bevor ich zum Weingut fahre, mache ich noch einen Abstecher zum Buchladen. Ich habe sonntags immer geschlossen, aber ich wollte Leah noch ein Buch mitbringen, das erst gestern angekommen ist. Als ich die Tür aufschließe, kommt Rhys gerade vorbei. Auch das noch. Auf den kann ich echt verzichten.

»Na, Zicke«, begrüßt er mich.

»Na, Arschloch«, gebe ich zurück und will ihm die Tür vor der Nase zuschlagen, aber er stellt seinen Fuß dazwischen.

»Hab gehört, du hast Isaac bei Mom verpetzt.«

»Nimm den Fuß da weg!« Ich drücke gegen die Tür, aber ich könnte auch versuchen, einen Felsbrocken zu verschieben, so wenig gibt er nach. Anders als sein Bruder ist Rhys nicht der schlaksige Typ, sondern der, der mindestens viermal die Woche ins Fitnessstudio geht. Es ist schon eine Weile her, aber ich habe ihn am Russian River nur in Shorts gesehen, und ich kann sagen: Auch Arschlöcher können Sixpacks haben.

»Warum hast du das getan?«

»Was geht dich das an?«

»Ich will die Wahrheit wissen!«

»Welche Wahrheit?«

»Isaac hat dich schon öfter abgezockt.«

»Das weiß ich auch!« Leider nur zu gut, aber es ist ein Umstand, den ich gerne vergesse. In manchen dieser Situationen war ich einfach naiv verliebt und dachte, dass ich mir vielleicht seine Zuneigung erkaufen kann, und in anderen war ich einfach nur dumm, weil ich zugelassen habe, dass er mich ausnutzt.

»Warum hast du dich dann jetzt gewehrt?«

»Wie ich schon sagte, das geht dich nichts an.« Ich stemme mich mit aller Kraft gegen die Tür.

Rhys drückt sie auf, tritt in den Laden.

Empört schaue ich ihn an, was ihm nur ein müdes Grinsen entlockt.

Ich verschränke die Arme vor der Brust, was meine Jacke unschöne Falten werfen lässt. »Was willst du hier?«

Er sieht mich abwartend an. »Ich will die Wahrheit.«

Frustriert werfe ich die Arme in die Luft, marschiere zu meiner Kasse, suche das Buch raus, das ich für Leah zur Seite gelegt habe. »Du hast doch überhaupt kein Anrecht auf irgendeine Wahrheit von mir.«

»Also gibst du zu, dass du gelogen hast?«

»Ich hab nicht gelogen.«

»Ausgelassen?«

»Auch nicht.« Doch, stimmt, aber ich weiß überhaupt nicht, was dieser Auftritt hier soll. Wieso er wissen will, was sich zugetragen hat. Kann ihm doch egal sein. Oder denkt er, ich plaudere möglicherweise etwas aus und will das verhindern?

»Pumpkin ...«

Ich funkele ihn an. »Es ist doch nicht dein beschissener Ernst, mich so zu nennen!«

Er lacht. »Alle haben dich so genannt.«

»Weil du damit angefangen hast!«

Rhys verschränkt die Arme vor der Brust und bei ihm sieht das gut aus, weil er nur einen Pulli und keine Jacke anhat. Verdammt. Nicht dass ich versuchen würde, für meinen Feind in irgendeiner Weise gut auszusehen. Aber die Art, wie sich seine Bizepse wölben ... seine definierten Brustmuskeln hervortreten ...

Oh, Gott, Brinley, reiß dich am Riemen! Das ist Rhys Jacobson. Nichts an ihm ist gut. Er ist einfach nur ein kolossales Arschloch, das dir das Leben zur Hölle gemacht hat.

»Ich kann doch nichts dafür, dass dich deine Mom in dieses alberne Kostüm gesteckt hat. Beschwer dich bei ihr.«

»Aber du bist derjenige, der auch Jahre danach diesen Spitznamen am Leben erhalten hat.«

Lachend nickt er. »Das hab ich.«

»Du bist einfach ein Arsch.«

Er kneift die Augen zusammen. »Was hat er wirklich getan?«

»Rhys, ganz ehrlich, keine Ahnung, was in deinem Kopf los ist, ob du überhaupt noch zwei Gehirnzellen hast nach der ganzen Steroideinnahme, aber es geht dich nichts an und ich muss los.« Ich drücke das Buch an meine Brust und marschiere zur Tür. »Also, bitte geh.«

Er tritt zu mir, aber anstatt einfach rauszugehen, kommt er mir nah, viel zu nah. Er sieht auf mich herab. Mir wird heiß, viel zu heiß. Das kann nicht nur auf die Nähe zurückgeführt werden, aber über alles andere will ich nicht nachdenken ...

»Sag es mir.« Seine Stimme ist plötzlich ganz anders. Tiefer, rauer, ein wenig kratzig, nicht so nervig wie sonst. Intim irgendwie.

Lass dich nicht einlullen, sage ich mir, aber das ist wirklich leichter gesagt als getan, weil mir sein Geruch in die Nase steigt. Und ganz ehrlich, was immer das ist, es ist sinnlich. Ich schlucke, bevor ich leicht den Kopf schüttele. *Nein. So nicht.*

»Verschwinde oder ich verpetz dich auch bei deiner Mom.« Ich starre ihm in die Augen, verbiete mir jeden anderen Blick.

Lachend geht er einen Schritt zurück. »Touché.« Er dreht sich um. »Ach, und, Pumpkin ... Ich finde es heraus.«

Als er gegangen ist, lasse ich mich gegen die geöffnete Tür sinken, was dazu führt, dass ich mein Gleichgewicht verliere und unsanft auf den Boden der Tatsachen zurückgeholt werde. Gerade eben kann ich mich noch abstützen. Was war das denn?

Fassungslos starre ich ihm hinterher. Ich kann nicht begreifen, was dieser Auftritt sollte. Und dass er mich Pumpkin genannt hat ... Das werde ich ihm nie verzeihen.

Und meiner Mom auch nicht, weil sie im ersten Highschooljahr dachte, dass das ein angemessenes Kostüm für ein Mädchen ist, das sich noch finden muss. Ich habe geweint und protestiert, wurde wütend und habe Türen geknallt, aber sie sagte, entweder das Kostüm oder ich dürfte nicht hingehen.

Also bin ich schließlich als Kürbis gegangen.

Und wünschte, ich hätte es nicht getan. Ich bereue es wirklich sehr.

Weil Kinder einfach grausam sind.

Ganz besonders Rhys Jacobson.

Ich versuche, die Gedanken zu vertreiben, aber es ist nicht so leicht, weil ich mich niemals so gedemütigt gefühlt habe. Alle haben mich ausgelacht und nicht nur an dem Tag. Der Spitzname Pumpkin wurde noch wochenlang verwendet, sogar von Schülern, die gar nicht in meinem

Jahrgang waren. Und immer, wenn es abebbte, wenn ich dachte, ich könnte neu anfangen, hat Rhys ihn wieder aus der Versenkung geholt. So ein Arsch.

Kinder sind echt grausam.

Und trotz allem hatte ich eigentlich gar keine so schlechte Highschoolerfahrung. Mit Ausnahme dieses Zwischenfalls wurde ich in Ruhe gelassen. Ich gehörte nicht zu den beliebten Kids, aber anders als alle anderen, die nicht zu ihnen gehörten, hat mich nie jemand belästigt. Klar, so ein Spitzname ist auch Mobbing, aber es hätte wesentlich schlimmer sein können, das habe ich bei anderen gesehen. Aber ich wurde nicht verspottet, nicht gedemütigt, wurde nicht in der Toilette eingesperrt, wurde nicht in Mülltonnen geworfen. Und ganz schlimm, was sie sich für unbeliebte Mädchen auf Partys überlegt haben. Mir dreht sich noch heute der Magen um, wenn ich nur dran denke.

Nein, da will ich jetzt nicht drüber nachdenken.

Ich streiche meine Jacke glatt, schließe die Tür ab und gehe zu meinem Auto, steige ein.

Aber wieso? Diese Frage taucht plötzlich in meinem Kopf auf. Wieso wurde ich nicht gemobbt?

Das habe ich mich nie gefragt. Während der Highschool nicht, weil ich einfach nur froh war, dass es mich nicht getroffen hat, und später auch nicht. Aber es ist doch eigenartig.

Klar, ich war immer mit Isaac befreundet, und er war Rhys' Bruder, hatte also so was wie Welpenschutz. Es musste ja einen Vorteil haben, wenn der eigene Bruder beliebt ist.

Es ist lange her und ganz sicher nichts, dem ich jetzt noch auf den Grund gehen kann. Und wichtig ist es auch nicht. Schließlich ist die Highschool schon fünfzehn Jahre vorbei. O Gott. Ich bin alt! Echt? Vor fünfzehn Jahren habe ich meinen Abschluss gemacht? Aber wie geht das, ich bin doch höchstens fünfundzwanzig …

Ich schüttele über mich selbst den Kopf, bevor ich losfahre, auf direktem Weg zum Weingut meines Bruders.

RHYS

Ich stehe an der Ecke des Platzes, verborgen von Bäumen, sehe zu, wie sie in ihren Wagen steigt. Irgendwas ist da. Sie würde Isaac nicht nur wegen Geld verpfeifen, schließlich hat sie das die ganze Zeit nicht getan. Wieso sollte sie es jetzt tun?

Oder ist vielleicht einfach das Fass kurz vorm Überlaufen gewesen?

Aber irgendwas sagt mir, dass da mehr ist, dass er schwere Schuld auf sich geladen hat, wenn er eine so liebe Person wie Brinley Davenport verärgert hat.

Und ich werde es herausfinden. Auf jeden Fall.

BRINLEY

Holden fängt mich vor der Tür zu Troys Haus ab, reißt mir geradezu das Kartoffelpüree aus der Hand. »Ich dachte schon, du kommst gar nicht mehr.«

»Nette Begrüßung, kleiner Bruder«, kommentiere ich, während ich wieder umkehre, um mein zweites Gericht, grüne Bohnen mit Speck – irgendwie war mir doch nicht nach Rotkohl zumute –, ebenfalls aus dem Auto zu holen. Schließlich habe ich jetzt wieder eine Hand frei.

»Ja, ja, hallo und so.« Er grinst mich an. »Soll ich dir die Möhren auch abnehmen?«

»Das wäre toll.«

Gemeinsam gehen wir zum Auto und dann zurück zum Haus. Ich würde klopfen, wenn ich nicht wüsste, dass das absolut sinnlos ist. Es wird ein solcher Lautstärkepegel herrschen, dass mich niemand hört, weswegen ich die Klinke einfach hinunterdrücke, während Holden zwei Gerichte balanciert. Das Buch für Leah habe ich in meine Handtasche gesteckt. Dafür hat man doch große Taschen. Um mehr Bücher reinzutun.

»Hallo!«, rufe ich in den Raum, in dem schon alle durcheinanderreden.

Meine Familie ist groß, sie ist laut und meinungsstabil. Ganz besonders die Frauen und Grandpa Charles. Aber das würde ich niemals laut sagen, denn der Protest wäre gigantisch.

»Hallo, meine Kleine«, sagt Dad und kommt zu mir, drückt mir einen Kuss auf die Wange. Ich bin schon lange erwachsen, aber ich werde immer sein kleines Mädchen sein.

»Hallo, Daddy«, sage ich lächelnd, bevor er mir die Schüssel abnimmt.

»Muss das noch mal aufgewärmt werden?«, fragt er.

»Schau mal nach. Ich musste noch einen kleinen Abstecher machen.«

Holden tritt an den Tisch, nimmt den Deckel vom Topf. »Seht her, ihr Ungläubigen! Ich hab ein echtes Gericht und nicht nur Brot!« Stolz präsentiert er sein Kartoffelpüree.

»Junge, du denkst auch, wir sind nicht ganz gescheit«, kommentiert Grandma Ruth.

Holden kneift die Augen zusammen. »Das scheint eine Fangfrage zu sein.«

Ich grinse, während ich mich meiner Jacke entledige und Leah und Troy begrüße, bevor ich ebenfalls an den Tisch trete, Granny und Gramps einen Kuss gebe.

»Wie schön, dass du da bist, Mädchen«, erklärt Gramps.

»Wirklich?«, frage ich nach.

»Was soll das heißen?«, will er wissen.

»Na ja, ich hab das Gefühl, dass ich dir auf den Geist gehe.«

Er lacht. »Weil du mich immer korrigierst?« Er kommt näher, spricht in mein Ohr. »Lass mich dir ein Geheimnis verraten. Ich find es gut, dass du mir neue Sachen beibringen willst, auch wenn ich sie immer wieder vergesse.«

»Und ich dachte, du machst das absichtlich.«

»Teils, teils. Manchmal will ich dich auch nur necken.« Er gibt mir einen kleinen Stüber gegen die Wange. »Bist ein tolles Mädchen.«

Komplimente von Gramps sind ganz gewiss rar, weswegen sie umso süßer sind.

»Danke.«

»Brinley hat das Kartoffelpüree gemacht«, stellt Mom fest.

Holden verschränkt die Arme vor der Brust. »Ich würde mich doch niemals mit fremden Federn schmücken. Was hältst du denn von mir?«

Tante Karen mischt sich ein. »Doch, das wäre genau das, was du machen würdest.«

Holden blickt sie empört an. »Auch du, Karen? Wirklich? Das hätte ich von dir nicht gedacht.«

Sie lacht auf. »Du bist so ein Quatschkopf. Warst du schon immer.«

Verblüfft zeigt er auf sich. »Ich? Ich hab noch nie im Leben einen Scherz gemacht.«

»Keinen guten«, wirft Troy ein, was alle zum Lachen bringt.

Was einen Unterschied ein Jahr bringen kann! Von solchen Szenen hätte ich damals nur geträumt. Ein Familienessen mit allen ... Das hatte ich mir so gewünscht, aber meine halsstarrige Familie an einen Tisch zu bekommen, wäre ein Ding der Unmöglichkeit gewesen. Vor allem Troy, der alte Einsiedler. Aber dann kam Leah und alles wurde anders.

Es ist nicht so, als hätte ich keinen Kontakt zu den anderen gehabt, das hatte ich. Ich gehe regelmäßig für meine Großeltern einkaufen, gehe bei Mom und Dad ein und aus. Everett habe ich immer wieder gesehen, natürlich auch Holden. Aber es war anders. Es war nicht so.

Und ich liebe es. So sehr.

»Ich versteh gar nicht, wieso ihr euch alle gegen mich verschwört. Everett hat nur Brot und Käse dabei.« Holden sieht trotzig in die Runde, aber seine Augen funkeln mit Humor.

»*Selbstgemachten* Käse«, erklärt Everett. »Das ist viel Arbeit. Also als Erstes hab ich für diesen geaschten Ziegenkäse, den Brinley so gern isst, die Ziegen selbst gemolken. Dann hab ich die Milch …«

Troy und Holden rufen zeitgleich: »Nicht schon wieder diese Leier!« Sie grinsen sich an. Holden fügt hinzu: »Gleich erzählt er auch noch, dass er das barfuß im Schnee getan hat.«

Lachend schaue ich mich um. Wo ist denn Pebbles? Leah fängt meinen Blick auf und deutet hinter die Couch. Als ich um sie herumgehe, sehe ich die kleine Schönheit an einem Schweineohr kauen. Hunde sind schon manchmal ekelig. Ganz ehrlich. Ich knie mich neben sie, streichele ihren Kopf.

»Hallo, meine Kleine.« Sie leckt mir einmal über die Hand, bevor sie sich wieder ihrem Leckerbissen widmet.

»Reid wollte sich einschleimen«, meint Leah.

»Boah, Männer. Scheint geklappt zu haben, die kleine Verräterin.«

»Keine Sorge, ich glaub, sie mag dich am liebsten.«

»So muss das auch sein.«

Als ich zu ihr schaue, lächelt sie mich an. »Geht es dir besser?«, fragt sie leise.

Ich nicke. »Wird wieder.«

»Wenn du jemanden zum Reden brauchst ...«

»Ich weiß. Danke.«

Troy ruft: »Der Braten ist fertig.« Und dann hören wir das Schieben von Stühlen, das Trampeln von Füßen, als sie alle versuchen, sich als Erste hinzusetzen. Eine Bande von Vielfraßen. Anders kann man es nicht sagen.

Ich stehe grinsend auf, bevor ich zu Dad in die offene Küche gehe, um zu sehen, ob er noch Hilfe braucht.

»Ist alles so weit fertig?«, frage ich.

Er nickt. »Setz dich schon mal hin, Schatz. Oh, und nimm diese Schüssel mit.«

Es dauert nicht lange und wir sitzen alle am Tisch. Also, fast alle. Meine Cousine Emerson fehlt wie schon die letzten Jahre. Sie hat es in der Enge der Kleinstadt nicht ausgehalten, hat sich schon vor lange Zeit verabschiedet. Keiner weiß so genau, wo sie jetzt ist, was ganz besonders Karen und Randy, ihren Eltern, zu schaffen macht.

Plötzlich klingelt es. Ich schaue überrascht zu Troy, ob er noch jemanden erwartet, aber er scheint sich ebenfalls zu wundern, steht aber auf und tritt zur Tür.

»Oh, das wird der Junge sein. Er sah so einsam aus, da hab ich ihn gefragt, ob er zum Essen kommen will«, meint Gramps.

»Welcher Junge?«, fragt Mom.

»Der Jacobson-Junge.«

Mein Magen zieht sich zusammen, als alle plötzlich zu mir gucken. Gramps hat doch nicht wirklich Isaac eingeladen? Das wäre doch ein ganz gemeines Spiel.

»Ähm ...«, fange ich an, weil es so aussieht, als würden sie alle erwarten, dass ich irgendwas sage. Aber dann höre ich die Stimme ...

»Dein Großvater hat mich eingeladen.«

Das ist nicht Isaacs Stimme. Das ist ...

»Hey, Rhys. Dann komm rein.«

Rhys.

Das ist doch nicht sein Ernst! Das ist ja noch schlimmer. Okay, vielleicht nicht schlimmer als Isaac, aber genauso schlimm. Wie kann denn Gramps diesen Kerl einladen? Und wieso überhaupt? Das ist doch ... Scheiße. Echt.

»Hallo zusammen«, sagt Rhys, als er an den Tisch tritt.

»Ah, Junge, setz dich. Troy, hol noch einen Stuhl«, meint Gramps und tut so, als wäre er der General, auf den alle hören.

»Vielen Dank für die Einladung«, sagt er und sieht ein wenig verlegen aus.

»Schön, dich zu sehen, Rhys«, meint Dad und sticht mir damit ein Messer in den Rücken.

»Danke, Sir.« Ja, klar, jetzt tut er so, als wäre er gut erzogen, dabei ist er genau das Gegenteil.

»Wie geht es deiner Mom?«, fragt die Bürgermeisterin, aber wenigstens sieht sie nicht so aus, als könnte sie ihn leiden ... Oh, da lächelt sie und wendet sich ihm zu. Mist, alles Verräter hier.

Holden stupst mich an. »Wenn du nicht aufpasst, merkt jeder, dass du ihn nicht leiden kannst«, flüstert er mir zu.

»Er ist mir total egal«, entgegne ich und ignoriere sein Lachen.

»Ja, klar.«

Brüder. Wer hat die eigentlich erfunden? Ich muss mal ein ernstes Wort mit dieser Person reden.

»Es geht ihr sehr gut, Ma'am.«

»Ich hab gehört, dass ihr neues Putzmittel bald auf den Markt kommt. Es soll noch besser wirken als das alte. Stimmt das?« Mom sieht ihn interessiert an. Ich schnaube. O bitte, als würde Mom sich für Putzmittel interessieren!

»Die Teleshoppingsender scheinen es zu glauben. Sie hat einen richtig guten Deal an Land gezogen.«

»Ach, ehrlich? Sie war doch sowieso schon so erfolgreich.«

»Sie ist eine gute Geschäftsfrau.«

Das ist sie wirklich. Wir sind gewiss keine arme Gemeinde, aber reich sind die meisten Menschen hier auch nicht. Außer Mrs. Jacobson. Sie hat irgendein altes Familienrezept verbessert, ein wirklich tolles Putzmittel entwickelt, das nur aus natürlichen Zutaten besteht, noch dazu in der Region hergestellt wird, und hat damit vor zwei Jahrzehnten einen ersten Deal mit einem regionalen Shoppingsender bekommen. Das Mittel hat wie eine Bombe eingeschlagen und seitdem hat sie gefühlt das ganze Land beliefert.

Aber das wirklich Interessante ist, dass sie einfach immer noch dieselbe Frau ist, die sie auch in meiner Kindheit gewesen ist. Herzlich und liebevoll. Sie wohnen sogar noch im selben Haus, auch wenn sie sich einen Palast leisten könnte.

Man wundert sich jetzt vielleicht, wieso Isaac nie Geld hat ... Tja, seine Mom ist der Meinung, dass ihre Jungs auf eigenen Füßen stehen sollen. Etwas, was immer wieder zu Streit geführt hat, weil Isaac das einfach unfair findet. Erst als sie gedroht hat, ihm auch die Wohnung wegzunehmen, hat er klein beigegeben, aber weiterhin beinahe jedes Mal, wenn wir uns gesehen haben, darüber gemeckert.

»Knallhart, die Schnepfe«, wirft Gramps ein.

»Gramps!«, rufe ich empört.

Er sieht mich an. »Was denn? Sie ist knallhart.«

»Aber du kannst sie doch nicht Schnepfe nennen!« Ich schüttele den Kopf.

»Ach, papperlapapp. Fanny Jacobson ist hart im Nehmen. War sie schon immer. Als kleines Mädchen hatte sie einen Limonadenstand und hat uns allen das Geld aus der Tasche gezogen. Sie hatte es immer faustdick hinter den Ohren.« Er lacht auf. »Ruthie, erinnerst du dich?«

»O ja. Ich erinnere mich. Sie hat den vollen Preis genommen, aber die Gläser nur halb voll gemacht.« Sie sagt das in einem liebevollen Tonfall, als hätte sie die Familie gut gekannt. Davon wusste ich bisher nichts.

»Das hört sich ganz nach Mom an«, erklärt Rhys ziemlich stolz. Ich schaue ihn überrascht an, weil mir nicht bewusst war, dass er das ist. Interessant.

»Meinst du, sie macht auch noch mal einen Verkauf für die Gemeinde?«, fragt Tante Karen nach.

»Bestimmt. Ich frag sie aber gern mal.«

Ich verstehe überhaupt nicht, wieso er so umgänglich ist. Was spielt er hier für ein perfides Spiel? Jeder weiß doch, dass er ein absolutes Arschloch ist, oder?

7

RHYS

Während ich die Fragen zu meiner Mutter beantworte, schiele ich immer wieder zu Brinley, die es sich zur Aufgabe zu machen scheint, mich zu ignorieren. Was mir nicht passt. Ich kann sie nicht leiden, natürlich nicht. Aber Luft will ich auch nicht sein.

Ich zerbreche mir den Kopf, was ich sagen kann, um sie in die Luft gehen zu sehen. Und dann, dann sehe ich meine Chance.

»Also zu meiner Zeit haben Frauen noch in der Küche gestanden«, erklärt Charles Davenport.

Brinley verdreht die Augen. »Oh, Gramps, nur weil das so war, heißt das nicht, dass es so richtig war.«

»Aber die Frauen wollten das so und sie waren auch glücklicher.«

Seine Frau Ruth schnaubt. »Woher willst du das wissen?«

Er sieht sie an. »Du warst doch immer glücklich, Ruthie.«

Sie tätschelt ihm die Hand. »Ich war glücklich, ja, aber

ich hatte auch keine Wahl. Es hat mich ja niemand gefragt, ob ich nicht vielleicht lieber Richterin am Obersten Gericht werden will oder Präsidentin. Ich hatte nur die Wahl, Hausfrau und Mutter zu werden.«

Er sieht sie verdattert an, weswegen ich diesen Moment nutze, um zu sagen: »Ich muss sagen, dass mir die Vorstellung gefällt.« Nein, tut sie gar nicht. »Ein warmes Heim, wenn man von der Arbeit kommt ...« Ich schaue zu Brinley, die wie erwartet rote Ohren bekommt, als würde sie sich nur so eben zügeln können, nicht zu platzen. Innerlich grinse ich in mich hinein, bemühe mich aber um ein cooles Äußeres. »Jemanden, der sich kümmert ...«

»Der Junge versteht es!«, ruft Charles aus. »Es ist einfach schön, wenn man weiß, da ist jemand, der sich sorgt.«

Die Bürgermeisterin schüttelt den Kopf, aber bevor sie etwas sagen kann, wird es Brinley zu viel. Das war offensichtlich genau das richtige Thema. Ich lehne mich zurück, frage mich, ob ich wohl Popcorn bekommen könnte, und freue mich schon auf einen schönen Schlagabtausch.

»Gramps, bei dir lasse ich dein Alter gelten, dafür dass du so antiquierte Ansichten hast. Aber wer hat dir denn ins Gehirn geschissen?«, richtet sie sich an mich. »Du findest es schön, eine Frau zu haben, die dir die Pantoffeln bringt? Das erklärt wahrscheinlich auch, dass du Single bist.«

In mir steigt Wärme auf, weil auf Brinley einfach Verlass ist. »Ich warte eben auf die Frau, die das genauso sieht wie ich. Die gerne zu Hause bleiben will. Sag mir, Brinley, du als glühende Feministin, denkst du nicht, dass jede Frau sich selbst aussuchen darf, was sie machen will, auch dann, wenn es von deinen Vorstellungen abweicht?«

»Natürlich darf jede Frau Hausfrau sein, wenn sie das will. Aber als Mann so etwas zu erwarten, ist nicht nur ein Arschloch-Move, sondern tritt jegliche Gleichberechtigung mit Füßen!« Sie funkelt mich an. Ich muss sagen, sie hat was. Wie sie da so leidenschaftlich für ihre Werte streitet, ist ziemlich heiß.

Heiß? Nein! Auf gar keinen Fall. Brinley Davenport ist doch nicht heiß ... Sie ist ...

Alles andere als das eben.

»Aber was ist daran verkehrt, wenn ich es will und sie es will?«, frage ich scheinheilig nach.

»Was daran verkehrt ist? Dass du sie in eine Richtung drängst, die sie vielleicht nur einschlägt, weil sie weiß, dass du es willst! Das ist doch keine freie Entscheidung.« Empörung trieft aus jeder ihrer Poren.

»Also sollte ich dann bei jeder Begegnung vorher abfragen, ob sie sich das vorstellen kann? Und wieso sollte eine Frau für einen Mann nicht ihre Meinung ändern?«

»Ach so! Würdest du denn deine Meinung für sie ändern? Wenn du dich in eine Frau verliebst, die erwartet, dass ihr Mann zu Hause bleibt, während sie Karriere macht«, dabei wirft sie ihrer Mom einen Blick zu, »dann würdest du das auch machen?«

»Natürlich nicht, schließlich will ich das nicht.«

Sie schnaubt. »Aber deine Frau soll sich selbst verleugnen.«

»Ich sagte doch, dass ich eine will, die das auch will.«

»Also, ich denke, das muss jedes Paar für sich selbst entscheiden«, mischt sich ihr Dad ein. »Was für das eine Paar funktioniert, muss ja für ein anderes nicht funktionieren.«

»Oh, Junge, damit willst du doch nur rechtfertigen, dass du dich von der Schnepfe an die Kandare nehmen lassen hast«, echauffiert sich Grandpa Davenport.

Ups, das hatte ich natürlich nicht gewollt. Brinley wütend machen? Ja. Eine Familienfeier sprengen? Nein.

Aber bevor ich etwas sagen kann, um vielleicht zu

schlichten, mischt sich Randy Davenport, Brinleys Onkel, ein: »Dad, ganz ehrlich, manchmal frage ich mich, ob du senil wirst.«

»Senil? Ich hab noch alle Tassen im Schrank, vielen Dank, mein Sohn. Aber ich werde immer meine Meinung sagen. Und es ist einfach unnatürlich, wenn ein Mann zu Hause bleibt. So.«

Seine Frau tätschelt ihm die Hand. »Du solltest mal wieder den *Weiblichkeitswahn* von Betty Friedan lesen. Es scheint mir, als hättest du alles vergessen.«

»Ihr Frauen hattet doch alles«, meint er. »Ich versteh nicht, wieso man da unglücklich ist. Ich hätte mich gefreut, wenn ich zu Hause hätte bleiben dürfen. Stattdessen bin ich arbeiten gegangen, um dir das zu ermöglichen.«

»Eben, Gramps, du hattest die Wahl. Du hast das entschieden. Und selbst wenn Granny das für sich auch entschieden hätte, also arbeiten zu gehen, hätte es keinen Job gegeben, den sie hätte machen können«, meint Everett.

Ich habe mich schon gefragt, wann sich die anderen Mitglieder der Familie einmischen würden, und bin jetzt reichlich enttäuscht, weil mein Schlagabtausch mit Brinley unterbrochen wurde. Chance vertan. Stattdessen ziehe ich den Kopf ein, damit sie sich bloß nicht erinnern, dass ich das hier sozusagen verursacht habe. Noch mal ups.

BRINLEY

Ich hätte es mir ja denken können, dass Rhys so ein ewiggestriger Idiot ist. Es passt einfach absolut in das negative Bild, das ich von ihm habe. So ein Arsch, ganz ehrlich. Wie können sich Männer eigentlich erdreisten, noch solche Forderungen zu stellen? Und klar, wenn eine Frau das will, dann soll sie das natürlich auch dürfen. Keine Frage. Aber es muss eben freiwillig sein. Und zwar wirklich freiwillig.

Nicht, weil sie keinen guten Job findet. Nicht, weil sonst niemand die Kinder versorgt. Nicht, weil das die logischere Wahl ist, weil der Mann mehr verdient. Sondern einfach nur aus dem Grund, dass sie es will.

Für alle anderen Probleme müsste man andere Lösungen finden. In der Familie, aber auch gesamtgesellschaftliche. Schließlich kann es doch nicht sein, dass Frauen sechzehn Prozent weniger verdienen als Männer.

Rhys kann so oft beteuern, wie er will, dass es natürlich auf Freiwilligkeit basieren sollte, deswegen glaube ich ihm das noch lange nicht. Er will wahrscheinlich eine Frau, die er anketten kann, sodass sie nur von der Küche ins Schlafzimmer gelangen kann. Oh, und vielleicht zur Couch, um ihm da auch Blowjobs geben zu können.

O Gott. Wo landen denn da meine Gedanken? Ich will ganz sicher nicht über seine intime Anatomie nachdenken. Am liebsten würde ich einfach vergessen, dass er untenrum nicht so aussieht wie Ken. Also, ich schätze es mal. Sicher sein kann ich mir da nicht. Müsste ich nackt sehen.

O Gott. Ehrlich, Brinley Davenport? Wirklich?

Jetzt zieh deinen Kopf mal wieder aus der Gosse und konzentrier dich auf die wichtigen Dinge. Und damit meine ich ganz sicher nicht *sein Ding*. Schon wieder. Wie komme ich denn immer wieder an diese Stelle zurück? Es ist, als könnte ich an nichts anderes mehr denken, nachdem ich einmal in diesem Karussell gefangen bin. Kakerlaken, Vogelspinnen, Nacktmulche ... O nein, die haben viel zu viel Ähnlichkeit mit einem gewissen Teil der männlichen Anatomie, an den ich nicht denken will. Also, was anderes ... Was ist noch ekelig? Penisfische. Nein, nein, nein.

Verzweifelt schüttele ich den Kopf und Holden, der neben mir sitzt, stupst mich an. »Alles okay?«

»Mhm.«

»Überlegst du, wen du als Erstes umbringst? Rhys oder Gramps?«

»Da ich nur einen von beiden vermissen würde, ist die Entscheidung leicht.« Oh, und da bin ich wieder ich selbst. Abneigung ist offensichtlich das Allheilmittel schlechthin. »Wie konnte Gramps ihn nur einladen?«

»Damit er einen Verbündeten hat?«

»Aber das konnte er doch vorher nicht wissen«, entgegne ich.

Holden zuckt mit den Schultern. »Weiß mans?«

»Ruthie, ich find das nicht richtig, dass du dich immer auf die Seite der Frauen stellst«, sagt Gramps da gerade.

»Aber ich bin nun mal eine.«

»Aber du bist auch meine Frau.«

»Ach so, das war mir entfallen.« Und sie lächelt ihn charmant an. »Aber eine Großmutter muss zu ihrer Enkelin halten. Das ist das Gesetz.«

»Ganz genau, Granny«, werfe ich ein. Ich halte ihr eine Ghettofaust hin und bin absolut begeistert, dass sie weiß, was sie jetzt zu tun hat.

Gramps schüttelt den Kopf. »Zu meiner Zeit haben sich Frauen noch nicht gegen ihre Ehemänner verbündet.«

»Gute alte Zeit, was?«, frage ich spöttisch.

Er lehnt sich zurück. »Ihr könnt mich für einen Chauvinisten halten, aber ich wollte immer nur, dass es meiner Familie gut geht. Nichts weiter. Hätte ich gewusst, dass Ruthie gerne ihrer Namensvetterin Ruth Bader Ginsburg an den Obersten Gerichtshof gefolgt wäre, hätte ich sie jeden Tag zum College gefahren.«

»Oh, Gramps«, sage ich leise, weil ich natürlich auch nicht will, dass er sich schlecht fühlt.

Ich hasse Rhys, ganz eindeutig. Er ist schuld daran, dass Gramps jetzt ein wenig betreten auf sein Leben zurückblickt.

»Das weiß ich doch, Charles.« Granny beugt sich zu ihrem Mann rüber. »Aber ich hätte mich selbst gefahren.«

Gramps greift nach ihrer Hand, zieht sie an seine Lippen. »Oh, ich hab es früher genossen, dass du mich durch die Gegend kutschiert hast.«

»Das hab ich aber ganz anders in Erinnerung. Ich durfte nur fahren, wenn du so betrunken warst, dass du das Zündschloss nicht mehr gefunden hast.«

»Aber dann hab ich es wirklich genossen.« Er grinst sie an und auf seinem Gesicht ist plötzlich mehr von dem jungen, charmanten Mann zu sehen, den ich von Fotos kenne, als von meinem geliebten Grandpa. So als wäre die Zeit plötzlich weggewischt. Kein Wunder, dass Grandma sich in ihn verliebt hat. Schön, dass die beiden das immer noch haben.

Ich weiß nicht, was mich da reitet, aber als Rhys sich verabschiedet und nach draußen tritt, eile ich ihm hinterher.

»Was sollte das?«, rufe ich, bevor er in sein Auto einsteigt. Ich bin ziemlich wütend. Unverhältnismäßig wütend vielleicht, aber er kommt als Gast und sorgt beinahe dafür, dass es zu einem Familienstreit kommt.

»Was?«, fragt er auf diese lässig-arrogante Art, die ich so was von nicht leiden kann.

»Benimmt man sich so, wenn man bei jemandem zu Gast ist?«

Langsam dreht er sich um, steckt seine Hände in die Taschen seiner Jeans. »Wie hab ich mich denn benommen?«

»Wie der Arsch, der du bist.«

Ein spöttisches Lächeln zieht an seinem Mundwinkel.

Ich weiß nicht, ob ich es wegschlagen oder wegküssen möchte. Nein, Letzteres ganz gewiss nicht. »Scheint, als hätte ich mich ganz normal verhalten.«

»Hast du. Ich bin schon einiges von dir gewöhnt, aber wenn du anfängst, dich mit meiner Familie anzulegen, dann hört der Spaß auf.«

»Wenn ich mich mit dir anlege, ist es also Spaß für dich?«

Irritiert schüttele ich den Kopf. »Es ist natürlich immer scheiße!«

»Ah, und ich hatte verstanden, dass es dir Spaß macht ... Mein Fehler.«

»Ja, ganz eindeutig dein Fehler. Hierherzukommen war auch *dein* Fehler.«

»Wolltest du mich etwa nicht hier haben, Pumpkin? Das trifft mich jetzt aber sehr. Wo ist denn die viel beschworene Gastfreundschaft?« Sein Tonfall ist so spöttisch, dass ich mich zusammenreißen muss, damit ich ihm nicht in die Eier trete. Das hätte er aber auch ehrlich verdient.

»Die gibt es nur für Menschen, die anständig sind.« So, jetzt habe ich es ihm aber gegeben.

Sein Blick wandert langsam an mir hinab, so langsam, dass ich schon anfange, unruhig zu werden. »Ich hätte dich nicht für eine *anständige* Frau gehalten, Brinley Davenport.« Und er sagt das mit so viel Sex-Appeal in der Stimme, dass ich genau weiß, worauf er anspielt.

Perplex starre ich ihn an, vielleicht sogar mit offenem Mund, so genau weiß ich das nicht, weil alle meine Gehirnwindungen sich abgeschaltet haben.

Mit einem ziemlich selbstgefälligen Grinsen steigt er in seinen Wagen und fährt weg. Als er schon auf die Landstraße gebogen ist, stehe ich immer noch da, weil ich nicht fassen kann, was er gesagt hat. Und noch weniger fassen kann ich, dass es in mir bei seinen Worten gekribbelt hat! *Gehts noch, du Verräter-Körper?*

Als ich mich endlich wieder bewegen kann, stürme ich zurück ins Haus und knalle die Tür so laut zu, dass Pebbles erschreckt aufspringt. Sofort bekomme ich ein schlechtes Gewissen, gehe zu ihr hin, streichele ihr über den Kopf.

»Verzeih mir, Mädchen«, murmele ich leise. Sie leckt meine Hand. Ich werde einfach annehmen, dass das Ja heißt.

»Welche Laus ist dir denn über die Leber gelaufen?«, fragt Everett.

Eltern und Großeltern sind schon gegangen, was mir ganz recht ist. Sie sind immer anstrengend, wenn sie so was sagen wie »Aber Rhys ist doch so ein lieber Junge«. Kann ich gar nicht mit umgehen, schon gar nicht in diesem Moment.

»Rhys wahrscheinlich«, meint Kingston in einem Tonfall, der meiner Nemesis in nichts nachsteht. Am liebsten hätte ich jetzt ein paar Wasserballons, die ich auf seinem Kopf zerplatzen lassen könnte.

»Er ist ihr wohl eher unter die Haut gegangen«, witzelt Reid und gehört damit ebenso wie sein Bruder auf meine Abschussliste.

»Ganz sicher nicht«, knurre ich.

Reid hebt die Hände. »Oh, wow, Tiger. Da ist ja jemand wirklich angepisst. Sicher, dass das noch gesund ist?«

»Er hat sich einfach unmöglich benommen! Seine misogynen Sprüche mal ausgenommen, hat er dafür gesorgt, dass Gramps sich schlecht gefühlt hat.«

»Es ist ganz gut, wenn er mal die Wahrheit erfährt«, meint Holden. »Er kann doch nicht ernsthaft denken, dass Granny ihm gern die Klamotten nachgetragen hat.«

»Aber er war wirklich betroffen«, werfe ich ein.

Troy zuckt mit den Schultern. »Gran konnte sich schon

immer ganz gut behaupten, aber vielleicht erkennt er jetzt mal, was für ein Goldstück er da an seiner Seite hat.«

»Aber es steht ihm einfach nicht zu«, entgegne ich. »Wieso tut ihr alle so, als wäre er kein Arsch?«

Holden grinst. »Schwesterlein, dir ist doch wohl bewusst, dass Rhys sich dir gegenüber nur so benimmt, weil er deine Aufmerksamkeit will?«

»Äh, nein, wozu will er die denn haben?«

Und irgendwie kann ich gar nicht verstehen, wieso plötzlich alle grinsen.

»Euch kann ich auch nicht leiden.« Ich knie mich neben Pebbles und vergrabe mein Gesicht in ihrem Fell. Tolle Familie, echt.

Als ich zu meinem Auto gehe, hakt sich Leah bei mir ein. »Alles klar?«

»Sicher«, gebe ich zurück.

»War bestimmt nicht leicht, seinen Bruder zu sehen.«

Ich winke ab. »Ach, die beiden hatten für mich noch nie wirklich was miteinander zu tun. Hab ich immer trennen können.«

»Dann ist ja gut. Und ...«

»Hm?«

»Na ja, meinst du nicht, dass Rhys dich vielleicht mögen könnte? Ich mein, was sich liebt, das neckt sich und so?«

»Das ist doch nicht dein Ernst! Willst du auch das Narrativ bedienen, dass Jungs, die sich scheiße verhalten, einen mögen? Sorry, aber das geht ja wohl gar nicht.«

»Da bin ich ganz bei dir, aber ... Hm, ich denke, dass es hier vielleicht so sein könnte.«

»Ich glaub es nicht und selbst wenn, dann wäre das

sein Problem. So ein schlechtes Benehmen werde ich ganz sicher nicht honorieren.«

»Okay, verstanden. Du magst ihn also nicht?«

»Nein, ich kann ihn nicht leiden.« Habe ich zu schnell geantwortet?

Ihr »Aha« spricht jedenfalls Bände. Zeit, dass ich nach Hause komme und mich unter der Bettdecke verstecken kann. Dieser Tag kann wirklich weg.

8

BRINLEY

Am nächsten Tag klingelt die Tür und ich sehe auf.

»Was willst du denn hier?«, frage ich, als Isaac mit dieser Lucy eintritt. Leider arbeitet mein Gehirn so, dass es sich die unsinnigsten Fakten merkt, sodass ich noch nicht einmal die Genugtuung habe, dass ich ihren Namen nicht mehr weiß.

»Ähm, das ist Lucy«, sagt er ein wenig verlegen.

»Wir kennen uns schon.«

Sie hebt nur eine Augenbraue, bevor sie sich gelangweilt wegdreht.

»Warum bist du hier?«

Sein Gesicht scheint voller Hoffnung zu erstrahlen. »Ich wollte nur meiner besten Freundin erzählen, dass es endlich wahr wird!«

»Beste Freundin?«, frage ich nach, geradezu erschrocken, weil ich das nicht habe kommen sehen. Wie unterschiedlich Wahrnehmungen sein können. Meiner Meinung nach sind wir geschiedene Leute.

»Lucy und ich machen einen Roadtrip!«

»Ich dachte, du willst nach Australien.«

»Sie hat einen Van, in dem wir schlafen können, und dann erleben wir ganz viele Abenteuer.«

»Oder nach Südamerika?«, frage ich nach, während ich versuche, die Tränen zurückzuhalten. Ich kann gar nicht begreifen, wieso er jetzt hier ist und mir das unter die Nase reiben muss. Hat er nicht verstanden, dass er mir wehgetan hat? Muss er jetzt wirklich in der Wunde herumstochern und auch noch einen Salzstreuer mitbringen, weil es nicht genug gezwirbelt hat?

»Wir wollen mindestens ein halbes Jahr unterwegs sein!« Seine Augen leuchten vor Aufregung, was mich richtig fassungslos macht. Wie wenig Empathie kann man eigentlich haben? »Mein Traum wird endlich wahr!«

Ich weiß nicht, was ich dazu sagen soll. Ja, toll? Mir ist auch schleierhaft, was seine Erwartungen sind. Denkt er, dass es wirklich im Bereich des Möglichen ist, dass ich das sage?

»Sag doch was«, fordert er mich auch noch auf. Er sieht zu Lucy. »Ich bin so froh, dass ich eine Frau gefunden hab, die dasselbe vom Leben erwartet wie ich auch.« Sie lächelt ihn an, greift nach seiner Hand, bevor sie sich an ihn schmiegt.

Ja, Lady, ich weiß, was der Blick heißt, den du mir da zuwirfst. Fass meinen Mann nicht an. Keine Sorge, tue ich nicht. Selbst dann nicht mehr, wenn er plötzlich Gefühle für mich entdecken würde. Das ist vorbei.

»Raus.«

Er sieht mich irritiert an. »Wie bitte?«

»Verschwinde, aber ganz schnell. Raus aus meinem Laden und aus meinem Leben. Raus aus allem.« Ich bin von mir selbst erstaunt, dass ich das so kalt und klar sagen kann, ohne in Tränen auszubrechen.

Unglauben ziert sein Gesicht. »Wie redest du denn mit

mir? Nur weil ich nicht in dich verliebt bin, kannst du dich nicht für mich freuen? Das ist deine Idee von Freundschaft?«

Ich greife nach meinem Handy, gehe auf meine Favoriten, lasse meinen Daumen über Everetts Nummer schweben. »Hau ab, sonst ruf ich Everett an.«

Er schüttelt den Kopf, als wäre er enttäuscht von mir. »Ich dachte, wir wären Freunde …«

»Komm, Schatz, lass die Schlampe doch in ihrer Frigidität versauern.« Lucy zieht ihn zur Tür.

»Was ist nur mit dir passiert, Brinley?«, fragt er noch, bevor er endlich meinen Laden verlässt. »Ich erkenn dich gar nicht mehr wieder.«

Als die Tür endlich hinter ihnen ins Schloss fällt, sinke ich zu Boden, vergrabe das Gesicht in den Händen. Jetzt, wo sie laufen könnten, wollen die Tränen nicht mehr. Stattdessen fühle ich mich, als müsste ich schreien. Einmal so richtig laut, bis alle Scheiben anfangen zu wackeln.

Ich habe ihn nie so erlebt. In den letzten Tagen hat er sich so schändlich verhalten, dass ich gar nicht mehr weiß, wie wir einmal Freunde sein konnten. War er schon immer so und ich hatte eine rosarote Brille auf, wollte nicht sehen, wie er ist? Oder hat er sich plötzlich geändert?

Leider schwant mir, dass es eher Ersteres ist. Leah meinte doch auch, dass sie ihn nicht so sympathisch fand. Und hat nicht Holden auch was in der Art gesagt? Dass er nicht mochte, wie ich war, wenn er dabei war.

Offensichtlich bin ich mit Scheuklappen durchs Leben gegangen.

Aber jetzt, da ich einmal gesehen habe, was hinter seiner netten Fassade steckt, kann ich nicht verstehen, wie ich jemals auf ihn reinfallen konnte. Dämlich bin ich. Anders kann man es wohl kaum sagen. So richtig dämlich.

Ich bin die Figur in einem Horrorfilm, die bei einer

Bedrohung einfach geradeaus wegrennt, als könnte man nicht auch noch andere Richtungen einschlagen. Ich bin die Erste, die bei einer Zombieapokalypse draufgehen würde. Schlimmer noch: Ich bin die nervige Person, von der alle wollen, dass sie als Erste stirbt. Die sie noch freiwillig an das Seeungeheuer opfern würden.

Die Tür klingelt wieder. »Hallo?«, ruft eine freundliche, ein wenig brüchige Stimme. Nana ist eben auch schon in die Jahre gekommen.

Ich atme durch, setze ein Lächeln auf und versuche, möglichst munter aufzustehen.

»O Gott!«, ruft sie aus, presst die Hand auf ihr Herz.

»Das tut mir so leid, Nana, Entschuldigung! Ich wusste nicht, dass Sie schon so nah an der Kasse sind.«

»Brinley Davenport, was hast du für einen Grund, wie ein Springteufel hervorzukommen?« Sie zittert ein wenig. Mist, ich habe sie wirklich erschreckt.

»Mir ist nur was hingefallen«, sage ich lahm.

»So was. Die Davenportkinder waren ja schon immer wild, aber du warst die Schlimmste von allen.« Sie kneift die Augen zusammen. »Aber auch die Amüsanteste.«

»Das hört sich beinahe wie ein Kompliment an.«

Sie tätschelt mir die Wange. »Ist es, Kleines. Sag mal, ist das neue Buch von Nora Roberts schon da?«

»Der offizielle Termin ist in drei Tagen.«

Sie lächelt. »Ich weiß, ich weiß, aber ich dachte ... nun ja, vielleicht hast du ja schon hinten einen Karton ...«

Ich grinse. »Ich schau mal nach. Vorhin ist eine Lieferung gekommen. Aber wenn da ein Sperrvermerk drauf ist, dürfen Sie das niemandem erzählen. Verstanden?«

»Natürlich! Ich schweige wie ein Grab.«

Tut sie natürlich nicht. Wie gut, dass Guerneville so weit ab vom Schuss ist, dass niemand mitbekommt, wenn ich Bücher früher rausgebe. Nein, ich muss mich korrigieren, wenn ich ein Buch früher rausgebe. Denn nur Nana kann mich um den Finger wickeln.

Ich gehe nach hinten, greife nach dem Cuttermesser, um die drei Kartons zu öffnen, und siehe da. Nana hat Glück und obenauf liegen ein paar Exemplare von Nora Roberts neustem Werk. Ich persönlich mag lieber die J. D. Robb Bücher, aber für Nana kann es nicht romantisch genug sein.

Und schmutzig genug.

Im letzten Jahr hat sie ihre Vorliebe für Männer mit Sixpacks und viel Stamina entdeckt. Das ist natürlich ebenfalls unser Geheimnis. Daher stecke ich ihr die Bücher auch immer in eine blickdichte Tüte. Aber als ich ihr vorschlug, doch einen E-Reader zu nutzen, hat sie mich für verrückt gehalten, schließlich ist das doch nicht dasselbe.

Ich sehe auch noch einen nackten Oberkörper in dem anderen Karton und nehme das Buch ebenfalls mit nach vorne. »Es ist auch noch ein Buch für Sie angekommen.«

»Ah, das ist doch der Pirat? Auf den hab ich schon gewartet. Was macht das, Schätzchen?«

Ich nenne ihr den Preis, nehme das Geld entgegen, packe die Bücher ein und reiche ihr die Tüte. »Sagen Sie mir, wie Sie es fanden. Ich hab noch ein paar andere Kundinnen, die auf sexy Liebesromane stehen.«

»Für die alte Dolores ist das bestimmt nichts. Sie muss da wahrscheinlich zehn Ave-Maria beten.«

Ich grinse. »Nana, Sie wissen wohl über alle Bescheid.«

»Über alle und über alle kleinen Sünden.« Sie grinst vergnügt. »Tüdelü.«

Ich lache, weil sie dabei so verschwörerisch guckt. Im Grunde könnte ich sie mir auch als eine Art Miss Marple vorstellen, nur dass sie nicht irgendwelchen Verbrechen auf der Spur ist, sondern Gerüchten.

Kaum ist sie aus dem Laden, fällt mein fröhliches

Gesicht wieder in sich zusammen. Ich gehe nach hinten ins Bad, nehme einen Lappen, den ich unter kaltes Wasser halte und mir damit das Gesicht abtupfe, mit Vorsicht, um mein Make-up nicht ganz zu ruinieren, wobei das eigentlich nur aus Puder und Mascara besteht. Da ich mit drei Brüdern aufgewachsen bin, habe ich mich meist mehr dafür interessiert, wie ich einen von ihnen von der Brücke schmeißen kann, als ob meine Haare gekämmt sind.

Ich schaue auf, sehe in den Spiegel. Ein Geist blickt mir entgegen. Meine Haut ist eher hell, aber so blass ist nicht normal. Ich versuche, mir ein wenig Röte in die Wangen zu kneifen, aber danach sehe ich aus, als hätte mir jemand ein paar Backpfeifen verpasst.

Seufzend lehne ich mich gegen die Wand. Ich bin einfach so enttäuscht. Nicht nur von Isaac, aber natürlich hauptsächlich, aber auch irgendwie ... Ich weiß nicht. Vom Leben? Vom Universum? So genau kann ich das nicht sagen. Als hätte die Welt mir ihre schreckliche Fratze gezeigt und ich könnte damit nur ganz schwer umgehen, weil ich lieber in meiner Glücksbärchiwelt bleibe.

Unabhängig von meinen Gefühlen ist es einfach so, als wäre ein großer Teil meines Lebens weggebrochen. So viel Zeit habe ich in Isaac und unsere Freundschaft investiert. Er war mein bester Freund für den größten Teil meiner Zeit auf dieser Erde. Das kann ich nicht so einfach wegstecken.

Ich werde ihn vermissen. Vielleicht nicht die Person, die er heute ist, aber die, die er für mich war. Der Mann, der mich zum Lachen bringen konnte. Der Mann, der mit mir jeden Sommer durch die Gegend gestreift ist, mit mir in den Russian River gesprungen ist und im Meer gebadet hat. Ich habe ihm alles erzählt, mehr noch als Holden. Er kannte all meine Geheimnisse.

Das alles wird mir fehlen.

Und es ist noch mal so bitter, dass es sich jetzt einfach alles wie eine Lüge anfühlt. Als wäre es nicht echt gewesen.

Aber so darf ich nicht denken, denn das bringt nichts. Es mag sein, dass in den letzten Tagen alles schlecht war, ja, aber ich darf mir jetzt nicht einreden, dass es schon immer so war. Zumindest ist es doch so, dass es sich für mich nicht schlecht angefühlt hat, also sollte ich mich darauf konzentrieren.

Dann hasse ich ihn für seine aktuellen Taten, kann mir aber meine schönen Erinnerungen erhalten. Oder vielleicht ist das Mogeln.

Noch einmal seufze ich, bevor ich mich aufraffe und wieder in den Laden trete. Ich könnte die Bücherkartons auspacken und da hinten das Regal müsste auch neu sortiert werden. Wer auch immer seine Finger da im Spiel hatte – und ich weiß, dass es bestimmt die Morse-Brüder waren –, hat meine Ordnung vollkommen durcheinandergebracht.

Ich lächele. Bücher sind einfach das Beste. Und dass ich das Glück habe, mit ihnen zu arbeiten! Da kann man doch eigentlich keine schlechte Laune haben. Nie und nimmer.

RHYS

Als ich nach Hause komme, sitzt mein Bruder auf meiner Terrasse in dem Schaukelstuhl, den ich von unserer Großmutter zum Einzug geschenkt bekommen habe. Sie fand, eine Veranda ist nur dann komplett, wenn da ein Schaukelstuhl steht. Ich vermisse es manchmal sehr, dass sie sich kaum noch an etwas erinnern kann. Sie hat so viel Südstaatenflair in unser Leben gebracht.

»Hey, was machst du hier?«, frage ich, als ich die drei Stufen nach oben gehe.

Isaac sieht von seinem Handy auf, grinst mich an. »Rate, was passiert ist.«

»Brinley hat dich bei Mom verpetzt.«

»Ja, das auch, aber das ist Schnee von gestern. Nein, es ist was richtig Gutes.«

»Brinley ist endlich aus deinem Leben verschwunden?«

Er kneift die Augen zusammen. »Du bist ganz schön besessen von ihr.«

»Quatsch. Ich find nur ...«

»Ist auch egal. Ich hab jemanden kennengelernt.«

»Du lernst doch ständig jemanden kennen.« Ich lehne mich gegen das Geländer, verschränke die Arme vor der Brust. »Freitag doch gleich zwei Mädels.«

»Ach, die waren doch eh hässlich. Nein, am Samstagvormittag. Ich war bei der Tankstelle, weil ich für Dad Zigaretten kaufen sollte, und da stand sie dann. Sie hat das irgendwie mit dem Tanken nicht ganz hinbekommen, weswegen ich ihr geholfen hab. Na ja, sie hat sich bedankt und mich nach Hause gefahren. Und dann ist sie mit hochgekommen.« Er grinst.

So ist er. Kein Junge von Traurigkeit. Wieso Brinley ihm trotzdem verfallen ist, weiß ich echt nicht. Es ist schon beinahe peinlich, wie sehr sie ihm hinterherläuft. Auch noch eine ganze Ewigkeit. Ich meine, man kann verstehen, wenn es kleine Verliebtheiten gibt, aber sie ist seit der Grundschule in ihn verknallt.

»Ah, und sie ist die Liebe deines Lebens?« Ich versuche, den Spott aus meiner Stimme zu halten.

»Könnte sein, Mann.« Er lacht. »Jedenfalls stehen wir auf dieselben Dinge.«

»Die Zeiten sind vorbei, in denen ich von deinen sexuellen Vorlieben hören will.« Dieses Mal ist der Spott deutlich zu erkennen. »Wobei ... eigentlich war diese Zeit niemals.«

»Nein, nein, aber sie hat einen Camper und wir werden damit durch Amerika reisen!«

Seit ich mich erinnern kann, erzählt Isaac, dass er die Welt entdecken will. Australien, Südamerika, Europa, Afrika … Keine Gegend ist zu entlegen, als dass sie nicht schon mal Teil einer Fantasie geworden wäre. »Okay. Ich mein, davon träumst du schon ewig.«

»Und jetzt wird es wahr!«

»Und von welchem Geld?«, frage ich nach. Vielleicht hat Isaac zu viele Träume in die Wiege gelegt bekommen, während ich viel zu wenige habe. Ich bin eindeutig der pragmatischere Bruder.

»Lucy hat genug. Sie hat sich von ihrem Mann scheiden lassen und echt eine ganze Menge zugesprochen bekommen.«

»Aha.«

»Wieso sagst du das so?«

»Puh, Bro. Meinst du wirklich, es ist so gut, eine Beziehung zu starten, wenn der eine sich vom anderen aushalten lässt? Ich mein, was bringst du denn ein? Sie stellt das Auto und das Geld. Und du?«

Er winkt ab. »Ach so, nein, keine Sorge. Das ist ausgeglichen zwischen uns.«

»Wie das?« Aber eigentlich will ich es gar nicht wissen.

»Ich steuere Orgasmen bei«, meint er mit einem Zwinkern, von dem er wahrscheinlich annimmt, dass es sexy ist.

»Das reicht nicht. Ganz ehrlich. Du lässt dich aushalten.«

Mit den Schultern zuckend erklärt er: »Meinetwegen. Da hab ich keinen Stolz.«

»Das weiß ich.« Mein Ton ist schärfer, als ich es beabsichtigt hatte.

»Was soll das denn heißen?«

Tu es nicht, sage ich mir, aber es ist schneller draußen,

als ich mich stoppen kann. »Brinley hast du auch auf der Tasche gelegen. Noch am Freitag. Du hast nicht ehrlich sie für die Drinks der beiden Frauen zahlen lassen?«

Er streicht sich über das Gesicht, das einzige Zeichen, das ihm vielleicht doch bewusst ist, dass er sich scheiße verhalten hat. »Und es hat nicht mal was gebracht.«

»Also wäre es in Ordnung gewesen, wenn du zum Zug gekommen wärst?«

»Oh, ich bin noch zum Zug gekommen …«

Einen Augenblick bin ich verwirrt von seinen Worten. Ich habe doch gesehen, dass die beiden ihn abblitzen lassen haben. Er hat doch dann Brinley … Ich reiße die Augen auf, als die Erkenntnis mit der Wucht einer Granate in meinem Hirn landet. Schnell schüttele ich den Kopf, als könnte ich diesen Gedanken durch die Bewegung vertreiben. Nein, das hat er nicht getan …

»Bei wem?«, frage ich scharf – und ziemlich geschockt – nach, aber ich muss es wissen.

Er sieht mich unsicher an. »Brinley war offen dafür.«

Fassungslos starre ich ihn an, keine Worte zur Verfügung. Das ist einfach eine Information, die ich nicht verarbeiten kann. »Was?«, muss ich es genauer wissen.

»Es gab da diesen Moment, na ja, da waren wir uns so nah und dann hab ich sie geküsst.«

Mal abgesehen davon, dass ich Brinley bisher nicht mit One-Night-Stands in Verbindung gebracht habe, kann ich mir einfach nicht vorstellen, dass sie … O nein. Das ist es. Sie hat geglaubt, dass Isaac sich endlich auch in sie verliebt hat. Deswegen hat sie sich darauf eingelassen.

Und dann erinnere ich mich, in welchem Zustand sie war …

»Brinley war betrunken, als ihr die Bar verlassen habt.«

»O ja«, meint er. »Das war sie. So betrunken hab ich sie schon ewig nicht mehr erlebt.«

Mit Mühe halte ich meine Wut im Zaum. »Sie war betrunken, war ganz offensichtlich nicht mehr Herrin ihrer Sinne und du hast sie gevögelt?«

»Alter ... Nein, so war das nicht.«

»Doch, genauso war das. Noch dazu war sie schon immer in dich verliebt. Sie hatte gar keine Möglichkeit, Nein zu sagen.«

»Sie hat mitgemacht«, verteidigt er sich und springt auf. »Du sagst ja selbst, sie ist in mich verliebt. Sie wollte es.«

Und das ist der Moment, in dem ich mich vergesse. Ich balle meine Hand zur Faust und schlage zu, treffe ihn am Kinn, sehe, wie sein Kopf zurückgeschleudert wird, er gegen den Schaukelstuhl prallt, auf dem Boden landet. Rechtzeitig zügele ich meinen Zorn, denn sonst würde ich auf ihn einschlagen, während er schon am Boden liegt.

»Alter ... Mann ...«, keucht er und hört sich dabei verwirrt und verletzt an.

»Du hast deine beste Freundin ausgenutzt.« Meine Brust bebt, meine Hände sind so fest geballt, dass die Knöchel weiß hervortreten. »Du wolltest Sex, aber sie war gar nicht mehr in der Lage dazu!«

»Ich ... nein, so war das nicht!« Er sieht zu mir auf, rappelt sich hoch. »Sie wollte es. Sie wollte es schon seit Jahren! Ich hätte sie schon die ganze Zeit haben können.«

Ich trete einen Schritt auf ihn zu, was dazu führt, dass er eilig den Rückzug einleitet. »Sie wollte, dass du dich auch in sie verliebst! Und das hat sie gehofft. Sie wollte keinen One-Night-Stand mit ihrem besten Freund. Und sie wollte schon gar nicht, dass du dich ihr einfach aufdrängst, obwohl sie nicht bei Sinnen war!« Da bin ich mir ziemlich sicher, auch wenn ich nicht dabei war.

»Sie wollte es!«, ruft er beinahe erbost aus. »Du warst doch gar nicht dabei, daher kannst du das nicht beurteilen.

»Man fickt keine betrunkene Frau!«

»So betrunken war sie nicht.«

»Ach, doch nicht? Gerade hast du noch was anderes gesagt.«

»Sie hat mitgemacht!«

»Sie war nicht mehr in der Lage, das zu entscheiden.«

»Doch, natürlich! Ich würde mich nie einer Frau aufdrängen!«

Ich löse eine Hand, reibe mir über das Gesicht. »Allein die Tatsache, dass sie in dich verliebt war, hätte für dich schon bedeuten sollen, dass du sie unter gar keinen Umständen anfasst, weil sie alles für dich tun würde. Du hast ihre Liebe zu dir ausgenutzt. Das macht es noch schlimmer.«

»Ich wusste doch gar nicht, dass sie in mich verliebt ist.«

Eiskalt schaue ich ihm in die Augen, bis er sich windet. »Klar.«

»Okay, fein, ich wusste es. Aber was ist das Problem? Sie wollte Sex, weil sie in mich verliebt ist, und ich wollte Sex, weil ich eben Sex wollte. Win-win.«

Und da schlage ich ihm ein zweites Mal meine Faust ins Gesicht. »Du bist Abschaum!«

Er liegt auf dem Rücken, hält sich sein Kinn. »Du Wichser! Was soll das denn?«

»Das weißt du genau.«

»Also, echt, wenn ich nicht wüsste, dass du Brinley hasst, würd ich ja fast denken, dass du in sie verliebt wärst ...«

9

BRINLEY

Ich sitze abends mit einer Tasse Tee auf meiner Veranda, schaue in den Himmel, der in den schönsten Farben erstrahlt. Mein Buch liegt ob dieses Schauspiels vergessen neben mir, die Seite verblättert.

Die Natur ist doch die beste Künstlerin.

Ungebeten kommt mir der Gedanke an Isaac. Es ist in den letzten Tagen einfach zu viel geschehen, was ich verarbeiten muss. Zu viele Dinge, die so furchtbar waren, dass sie an meinem Weltbild gerüttelt haben. Und auch an meinem Bild von mir.

Natürlich war mir bewusst, dass ich ziemlich viel für ihn getan habe. Manchmal ist in mir auch die Frage aufgetaucht, ob denn überhaupt etwas zurückkommt, aber dann habe ich mir immer wieder gesagt, dass er mein Freund ist und es doch nur natürlich ist, wenn man für diejenigen, die man im Herzen trägt, Dinge macht. Außerdem gibt es doch einfach verschiedene Typen. Manche sind Gärten und manche Gärtner. Und wenn ein Garten auf einen Gärtner trifft, bekommen doch beide, was sie sich wünschen. Der eine kann sich kümmern, der andere kann umsorgt werden.

Das ist doch die perfekte Situation, oder nicht?

Aber zwischendurch habe ich mich manchmal gefragt, ob er das nicht ausnutzt. Weil ich einfach zu ... na ja ... zu lieb bin.

Habe ich es denn eigentlich gemacht, weil ich ihm was Gutes tun wollte oder nur weil ich gehofft habe, dass es auch in ihm Gefühle aufsteigen lässt?

Selbstreflexion ist bestimmt wichtig, wobei man sich aber auch so sehr in seinem Kopf verlieren kann, dass man gar nicht mehr weiß, wo oben und unten ist. Ich neige sowieso dazu, alles zu überdenken. Hm. Ich glaube nicht, dass mir das so guttut.

So langsam verblasst das Farbenspiel und Dämmerung hält Einzug. Meine Lichterkette, die an eine Zeitschaltuhr angeschlossen ist, geht an, spendet Licht. Ich schaue in meine Tasse. Jetzt ist es wohl eher Eistee. Ich nehme einen Schluck, bevor ich nach meinem Buch greife.

Nachdem ich zwei Sätze gelesen habe, lasse ich es erneut sinken. Die Gedanken lassen mich nicht los.

Ich bin einfach so enttäuscht. Und da hilft auch mein Entschluss im Laden nicht, dass ich mir die Vergangenheit nicht kaputtmachen lasse. Das ist etwas, was man in der Helligkeit des Tags entscheiden kann, aber wenn die Schatten länger werden, die Welt in Dunkelheit getaucht wird, treten Risse auf. Risse, durch die Bitterkeit sickern kann. Ich bemühe mich, Schutzwälle zu errichten, aber die Enttäuschung und die Verletzung sitzen so tief, dass ich kein Mittel gegen sie habe und sie jeden Damm niederreißen.

Wenn ich vorhin nicht weinen konnte, kann ich es jetzt. Es beginnt mit einer Träne, die aus dem Augenwinkel tropft, über die Wange fließt und dann vom Kinn fällt.

Hinzu gesellen sich viele weitere, bis mein Körper vom Schluchzen geschüttelt wird. Ich presse die Hände vors Gesicht, die Tasse mit dem Eistee fällt um.

Ich spüre, dass es nicht nur mein Herz ist, das zerbersten will, sondern einfach alles. Stückchen für Stückchen zerbreche ich in kleine Teile. Auch wenn ich die Arme um mich schlinge, reicht das nicht, um mich vor dem Zerspringen zu bewahren. Ich selbst kann mich nicht halten, kann nicht mein Anker sein.

Langsam sinke ich auf die Veranda, krümme mich zusammen, wünsche mir Halt, der aber nicht da ist. Und dann sind da plötzlich Arme. Arme, die mich hochziehen, die mich auf einen Schoß setzen, sich um mich schlingen. Ich vergrabe meinen Kopf an einer starken Schulter, kralle meine Finger in einen Pullover.

Holden.

Mein Bruder ist der Halt, den ich gerade brauche, der nicht zulässt, dass ich mich in alle Einzelteile auflöse, nur um dann im Wind zu verschwinden. Er ist es, der mir die Wärme schenkt, die mir verloren gegangen ist.

Seine Hände streichen über meinen Rücken, durch meine Haare. Seine Stimme flüstert ganz viele liebe Dinge, die ich nicht alle verstehe, weil mein Weinen zu laut ist, aber ich weiß, dass er mir mit Worten genau dasselbe sagt, wie mit seinen Berührungen. *Ich halte dich. Ich bin da für dich. Du bist nicht allein.*

Und das ist genau das, was ich brauche. Denn für einen ganz langen Moment hatte ich gerade die Befürchtung, dass niemand mehr da ist. Dass durch den Verlust von Isaac, der einfach so einen großen Teil meines Lebens ausgemacht hat, alles andere mit hinausgesogen wurde und dann einfach nichts mehr da ist. Niemand mehr da ist. Es beruhigt mich, dass er noch da ist. Mein Anker.

Ich weiß nicht, wie lange wir so dagesessen haben, aber irgendwann habe ich keine Tränen mehr. Und Kopfschmerzen, weil ich so dehydriert bin, dass ich mich wie eine Rosine fühle.

Ich schaue auf, sehe in sein besorgtes Gesicht. »Wieso … wusstest du …?« Mehr bringe ich nicht hinaus, weil meine Zunge so ausgedörrt ist, dass sie sich wie ein Stück Pappe anfühlt.

»Mrs. Thompson hat mich angerufen.«

Das ist meine Nachbarin. Anscheinend war ich doch nicht ganz alleine in meiner Traurigkeit, sondern hatte eine Art Schutzengel in Gestalt einer neugierigen, älteren Dame, die immer alles wissen will. Aber ich mag sie. Und dass sie mir meinen Bruder geschickt hat, als ich ihn am meisten brauchte, werde ich ihr niemals vergessen.

»Lass uns reingehen, damit du was trinken kannst.«

Ich nicke nur, zu schlapp, um etwas zu sagen. Weil ich keine Anstalten mache, aufzustehen, macht er es. Irgendwie. Keine Ahnung, wie viel Kraft dieser Mann hat, aber anscheinend sorgt Autoreifenstemmen für jede Menge Muskeln an den richtigen Stellen.

Er platziert einen Arm unter meinen Knien, einen legt er um meinen Rücken, steht auf und geht die Stufen nach oben. Ich greife nach dem Knauf, drehe ihn, sodass er die Tür aufstoßen kann. Und dann lässt er mich auf der Couch nieder.

Geplättet greife ich nach meiner Decke, ziehe sie über mich. Nicht dass es wirklich so kalt wäre, aber in mir fühlt es sich an, als wäre eine Eiszeit ausgebrochen, die niemals wieder enden wird.

Holden bringt mir eine Flasche Wasser, die ich sofort an

meine Lippen setze. Er lässt sich neben mir nieder, beobachtet mich.

»Was ist passiert?«

Ich zucke mit den Schultern, debattiere, ob ich ihm die Wahrheit sagen soll, aber dann ... Das habe ich schon immer getan. Mit einer Ausnahme. Ich habe ihm nie gesagt, was ich für Isaac empfinde.

Als ich dann das erste Wort rausbringe, fließen die anderen nur so hinterher, als wäre eine Blockade verschwunden. Während ich vor mich hin plappere, beobachte ich ihn, sehe, wie sich sein Gesicht bei meiner Erzählung wandelt. Von Anteilnahme zu Unglauben und dann zu Wut.

»Was?«, ist alles, was er fragt, als ich zu den Ereignissen der letzten Tage komme, und ich merke, dass ich einen Fehler begangen habe. Ich hätte es ihm nicht erzählen sollen. Man erzählt seinen Brüdern so etwas nicht.

Das wird mir spätestens klar, als Holden von der Couch aufspringt und aus meinem Haus marschiert.

»Wo willst du hin?«, rufe ich ihm hinterher.

»Ich bring ihn um«, ist alles, was er dazu sagt.

Panisch stehe ich auf, aber ich bin nicht schnell genug, um ihn zu erwischen, bevor er in sein Auto gesprungen ist.

»Holden!«, rufe ich ihm hinterher, aber da ist er schon losgefahren.

Scheiße. Er wird ihn umbringen. Oder nicht umbringen, aber ihm wehtun.

Ich greife nach meinen Schlüsseln, ziehe mir Latschen an, in die ich einfach nur reinschlüpfen kann, und gehe auf ein wenig wackeligen Beinen zu meinem eigenen Auto, steige ein. Holden wird wohl als Erstes zu ihm fahren. Ich stecke den Schlüssel ins Schloss, gebe Gas und fahre ihm hinterher in der Hoffnung, das Schlimmste verhindern zu können.

Als ich vor dem Haus der Jacobsons halte, kommt Holden gerade die Treppe zu Isaacs Wohnung herab. Er sieht mich an, bevor er an die Tür des Haupthauses klopft.

»Holden«, sagt Mrs. Jacobson überrascht. »Was machst du denn hier, Junge?«

»Ist Isaac da?«

»Nein, er ist schon weggefahren. Vor etwa einer halben Stunde.«

»Und wohin?«

»Na, auf seinen Roadtrip.«

»Roadtrip?«, fragt mein Bruder nach, während ich überrascht nach Luft schnappe. Aber dann stellt sich Erleichterung ein. Wie gut, dass er außer Reichweite ist.

»Mit seiner Lucy. Sie reisen durch Amerika.«

»Und wohin als Erstes?«, fragt Holden nach, als wollte er auf der Stelle hinfahren. Und wenn ich so drüber nachdenke, dann ist das gar nicht mal so unmöglich. Er würde das wirklich machen.

»Das hat er nicht so genau gesagt. Ist was passiert?« Sie sieht zu mir. »Alles okay, Brinley?«

»Ja, alles okay, Mrs. J.« Ich versuche, Holden telepathisch dazu zu bewegen, zu mir zu kommen, aber er ist unschlüssig.

»Weiß Rhys vielleicht mehr?«, fragt er nach.

»Das weiß ich nicht. Da musst du ihn fragen.« Sie lächelt, aber irgendwie sieht sie auch irritiert aus, weil es bisher noch nicht einmal vorgekommen ist, dass Holden Davenport an ihre Tür geklopft hat.

»Okay, dann mach ich das. Danke Ihnen, Mrs. J.«

Als er zu seinem Auto geht, fange ich ihn ab. »Holden, komm schon. Wenn ich gewusst hätte, dass du so reagiert, hätte ich dir das nie erzählt.«

»Das kann ich nicht auf sich beruhen lassen. Dafür fängt er sich was ein.«

»Komm schon.« Ich greife nach seinem Arm, aber er ist schneller, was nicht nur daran liegt, dass ich mich gerade so matt fühle wie noch nie.

Er steigt in seinen Wagen, legt den Rückwärtsgang ein, und fährt in Richtung von Rhys' Haus. Mist. Ich hätte wirklich nichts sagen sollen. Vor allem hätte ich mir ja denken können, dass er so reagieren würde. Als ich das mit dem Geld erzählt habe, wollte er ja schon auf den Kriegspfad ziehen. Und das war jetzt noch mal schlimmer.

Statt ihm noch länger hinterher zu sehen, steige ich auch wieder ein und fahre zum Haus meines Erzfeindes. Hoffentlich ist Isaac wirklich schon weg und hängt nicht noch bei seinem Bruder rum.

Rhys hat gerade die Tür geöffnet, als ich aussteige.

»Hey, Mann«, sagt er überrascht.

»Ist Isaac hier?«, fragt Holden ohne Begrüßung.

»Äh, nein.«

»Weißt du, wo er als Erstes auf seinem Roadtrip hinwollte? Deine Mom sagt, er ist schon unterwegs.«

»Echt, keine Ahnung. Wieso suchst du ihn denn? Soll ich ihn anrufen?«

Holden sieht zu mir, als ich näherkomme. »Ich muss ihn finden. Es ist wichtig. Also, wenn du was weißt ...«

»Hey, ehrlich, Mann, tu ich nicht.« Sein Blick streift mich, irgendwie besorgt, aber das muss ich mir einbilden. Rhys würde eine Party schmeißen, wenn er wüsste, dass es mir schlecht geht.

»Fuck, ey.«

»Was ist denn? Vielleicht kann ich helfen.«

Holden schnaubt. »Dich stellvertretend zu verprügeln, wäre nicht halb so befriedigend.«

Rhys zieht die Augenbrauen hoch. »Wegen ... ihr?« Er nickt zu mir.

Ich schlinge die Arme um mich, plötzlich fühle ich mich

so unglaublich verletzlich. Wieso weiß Rhys das? Wieso hat Isaac es ihm erzählt?

Holden tritt einen drohenden Schritt auf ihn zu. »Hat er geprahlt?«

Mein Bruder ist groß und kräftig, aber das ist Rhys auch. Ich habe keinen Zweifel, dass Holden gegen Isaac leichtes Spiel haben würde, aber gegen seinen Bruder? Da wäre der Kampf ausgeglichen.

»Hey, bleib ruhig.«

»Ruhig? Wenn dieser Mistkerl rumerzählt, was er mit meiner Schwester gemacht hat?«

Rhys sieht ihn regungslos an. »Hat er nicht und wird er nicht.«

»Wieso nicht?«

Rhys hält seine Hand hoch, mit dem Rücken nach außen. Klar sind die Blessuren zu erkennen, die Schwellung der Knöchel, und an einer Stelle sind sie aufgeplatzt. »Ich hab schon mit ihm ... geredet.«

Holden starrt auf die Hand. »Hm. Und du denkst, das war ausreichend?«

Rhys zuckt mit den Schultern. »Ich denke, da kann noch viel gesagt werden, aber die ersten Argumente waren ... durchschlagend.«

Ich starre Rhys mit offenem Mund an. Er hat seinen Bruder geschlagen. Wegen ... wegen mir? Habe ich das richtig verstanden? Das ist doch ... unglaublich. Ich weiß gar nicht, was ich sagen soll. Bisher passte kein Blatt Papier zwischen die Jacobson-Brüder, aber wegen mir haben sie gekämpft?

Das kann ich nicht begreifen.

Rhys kann es doch egal sein, was Isaac mit mir macht. Das war ihm immer schon egal.

Fassungslos ist, glaube ich, mein Zustand.

»Ich würd da gern noch ein paar andere Argumente

anführen«, erklärt Holden.

Wieso sie so tun, als wäre es etwas anderes als eine Prügelei, verstehe ich zwar nicht, aber ich bin froh, dass mein Bruder nicht mehr eingreifen kann. Mal abgesehen davon, dass ich nicht denke, dass Fäuste irgendwas regeln können, will ich auch nicht, dass er sich in Schwierigkeiten begibt. Er ist eindeutig der Stärkere, aber was, wenn Isaac ihn aus genau dem Grund anzeigen würde? Nein, meinetwegen darf Holden keine Probleme bekommen.

»Kann ich verstehen, geht mir auch so. Also, wenn ich eine Schwester hätte.« Ich habe das doch jetzt richtig verstanden, dass er sich verbessert hat, oder? Anfangs meinte er es nicht hypothetisch, oder doch? Ich bin verwirrt.

»Wenn du was hörst ... Wenn er zurückkommt ...«

»Dann erfährst du es als Erstes.«

Holden reicht ihm die Hand. »Danke, Mann.«

Rhys schüttelt sie, bevor er nickt, als wäre damit alles gesagt.

Holden lächelt mich an, legt seinen Arm um meine Schultern. »Lass uns fahren.«

»Meinetwegen hätten wir gar nicht unterwegs sein müssen.«

Er bringt mich zu meinem Auto, öffnet mir die Tür. »Das verstehst du nicht.«

»Wieso nicht?«

»Weil ...« Er streicht sich die dunklen Haare aus der Stirn. »Weil du offensichtlich nicht testosterongesteuert bist.«

»Ach so, verstehe! Es sind die Hormone, die dich irrational handeln lassen.«

Er drückt einen Kuss auf meine Wange. »Ganz genau. Ich kann gar nichts dafür.« Er lächelt leicht. »Hey, soll ich uns 'ne Pizza holen?«

»Mach das. Aber du bezahlst.«

»Alles klar.«

Seufzend steige ich ein. Vielleicht sollte ich sauer sein, weil er so getan hat, als wäre ich eine Jungfrau in Nöten, die gerettet werden muss, und ich doch meine Sachen selber regeln kann. Aber irgendwie fühle ich mich auch geehrt, dass er mich für wichtig genug hält, um für mich in den Kampf zu ziehen.

Und irgendwie scheint das für Rhys ja auch zu gelten ...

Aber darüber kann ich mir keine Gedanken machen. Jetzt nicht. Gar nicht.

RHYS

Als ich sie so dastehen sah, mit den Armen um sich geschlungen, so verletzlich irgendwie, wünschte ich, ich hätte nicht nur zweimal zugeschlagen, sondern mindestens zweihundertmal. Wie konnte er das tun? Wie konnte er eine Person, die er doch angeblich mag, so benutzen? Ich kann es nicht verstehen. Wie man es irgendjemandem antun kann, aber schon gar nicht ihr. Also, weil sie doch seine beste Freundin ist. Mir ist sie doch egal.

Aber ich bin froh, dass sie jemanden hat, der sie beschützt. Oder zumindest im Nachgang da ist, um alle, die ihr wehgetan haben, einen Kopf kürzer zu machen. Dann hätte ich das nicht machen müssen.

Der Gedanke lässt mich mit einem großen Fragezeichen zurück, denn es fühlt sich so an, als hätte ich auch das Recht, sie zu verteidigen.

Wahrscheinlich nur in dem Sinne, dass jeder Mann jede Frau vor Unheil beschützen sollte. Anders wird es nicht sein. Schließlich kann ich sie nicht mal leiden.

Und sie mich auch nicht. Ich bin ihr also in keiner Weise verpflichtet.

Ich blicke ihnen nach, als Holden ihr den Arm um die Schulter legt. In mir ist da so eine kleine Stimme, die sagt, dass ich das auch gerne tun würde. Also jemanden umarmen, natürlich nicht sie. Ich schaue ihnen hinterher, sehe den Kuss auf ihre Wange, und wieder taucht der Wunsch auf, dass auch bei jemandem tun zu können.

Vielleicht bin ich mittlerweile in einem Alter, in dem ich mir eine Beziehung wünsche. Meine Hörner habe ich mir abgestoßen, wenn man das so sagen kann, vielleicht ist es jetzt an der Zeit für ... na ja ... für mehr.

Oder auch nicht.

Aber es wäre schön, wenn ich jetzt nicht allein in meinem Haus wäre ... Wenn ich mich zu jemandem auf die Couch setzen könnte.

Ich schließe kopfschüttelnd die Haustür, nachdem ich hineingegangen bin. Woher kommen jetzt plötzlich diese Gedanken? Ich mag mein Leben. Sehr sogar.

Ich arbeite als Physiotherapeut in Santa Rosa, mag meinen Job, kann meine Freunde ganz gut leiden, meine Eltern sind auch cool. Bisher hatte ich auch noch Isaac, wobei ... na ja, so eng sind wir eigentlich nicht mehr. Früher war das anders. Nichts konnte zwischen uns kommen. Gar nichts.

Das ist eigentlich schon eine ganze Weile vorbei.

Ich weiß nicht, wann wir auseinandergedriftet sind. Vielleicht gab es keinen richtigen Augenblick, vielleicht war es einfach ein stetiges Auseinanderleben. Und das Merkwürdige ... Es wird mir gerade erst so richtig bewusst, dass ich ihn nicht vermisse.

Wir sind einfach ganz verschieden. Geworden vielleicht.

Ich nehme mir ein Bier aus dem Kühlschrank, öffne es und gehe ins Wohnzimmer, lasse mich auf der Couch nieder. Es läuft noch die Serie, die ich momentan gucke. Ich bin erst bei Folge vier, weil ich einfach so viel lieber lese, aber zwischendurch ist es ganz gut, wenn man sich irgendwelchen tumben Scheiß reinpfeift, um runterzukommen.

Und nach den Gedanken, die mir gerade gekommen sind, beachte ich den Fernseher noch weniger als vorher.

Ich hatte noch nie eine feste Beziehung. Es gab immer mal wieder Frauen, die auch für längere Phasen in meinem Leben waren, aber es war nie etwas Ernstes. Von beiden Seiten, wenn ich das so richtig sehe. Ich habe jedenfalls niemals jemandem etwas vorgemacht.

Tief in mir weiß ich, wieso ich bisher nie den Wunsch nach einer echten Partnerschaft hatte, aber das ist ein Gedanke, den ich lieber nicht verfolge. Sogar weit von mir weise. Er ist sowieso blödsinnig. *Das* kann gar kein Grund für irgendwas sein. Nein.

Aber vielleicht sollte ich mal nicht nur nach Sex suchen, sondern nach ... mehr. Vielleicht wäre das der richtige Weg für mich.

Ich zücke mein Handy, öffne meine Datingapp, wähle aus, dass ich nach einer Beziehung suche, wobei ich dabei schon das Kotzen bekomme. Man kann doch nicht nach einer Beziehung *suchen*, das muss sich doch ergeben. Na ja. Die Auswahl *Bin-grundsätzlich-offen-für-was-Festes-glaube-aber-nicht-dass-man-danach-suchen-kann-sondern-das-muss-einfach-passieren* ist leider nicht vorhanden.

In meinem Text ändere ich auch die Stellen ab, die bisher verraten haben, dass ich nur nach Sex gesucht habe. Und vielleicht sollte ich dann jetzt auch bei potenziellen Dates den Text lesen und nicht nur schauen, ob ich sie sexy finde. Das wäre vielleicht auch eine gute Idee.

Also schließe ich die Einstellungen und scrolle dann erst mal bei allen Profilen, die mir angezeigt werden, nach unten, um zu wissen, nach was die Damen denn so suchen.

Oh, diese hier möchte eine Beziehung ... Hm. Aber

irgendwie klingt der Text so, als wollte sie morgen direkt heiraten. Nein, das ist für mich zu bedürftig. Also weg mit ihr.

Diese hier sieht gut aus. Ich scrolle runter. Nein, das geht gar nicht. Sie raucht. Weg.

Was ist mit dieser hier? Sieht nett aus, wünscht sich eine Beziehung, aber was soll das denn? Wieso packt sie da denn so ein generisches Gedicht hin? Das ist doch unkreativ. Nein. Auch die ist es nicht.

So swipe ich mich die nächste … ist es schon eine Stunde? … durch die App, aber an jeder Frau habe ich irgendwas auszusetzen. Frustriert lege ich das Handy weg. Wie soll man denn eine Beziehung finden, wenn es noch nicht einmal Frauen gibt, die interessant genug sind, um es mit ihnen zu versuchen?

Das kann nichts geben.

Vielleicht muss ich den Umkreis vergrößern, nicht nur bis Santa Rosa suchen. Vielleicht muss ich San Francisco einschließen. Vielleicht gibt es da die Frauen, die mich interessieren.

Wobei ich eigentlich weiß, dass ein Umkreis von einer halben Meile reichen würde, um sie zu finden … Quatsch. Nein, streichen wir das. Wahrscheinlich muss ich ganz Amerika einschließen, um tolle Ladys zu finden. Mist.

10

BRINLEY

Isaac ist also weg.

Er hat es wirklich getan. Seinen großen Traum verwirklicht. Wie genau er das finanzieren will, weiß ich nicht. Wahrscheinlich will er von Lucys Geld leben. Oder er denkt, man braucht nicht viel, wenn man ein Dach über dem Kopf hat.

Aber trotzdem ist das schon ziemlich toll, wenn man sich einen Wunsch erfüllen kann. Auch wenn es sich um Isaac handelt, den wir nicht mehr leiden können.

Das bringt mich dazu, Holden, als er mit der Pizza in mein Haus kommt, zu fragen: »Hast du eigentlich auch etwas, was du gerne erreichen willst?«

Er legt den Kopf schief, setzt sich neben mich. »Hm, im Grunde war die Werkstatt mein Traum. Klar, ist nicht glamourös, aber als ich sie dem alten Carter abgekauft hab, fühlte ich mich wie der König der Welt.« Er grinst und nimmt sich ein Stück Pizza.

»Das ist auch echt cool. So ging es mir mit dem Buchladen. Hey, ist es nicht lustig, dass wir alle vier was Eigenes haben? Everett hat die Käserei, Troy das Weingut ... Und dann wir beide. Wir sind alle unsere eigenen Chefs.«

»Nicht überraschend. Mom lebt es uns schließlich vor.«

»Stimmt, aber trotzdem lustig.«

Er kaut, schluckt, bevor er sagt: »Vielleicht liegt es auch daran, dass wir immer wussten, dass wir ein Sicherheitsnetz haben. Ich mein, Mom hätte uns immer aus der Patsche geholfen.«

»Aber irgendwann muss man auch auf eigenen Beinen stehen.« Ich nehme mir noch ein Stück.

»Natürlich und bisher haben wir das ja auch alle selbst gut hinbekommen. Aber zu wissen, dass im Notfall jemand da ist, gibt einem viel Sicherheit. Und wenn es nicht mal finanziell ist, sondern einfach, dass man nicht allein ist.«

»Das stimmt natürlich. Ganz ehrlich, ich hab auch ein anderes Gefühl, was unsere Familie angeht, als zuvor.«

»Weil wir jetzt wieder mehr eine Einheit sind?«

»Ja, genau. Vorher wusste ich natürlich, dass ich mich auf dich verlassen kann, auch auf die anderen, klar. Aber jetzt ...«, ich lege die Hand auf mein Herz, »jetzt spüre ich es richtig. Ich hab eine Familie, die mich auffängt. Immer.«

Er lächelt. »So muss das ja auch sein. Nicht? Familien kann man sich zwar nicht aussuchen, umso glücklicher kann man sich schätzen, wenn man eine tolle zugelost bekommen hat.«

»Und sie ist schon toll.«

»Ohne Frage. Troy zum Beispiel kannte ich vorher gar nicht richtig.«

»Du bist ja auch der Jüngste, daher ist der Altersunterschied zwischen euch am größten.«

Er sieht mich an. »Willst du etwa behaupten, dass du ihn besser gekannt hast und nicht erst kennenlernen musstest?«

Ich denke an meinen verschlossenen und grummeligen

Bruder, der sich erst jetzt so langsam öffnet. »Nein, hast recht. Troy war immer ein Buch mit sieben Siegeln.«

»Eben. Aber jetzt ... Er scheint doch ganz cool zu sein.«

Ich grinse. »Ganz cool? Ich werd ihm sagen, dass du das gesagt hast.«

»Wehe!«

»Was dann?«

»Dann erzähl ich Mom, dass du es warst, die ihre Kristallvase zerbrochen hat.«

»Das würdest du nie tun!«

»Oh, doch! Mom will es immer noch wissen.«

»Was will sie denn tun? Mir nachträglich Hausarrest geben?«

Holden blickt mich amüsiert an. »Also lässt du es drauf ankommen?«

»Nein. Ich sag Troy kein Wort.« Und dann schließe ich meinen Mund ab.

Er tut es mir gleich. »Dann wird Mom auch nichts erfahren.«

»Und du nennst dich erwachsen.«

»Hey, wer ist denn die Ältere?«

»Nur auf dem Papier.«

Er kneift die Augen zusammen. »Was soll das heißen? Dass du denkst, du siehst jünger aus als ich?« Er streicht sich über die Wange. »Schau dir das an. Zart wie ein Babypo.«

»Hast du nicht letztens gejammert, weil du schon eine graue Strähne hast?«

»Ein Haar! Keine Strähne! Dass du es gleich übertreiben musst.« Er fährt sich durch die Haare.

Ich werfe ein Kissen nach ihm. »Danke, dass du gekommen bist.«

Er stopft sich das Kissen in den Rücken. »Jederzeit.«

Ich biege um die Ecke, auf den großen Platz, den ich nur überqueren muss und dann bin ich am Buchladen. Aber statt weitergehen zu können, stoße ich plötzlich gegen etwas Hartes.

»Uff«, mache ich, als die Luft aus mir entweicht. Ich stolpere zurück, wäre beinahe auf dem Hintern gelandet, wenn ich nicht am Arm gepackt worden wäre.

Als ich aufsehe, ist es Rhys, der mich festhält, was mich so überrascht, dass ich es nicht schaffe, meine Füße wieder auf den Boden zu bekommen. Ich wedele mit den Armen, bis Rhys nach meiner anderen Hand fasst und mich wieder hinstellt.

»Wieso stehst du auch im Weg?«, zische ich. Die normale Reaktion wäre wahrscheinlich Danke gewesen, aber es irritiert mich, dass er plötzlich um die Ecke kam. Vor allem ist er doch tagsüber in Santa Rosa. Wieso jetzt nicht? Und wieso weiß ich das eigentlich?

»Ich stand gar nicht, sondern bin gelaufen«, gibt er zurück, ziemlich scharf, wahrscheinlich weil er sich angegriffen fühlt, nachdem er mir geholfen hat. Aber wenn er nicht gewesen wäre, hätte ich gar keine Hilfe gebraucht. Also ist er schuld. So.

»Ja, von wegen! Du standest da plötzlich wie so eine verdammte Mauer. Ich werd überall blaue Flecken haben.«

»Du wirst blaue Flecken haben? Ich werd sie haben, weil du mit all deinen spitzen Knochen gegen mich gebumst bist.«

»Ich bin doch nicht gegen dich gebumst! Bumsen und du und ich kommen nicht mal im selben Satz vor!«

»Wieso denkst du eigentlich ständig über Sex nach, wenn du mich triffst? Das würd ich gern mal wissen.«

Ich auch, wenn ich ehrlich bin. »Ich denk nicht an Sex, ich denk an keinen Sex.«

»Das macht mal wieder gar keinen Sinn.«

»Das heißt, es ergibt keinen Sinn, und tut es wohl. Ich vertrockne, wenn ich an Sex mit dir denke.«

»Also denkst du an Sex mit mir?«

»Hä? Nein! Tu ich nicht. Also, was ist deine Entschuldigung, wieso du in der Stadt rumläufst?«

»Weil ich hier wohne«, erklärt er mit dieser furchtbaren Gelassenheit, die ihm immer so ein süffisantes Grinsen verleiht.

»Aber es ist vormittags. Da bist du in ...« Ich breche ab. Mist. Ich habe mich selbst verraten.

»Wo bin ich da?«, fragt er nach.

»Beim Arzt, damit er dein Gehirn untersuchen kann, weil du nicht richtig tickst.«

»Ah, und ich dachte, du würdest meinen Terminplan kennen, was, ehrlich gesagt, ziemlich creepy gewesen wäre.«

»Ich kenn deinen Plan nicht. Ich bezweifle sogar, dass du überhaupt einen Plan hast.«

»Toller Spruch. Willst du davon ablenken, dass ich merke, dass du dich für mich interessierst?«

»Träum weiter! Wenn du der letzte Mann auf Erden wärst, würde ich mich nicht für dich interessieren.«

»Ach, nicht?«

»Nein!«

»Und wieso stehst du schon seit fünfzehn Minuten hier, um mit mir zu reden? Weil du kein Interesse hast?« Er verschränkt die Arme vor der Brust, was leider dafür sorgt, dass seine Oberarme und seine Brust in dem engen Pulli so richtig gut zur Geltung kommen. Verdammt.

»Gar kein Interesse hab ich!« Ich richte meine Jacke. »Und ich weiß auch nichts über dich. Bye.« Und damit rausche ich davon, kann nur gerade eben dem Feuerhydranten ausweichen, der wohl erst seit gestern dasteht, und meine, ein leises Lachen zu hören. Aber ich ... ich marschiere mit dem heiligen Zorn der Rechtschaffenen weiter. Interesse! Dass ich nicht lache! Ich glaube nicht mal, dass irgendeine Frau an Rhys Jacobson Interesse haben könnte. Und schon gar nicht ich. Schon gar nicht Brinley Davenport! So weit würde es niemals kommen. Das kann er vergessen. Das würde er sich wünschen. Ha! Aber nicht mit mir.

Ich keife innerlich noch immer, als ich an der Tür zum Buchladen ankomme. Nach dem Schlüssel greifend, ziehe ich gleichzeitig die Post aus dem Briefkasten, will aufschließen, komme mir selbst in die Quere und alles fällt auf den Boden.

»Verfickte Scheiße noch mal!«, schreie ich und stampfe mit dem Fuß auf.

Als ich Gewisper hinter mir höre, drehe ich mich mit hochrotem Kopf um. Die Bürgermeisterin und zwei Gäste stehen da.

»Ähm, vielleicht kommen wir lieber später wieder, wenn meine Tochter nicht so unpässlich ist.« Mom wirft mir einen giftigen Blick zu, bevor sie ihre Gäste weiterzieht. »Und hier ist die beste Bäckerei der Stadt ...«

Jetzt bin ich dreiunddreißig und fühle mich immer noch schlecht, wenn meine Mom mich schilt. Ob man jemals so erwachsen wie seine Eltern wird?

Seufzend bücke ich mich nach meinen Briefen und meinem Schlüssel, schließe auf und mache die Tür hinter mir zu. Ich lehne mich kurz an, hoffe, dass dieser Tag nicht so weitergeht, bevor der Geruch nach Büchern und die einzigartige Atmosphäre eines Buchladens mich relaxen. Es wird alles gut. Das weiß ich.

Den ganzen Tag nagt es an meinem Gewissen, weil ich Mom so ... na ja ... schlecht habe aussehen lassen. Ich schließe um fünf den Laden und mache mich auf den Weg zum *Guerneville Inn,* das meiner Mutter gehört. Sie wird bestimmt noch da sein, außer wenn sie für ihr Amt als Bürgermeisterin unterwegs ist.

Mit dem Öffnen der Tür ertönt der Gong. Es ist keine feine Klingel, wie in meinem Laden, sondern etwas, womit man Tote erwecken könnte. Niemand kann es überhören, auch nicht auf der anderen Seite des Platzes.

Ich schwöre, die Rezeptionistin Jane zuckt jedes Mal zusammen, wenn neue Gäste ankommen, und das ist kein guter erster Eindruck, aber Mom ist auf dem Ohr taub. Es muss also so gemacht werden, wie sie das für richtig hält.

Jane lächelt mich gequält an. »Herzlich willkommen im *Guerneville Inn.*«

»Ist die Bürgermeisterin im Büro?«

»Ja, genau.«

Ich marschiere den Gang entlang, bevor ich an eine weiße Tür klopfe.

»Herein«, ertönt es. Es ist kein Wunder, dass sie einmal zu den Haien der Wallstreet gehört hat. Das herrische Wesen hatte sie aber bestimmt schon vorher.

Ich öffne die Tür und lächele so strahlend, wie ich kann.

»Was hast du angestellt?«, fragt sie sofort.

»Wie bitte? Nichts!«

»Wieso lächelst du dann so?« Misstrauisch sieht sie mich an, während ich mich auf den Sessel vor ihrem Schreibtisch setze.

»Weil ich mich freue, dich zu sehen, natürlich.«

»Hm, ich glaub dir kein Wort. Ihr Kinder hattet es schon immer faustdick hinter den Ohren.«

»Du meinst meine Brüder.«

Sie lacht auf. »O nein, liebste Brinley, du warst immer die Schlimmste von allen.«

»Ich doch nicht«, weise ich weit von mir. »Ich bin voll lieb.« Wobei Nana auch schon gesagt hat, dass ich eine Rabaukin war. Vielleicht ist da doch was dran …

»Na, ich weiß nicht. Du hattest nur eine Chance, dich gegen deine Brüder durchzusetzen, und das war, indem du noch einen draufgesetzt hast.«

»So hab ich das nicht in Erinnerung. Na ja, ist auch egal. Ich bin hier, weil es heute Vormittag ja nicht ganz so … sagen wir … erfreulich gelaufen ist. Dafür wollte ich mich entschuldigen.«

»Ach, das ist nicht nötig. Wir haben noch herzlich drüber gelacht.«

»Wie schön, dass ich zur Heiterkeit beitragen konnte.« Ich weiß nicht, ob das Bitterkeit in meiner Stimme ist, aber dann denke ich, ist auch egal. Tollpatsch ist eben mein zweiter Vorname.

»Konntest du.« Sie beugt sich vor, sieht mich mit diesem besonderen Blick an, der die Röntgenstrahlen inspiriert hat, aber noch viel stärker ist. Moms können alles sehen, bis auf die Knochen. Ach was, das Knochenmark erkennen sie auch noch mit ihrem Mütterblick. »Wie geht es dir? Ich wollte dich das schon vorher gefragt haben, aber Holden meinte, es wäre alles okay, und dann kam mir all das«, sie deutet auf den Papierwust auf dem Schreibtisch, »dazwischen. Keine Entschuldigung, ich weiß. Und wenn du mich brauchst, dann schieb ich all das zur Seite, das weißt du. Also, wie geht es dir?«

Ich stelle den Ellenbogen auf dem Tisch ab, schmiege meine Wange in die Hand.

»Das gibt Falten«, sagt sie automatisch, aber ich bleibe in dieser Haltung.

»Es ist alles okay, Holden hat recht.«

»Aber?«

Ich seufze leise, reibe meine Nase in meiner Handfläche, weil ich das Gefühl habe, dass dort ein Haar klebt. »Isaac ist auf seine Reise gegangen.«

»Ach, Schätzchen, und du vermisst ihn?«

»Vielleicht ein bisschen. Aber eigentlich bin ich traurig, weil ... na ja, weil er mit einer anderen Frau geht. Und er hat mich in all den Jahren nicht einmal gefragt, ob ich mitkommen will. Ich bin immer davon ausgegangen, dass er das allein machen will. Und na ja, jetzt hat er eine andere gefragt.«

Erst als ich es ausspreche, wird mir klar, dass mir das tatsächlich auch Probleme bereitet. Nie hat er mich gefragt, aber jetzt geht er mit einer anderen. Nicht dass ich nach allem noch Ja gesagt hätte. Ganz bestimmt nicht ... Aber ich wäre einfach gerne irgendwann mal gefragt worden.

»Ah, daher weht der Wind. Das trifft dich natürlich ... Bist du immer noch ein bisschen in ihn verliebt?«

Ich reiße die Augen auf, was bestimmt komisch aussehen muss, weil ich immer noch das Gesicht aufgestützt habe. »Woher weißt du das?«

»Eine Mutter sieht so was.«

»Hm«, mache ich ein wenig grummelig. Ich dachte, ich wäre so gut darin gewesen, mein Geheimnis zu verbergen. Aber so ist es offensichtlich nicht. Alle wissen es. Alle!

»Ich weiß, dass das jetzt nicht besonders hilfreich ist und dass du es hassen wirst, aber wenn jemand deine Gefühle nicht erwidert, dann ist es auch nicht die richtige Person für dich.«

Ich seufze. »Offensichtlich.«

»Und du bist so ein toller Mensch, Schatz, lieb und gut und klug und witzig und wunderschön. Du hast einen

Mann verdient, der den Boden unter deinen Füßen anbetet.«

»Ja, toll, aber wo ist der denn?«

Sie zuckt mit den Schultern. »Er wird kommen. Ganz bestimmt.«

»Ich bin schon fast Mitte dreißig. Es wird langsam Zeit.«

»Troy musste über vierzig werden.«

»Ganz toll, Mom! Ich soll also noch zehn Jahre warten?«, frage ich sie ein bisschen fassungslos.

Sie grinst. »Erstens, mein Schatz, eine Beziehung ist nicht das allein Glücklichmachende. Man kann ein wunderbares Leben haben, auch wenn man Single ist. Und zweitens: Du hast dich in all den Jahren nur auf Isaac konzentriert, hast niemanden sonst überhaupt ... na ja ... wahrgenommen.«

»So schlimm war ich auch nicht auf Isaac fixiert ...«, murmele ich, obwohl ich weiß, dass es stimmt.

»Ach ja? Du bist allein zu deinem Abschlussball gegangen, weil du gehofft hast, dass Isaac sich noch kurzfristig für dich entscheiden würde.«

»Du kannst nicht solche Argumente bringen, die schon fünfzehn Jahre her sind. Das ist gegen das Gesetz.«

Sie lacht auf, bevor sie mich wieder ernst ansieht. »Alles, was ich sage, ist, wenn du jetzt nicht mehr nur Augen für Isaac hast, wirst du vielleicht erkennen, dass auch andere Mütter schöne Söhne haben.«

»Das ist so ein Mom-Spruch.«

»Ich bin ja auch eine. Noch dazu bin ich sehr gerne deine Mom.«

Ich nicke. »Weißt du, dafür, dass wir eigentlich immer mit all unseren Sorgen zu Dad gegangen sind, machst du das ganz gut.«

»Ich hab beobachtet, wie er es macht, und schwups,

dreiunddreißig Jahre später kann ich es auch.« Lachend sieht sie mich an und ganz ehrlich: So sieht man jemanden voller Liebe an. Ich habe nie daran gezweifelt, dass meine Eltern uns Kinder für das Wichtigste in ihrem Leben halten, aber es gibt mir ein so warmes und geborgenes Gefühl, dass es immer noch so ist.

»Machst du echt gut.«

»Danke, dein Lob bedeutet mir viel.« Und sie sagt das nicht einmal spöttisch.

Ich stehe auf. »Danke, Mom, echt.«

»Immer. Ich bin immer für dich da.«

»Das weiß ich.«

Sie kommt um ihren Schreibtisch herum, legt ihren Arm um mich. Egal, wie alt man ist, in den Armen seiner Mom fühlt man sich wie das kleine Mädchen, das man einmal war. Geliebt, behütet und beschützt.

»Fährst du noch zu den Großeltern?«, fragt sie.

Ich nicke. »Granny hat gesagt, sie hätten nichts mehr zu essen. Gar nichts mehr.«

Mom lacht auf. »Die Davenports sind solche Dramatiker. Der ganze Keller ist voller Konserven.«

»Die können sie nicht anrühren. Sie sind für einen Notfall.«

»Charles, der Prepper.«

»Hey, das wird wieder modern.«

Sie verdreht die Augen. »Das kann ja heiter werden.«

11

BRINLEY

»Aber kauf nicht die Milch mit den blauen Streifen auf der Packung«, erklärt Granny gerade zum gefühlt zehnten Mal. »Die mag dein Großvater nicht. *Ich* kann da zwar keinen Unterschied feststellen, aber er ist der Meinung, dass man schmeckt, dass die von den Hendersons eingekauft wird.«

Ich verdrehe die Augen. »Die Hendersons machen gute Milch, das ist mal das eine. Und das andere ist, dass die Milch doch zusammengeschüttet und dann abgefüllt wird.« Zumindest glaube ich das. Keine Ahnung, ob das stimmt. Aber alles andere wäre doch ineffektiv.

»Erzähl das mal deinem Großvater. Wenn er einmal an etwas glaubt, kann ihn nichts mehr davon abbringen.«

»Also okay. Dann Milch mit blauen Streifen.«

»Ohne blaue Streifen! Wenn du welche mit blauen Streifen kaufst, trau dich nicht mehr hierher. Ich kann nicht für deinen Großvater garantieren.« Sie lacht auf, bevor sie noch einmal ihre ellenlange Liste begutachtet, ob auch nichts fehlt. Da sie aber beinahe jedes Produkt aufgeschrieben hat, das es im Supermarkt gibt, kann ich mir nicht vorstellen, wie das möglich sein sollte.

»Wofür braucht ihr eigentlich fünf Packungen Toilettenpapier?«, frage ich nach, weil mein Blick gerade auf diese Stelle gefallen ist.

»Man weiß nie, was passiert.«

»Du meinst, eine globale Klopapierknappheit?«

»Mach da keine Scherze drüber, junges Fräulein. Wenn es so weit kommt, wirst du die Erste sein, die bei uns betteln kommt.«

»Und dann lachst du und gibst mir keins?«

»Ich lache, sag *Ich habs dir doch gesagt* und geb dir eine Rolle ab. Vielleicht zwei. Aber nur, weil du meine Enkelin bist. Sonst braucht niemand kommen«, scherzt sie.

»Dann bin ich ja beruhigt.«

»So muss das doch sein. Die älteren Generationen sorgen für die jüngeren. Dafür gehen die jüngeren einkaufen, weil die älteren da keine Lust mehr drauf haben ... ich mein, weil sie es nicht mehr können.« Lachend reicht sie mir die Liste.

»Granny! Du Füchsin!« Kopfschüttelnd nehme ich den Zettel, die Kreditkarte, die sie mir reicht, und gehe zur Tür.

»Man lebt nicht so lange, wenn man nicht den ein oder anderen Trick gelernt hat.«

»Die solltest du mal schleunigst an die nachfolgenden Generationen weitergeben.«

»Ach, ihr jungen Leute habt doch immer die Ohren auf Durchzug, wenn wir euch sagen, es ist gut, wenn man Toilettenpapier auf Lager hat.«

»Touché.«

Ich drücke ihr einen Kuss auf die Wange, laufe aus dem Haus und gehe zum Auto. Wir haben in Guerneville zwar auch einen Supermarkt, aber für den Großeinkauf der Großeltern ist er nicht geeignet, weil dann sonst tatsächlich für den Rest der Bevölkerung Lebensmittelknappheit herrscht. Deswegen fahre ich immer nach Santa Rosa, da der Laden so einen Ansturm besser verpacken kann.

Mir macht die Strecke nichts aus. Hörbuch an und die Zeit vergeht wie im Fluge.

Wo haben sie denn noch mal ...? Manchmal glaube ich, dass der Laden jede Woche alles komplett umschmeißt, nur um mich zu verwirren. Mülltüten. Es gibt keinen Grund, wieso sie ausgerechnet Mülltüten verstecken sollten, außer sie wollen verhindern, dass man Leichen entsorgen kann. Nicht dass ich sie deswegen kaufen wollte ...

Ich schaue das Regal entlang, finde nichts, gucke hoch und sehe einen halben Gang weiter Rhys stehen. Was macht der denn hier?

Eine Sekunde zu spät beschließe ich, einfach umzudrehen und so zu tun, als hätte ich ihn nicht gesehen, aber dann schaut er hoch, seine Augen finden mich, während ich noch in der Drehung inbegriffen bin. Mist.

»Willst du vor mir fliehen?«, ruft er mir zu, während er auf mich zukommt.

»Nein, Quatsch ... Ich such nur was«, flunkere ich. Er soll bloß nicht denken, dass ich Angst habe, ihm zu begegnen. Die Genugtuung werde ich ihm nicht gönnen. Unter keinen Umständen.

»Ah, und was suchst du, was dich in Lichtgeschwindigkeit von mir wegführt?«

»Geht dich nichts an.«

Er zuckt mit den Schultern. »Für mich sah es nach Flucht aus und jetzt hast du nicht mal Details ... Ich befürchte, das sieht nicht gut für dich aus.«

Ich hasse diesen spöttischen Tonfall, hasse noch viel

mehr, dass er recht hat. »Es ist mir vollkommen egal, was du denkst.« Ich wünschte, das wäre keine Lüge.

»Ach so, ist es das?«

»Ja, genau.«

»Dann macht es dir auch nichts aus, wenn ich allen erzähle, dass du Angst hast.«

»Wenn du unbedingt Lügen verbreiten musst.«

Er grinst, aber es ist nicht freundlich. »Es ist keine Lüge, Pumpkin.«

»Nenn mich nicht so.« Wieso sage ich das jedes Mal? Das gibt ihm nur mehr Munition, wenn er weiß, dass es mich stört. »Und überhaupt, wieso quatschst du mich eigentlich jedes Mal an, wenn du mich siehst? Geh doch einfach vorbei und lass mich in Ruhe.«

»Aber wo ist denn dann der ganze Spaß?«

»Was für ein Spaß denn? Aber war ja klar, dass jemand wie du es spaßig finden würde, anderen Leuten auf den Geist zu gehen.«

»Ich geh dir also auf den Geist?«, fragt er nach und ich kann das zufriedene Funkeln in seinen Augen sehen.

Mist, schon wieder eine neue Angriffsfläche eröffnet.

»Ich fühl gar nichts bei dir.« Ich lasse meinen Blick über ihn schweifen. »Siehst du? Rein gar nichts.«

Sein Lachen macht mich wütend. »Hat dir gefallen, was du gesehen hast?«

»Nein, nichts an dir gefällt mir.« Nur alles. Aber das werde ich ganz sicher nicht sagen. »Du bist echt so unattraktiv.« Lüge, Lüge, Lüge.

Sein Grinsen wird stärker, was leider auch dafür sorgt, dass er immer besser aussieht. Mist. Seit wann denke ich denn, dass Rhys Jacobson heiß ist?

Wie sie versucht, mir zu erklären, dass sie mich hässlich findet, ist schon beinahe süß. Ich meine, wenn so eine Furie süß sein kann. Aber ich habe ganz genau gespürt, wie ihr Blick mich beinahe liebkost hat. Ihr gefällt, was sie sieht. Wieso mich das aber freut, kann ich mir bei bestem Willen nicht erklären.

»Und wieso läuft dir dann der Sabber aus dem Mundwinkel?«

Es bereitet mir echt Genugtuung, dass sie es einen Augenblick glaubt, denn sie hebt unwillkürlich die Hand, bevor sie mich anfunkelt und sie wieder sinken lässt.

»Weißt du, einmal das Selbstbewusstsein von so einem *durchschnittlichen* weißen Mann haben.« Die Art, wie sie dieses Wort betont, beweist mir, dass sie mich ganz und gar nicht für durchschnittlich hält. Und auch das gefällt mir.

Ich nicke. »Ehrlich, Pumpkin, mehr Selbstbewusstsein würde dir nicht schaden. Dann wärst du nicht über zwanzig Jahre meinem Bruder hinterhergewackelt.«

Sie sieht mich verletzt an. »Das war ein Tiefschlag, selbst für dich.« Brinley wendet sich ab. »Aber was erwarte ich schon von einem Jacobson? Der eine hat mich enttäuscht, wieso sollte es der andere dann nicht tun?«

Und das finde ich ganz und gar nicht gut. Dass sie mich mit meinem Bruder in einen Korb wirft. Außerdem habe ich ein schlechtes Gewissen, weil ich ihr nicht wehtun will. Ich will sie ärgern, aber nicht verletzen. Das habe ich bisher auch nie getan. Glaube ich. Hoffe ich.

»Hey, sorry. Das hätte ich nicht sagen sollen.«

Sie sieht mich so überrascht an, dass ich zu dem Schluss komme, dass sie vielleicht doch nichts anderes von mir gewöhnt ist. »Schon okay«, murmelt sie ein wenig verlegen.

Wir schweigen beide einen viel zu langen Moment, der immer unangenehmer wird, je länger er anhält. Ich räuspere mich schließlich, nicke zu ihrem Wagen, der aussieht, als hätte sie den Einkauf für die ganze Stadt erledigt. »Hunger?«

Sie kneift die Augen zusammen. »Man sollte dann nie einkaufen gehen.«

Ich lache auf. Hat die humorlose Brinley Davenport tatsächlich gerade einen Witz gemacht? Nicht zu fassen! »Diese Weisheit hast du nicht beachtet.«

Ist das ein Lächeln auf ihrem Gesicht?

Ich habe sie schon häufig Lächeln und Lachen gesehen. Viele, viele Male. Aber niemals war es an mich gerichtet. Sie hat mit anderen gelacht, hat meinen Bruder angelächelt, aber für mich hatte sie das nie übrig. Vielleicht erinnere ich mich falsch, aber es ist das erste Mal, dass sie mich mit einem ansatzweise positiven Ausdruck ansieht.

»Deswegen bin ich auch in Santa Rosa. Damit mich niemand erwischt.«

»Blöd gelaufen.«

»Sehr blöd. Allerdings.«

Und dann entsteht schon wieder eine Pause. Ich sehe mich um, aber es gibt keinen Grund mehr, hier weiter stehen zu bleiben. »Na, dann ...«, sage ich, deute vage in eine Richtung. »Ich muss da lang.«

Als hätte ich es geahnt, zeigt sie in genau die andere. »Ich da lang.«

Mit einem Nicken verabschiede ich mich, bevor ich schnell an ihr vorbeigehe.

Wieso ist sie überhaupt hier? Für mich ist es praktisch, weil ich nur zwei Blocks entfernt arbeite, aber was macht Brinley in Santa Rosa? Keine Ahnung. Ich war ziemlich überrascht, als ich mich umdrehte und sie dastand. Und sie sah so gut aus.

Verdammt.

Aber dass sie gut aussieht, habe ich nie verleugnet. Das ist einfach Fakt. Jeder Mann denkt das. Vielleicht mein idiotischer Bruder nicht, aber er hat offensichtlich keine Augen im Kopf. Wenn sich für mich so eine heiße Frau interessieren würde, würde ich denken, *Jackpot*! Aber er? Er macht mit dieser Lucy rum, die nicht ansatzweise so attraktiv ist. Verstehe das, wer will.

Natürlich meine ich das alles nur hypothetisch, schließlich kann ich Brinley nicht leiden und würde deswegen nie mit ihr was anfangen. Niemals. Ich meine ja nur, wenn es eine Frau gäbe, die so aussieht wie sie und noch dazu keine dumme Gans wäre … Dann ja. Aber nicht mit ihr. Ganz sicher nicht.

Und wieso denke ich jetzt schon eine halbe Ewigkeit über sie nach?

Die Antwort, die ich mir selbst liefere, passt mir ganz und gar nicht, weswegen ich sie einfach ignoriere.

Als ich vom Parkplatz fahren will, kommt plötzlich von links ein Auto und nimmt mir die Vorfahrt. Ich will mich gerade schon aufregen, als ich sehe, dass es Brinley ist. So kann ich nur mit dem Kopf schütteln, weil diese Frau noch nie Auto fahren konnte. Wie sie den Führerschein bekommen hat, weiß ich nicht. Vielleicht hat sie den Fahrlehrer mit ihren großen braunen Augen angefleht, bis er ein Herz für Bambis gezeigt hat. Sie haben wirklich was von einem Reh. Sie sind groß und sanft und …

Und wieso denke ich schon wieder über sie nach?

Mich selbst verfluchend biege ich auf die River Road ein. Eine Ampel wird rot und ich stoppe hinter … Das ist doch nicht wahr! Hinter Brinleys Wagen. Wie soll ich aufhören, an sie zu denken, wenn sie ständig überall auftaucht? Das ist doch nicht normal. Eigentlich sehe ich sie monatelang nicht so häufig wie in der letzten Stunde. Das macht doch keinen Sinn. Ich meine, es ergibt keinen Sinn. Blöde Besserwisserin.

Und wieso fährt sie so lahmarschig? Da fährt ja jede Oma schneller.

Soll ich hupen? Oder ist das arschig?

Und wieso denke ich darüber nach?

Es kann mir doch vollkommen egal sein, was Brinley von mir hält.

Aber ich merke, dass es das nicht ist.

Der Gedanke macht mich so sauer, dass ich an nicht gerade der besten Stelle überhole und dann so schnell nach Hause fahre, dass ich geblitzt werde. Ein Polizeimotorrad holt mich ein, kassiert das Geld. Und wie soll es anders sein? In dem Moment fährt Brinley an mir vorbei.

Was für ein Scheißtag!

BRINLEY

Das geschieht ihm Recht. Dafür, dass er mich so blöd überholt hat und ich bremsen musste, verdient er es, von der Polizei angehalten zu werden. Manchmal siegt die Gerechtigkeit. Ich kann mir eine gewisse Schadenfreude nicht verkneifen, das gebe ich zu. Aber nur, weil ich bei seinem Manöver ganz schön in die Bredouille gekommen bin. Sonst würde ich mich natürlich nicht freuen, wenn jemand ein Ticket fürs zu schnelle Fahren bekommt.

Aber Rhys hat es eindeutig verdient.

Ich bringe meinen Großeltern die Einkäufe vorbei, helfe, sie zu verstauen und wegzuräumen, bevor ich erneut ins Auto steige, um endlich nach Hause zu fahren. Auf dem Weg – das ist gerade mal vier Querstraßen weiter – komme ich am Pub vorbei, winke einem Nachbarn, bevor ich beinahe in das Auto vor mir reinfahre. Gerade noch rechtzeitig bremse ich.

Der Grund ist, dass da schon wieder Rhys ist. Auf dem Bürgersteig. Auf dem Weg zum Pub.

Ich fasse es nicht. Wieso sehe ich denn dieses Arschloch heute andauernd? Das ist doch ein beschissener Witz des Universums.

Kopfschüttelnd fahre ich weiter, parke vor meinem Haus und freue mich auf einen schönen, ruhigen Abend. Mit einer Tasse heißem Kakao. Mit einem Buch. Eingewickelt in meine Wolldecke und mit dicken Socken. Vielleicht esse ich die Kekse, die ich gekauft habe. O ja, das ist eine sehr gute Idee.

Drinnen schäle ich mich aus meiner Jacke, lege meine Tasche ab, ziehe die Schuhe aus, bevor ich in die Küche gehe, um mir Milch für meinen Kakao warm zu machen. Ich rühre die Schokolade hinein – so schmeckt er am besten. Mit meiner Tasse und einer Packung Kekse gehe ich ins Wohnzimmer, starte meinen elektrischen Kamin, zünde noch ein paar Kerzen an, bevor ich mich auf die Couch kuschele.

Und jetzt mein Buch.

Ach, ich freue mich schon so.

Wieso geht Rhys denn mitten in der Woche in den Pub? Das macht man doch eigentlich eher am Wochenende.

Ich schlage das Buch auf, habe die Stelle mit einem Alternativlesezeichen in Form von Bonbonpapier markiert. O ja, ich habe hier aufgehört. Das war echt spannend. Ich bin so gespannt, wie es weitergeht.

Ob jemand Geburtstag hat? Oder muss er einem Kumpel beistehen?

Ah, hier war ich. Ich lese an der Stelle weiter, lese den

ersten Satz. O ja, es geht wirklich genauso aufregend weiter, wie es geendet hat.

Normalerweise ist Rhys doch nicht der Typ, der mitten in der Woche in den Pub geht. Bisher war er immer ein sehr verantwortungsbewusster Mensch. Als Physiotherapeut sind ihm seine Patienten wichtig gewesen, zumindest wurde mir das so von seiner Mom und Isaac erzählt. Was macht er also im Pub?

Wie war noch mal der erste Satz? Mist, jetzt muss ich noch mal nachlesen. Ah, ja, so war das.

Er hat aber auch wirklich gut ausgesehen. Wenn ich es auf die Schnelle richtig gesehen habe, hat er sich umgezogen. Im Supermarkt hatte er viel legerere Sachen an.

Heißt das … heißt das, dass er ein Date hat?

Ach, ist mir doch egal. Ich lese jetzt weiter. So.

Aber es fällt mir zunehmend schwer, mich zu konzentrieren. Das ist vielleicht auch ein wenig euphemistisch ausgedrückt, weil ich noch gar nicht angefangen habe, mich zu konzentrieren.

Frustriert lege ich das Buch weg, stelle die Tasse zur Seite, damit ich den Kakao nicht aus Versehen über die Couch schütte.

Je mehr ich darüber nachdenke, desto sicherer bin ich mir, dass er ein Date hat. Und das macht mich neugierig. Nicht weil ich Interesse an ihm habe, natürlich nicht, sondern weil ich noch nie eine Frau gesehen habe, mit der er was hatte. Ich habe reihenweise Frauen gesehen, mit denen Isaac etwas hatte, aber Rhys war da immer privater. Nur weil Isaac ab und zu was erzählt hat, weiß ich, dass es da diverse Frauen gab. Nicht dass mich das interessiert hätte …

Aber jetzt … Doch, jetzt bin ich neugierig, was für eine Frau sein Herz erobern kann. Auf welchen Typ er steht. Bestimmt geht er nur nach dem Aussehen. Alles andere ist ihm egal, da bin ich mir ziemlich sicher. Aber was findet er wohl schön? So eine herausgeputzte Frau mit gemachten Haaren, gemachten Nägeln und perfekt geschminkt? Oder mag er es lieber natürlich? Steht er auf blond oder auf brünett?

Ich seufze. So hatte ich mir meinen Abend nicht vorgestellt.

Aber die Neugier lässt sich nicht abstellen, weswegen ich zu meinem Handy greife.

12

BRINLEY

»Ganz ehrlich. Dafür schuldest du mir was«, grummelt Holden, als wir von mir zum Pub gehen.

Schließlich kann ich nicht alleine dort auftauchen, das würde ja albern aussehen. Wer geht schon alleine in den Pub? Außer vielleicht, man hat ein Date oder will jemanden aufreißen. Dann vielleicht. Aber nicht, wenn man jemanden ausspionieren will. Das ist dann zu auffällig.

Und ja, ich weiß, wie albern ich mich verhalte, aber ich kann es nun mal nicht ändern. Meine Neugier bringt mich um.

Nein, ich werde nicht weiter analysieren, wieso ich so neugierig bin. Ich nehme das einfach so hin.

»Klar, ich schulde dir ein Bier«, scherze ich und hake mich bei ihm ein. »Oder auch drei. Wie du willst.«

»Höchstens eins. Ich muss noch fahren.«

»Aber du könntest auch bei mir schlafen. Das wär okay.«

Holden zuckt mit den Schultern. »Mal sehen, ja? Ich

muss morgen früh in der Werkstatt sein.« Holdens Werkstatt ist ein wenig außerhalb von Guerneville und er hat dort auch seine Wohnung. »Ich hab direkt um acht einen Kunden, der mir seinen Sportwagen bringt.« Er sagt das mit so wunderbarer Faszination in der Stimme, dass ich zu ihm schaue.

Sein Gesicht leuchtet total, was mich so froh stimmt. Er hat sich schon immer für schnelle Autos interessiert, hatte immer den Wunsch, irgendwann mal eine Fachwerkstatt für alles mit viel PS zu haben. Ganz vielleicht legt er gerade den Grundstein für die Erfüllung dieses Traums.

»Wie cool!«, rufe ich daher auch enthusiastisch aus. Nicht so sehr wegen des Autos, denn daraus mache ich mir nichts, aber weil er glücklich wirkt. Wie ein Kind am Weihnachtsmorgen. »Danke, dass du mitkommst.«

»Ich weiß aber noch immer nicht, wieso du unbedingt heute gehen musst.«

»Ach, kein besonderer Grund«, wiegele ich ab. »Ich habe nur einfach Lust, mal wieder so richtig mit dir zu quatschen.«

»Wieso?«, fragt er misstrauisch.

Ich grinse und stupse ihn an. »Wegen gar nichts. Weil du mein Bruder bist, mein Kumpel.«

»Dein Kumpel?« Er sieht mich an. »Also bitte. Ich bin doch nicht dein Kumpel.«

»Sondern?«

»Na, wenn dann der beste Kumpel von allen.«

»Das natürlich sowieso«, erkläre ich schnell.

»Wollt schon sagen.« Er öffnet mir die Tür. Ich gehe voran, schaue mich um, suche nach Rhys, versuche, dabei nicht so offensichtlich zu sein.

»Suchst du jemanden?«, fragt Holden.

Ich schüttele den Kopf. »Nein, nein, niemanden. Ich guck nur, wer alles da ist.« Wenn ich so weitermache, werde ich noch eine ziemlich gute Lügnerin. »Setzen wir uns dahin?«, ich zeige auf einen Tisch, von dem aus ich Rhys beobachten kann, den ich soeben in der hinteren Ecke entdeckt habe.

»Meinetwegen«, meint Holden, geht zu dem Tisch und will sich setzen.

»Nein!«, rufe ich aus, bevor ich mir peinlich berührt auf die Lippe beiße. Mein Bruder sieht mich fragend an. »Ähm, also, ich würd da gern sitzen. Setz du dich dahin.«

Sein Misstrauen wird größer, aber er tut es trotzdem, nicht ohne sich umzusehen. Als er mich wieder ansieht, grinst er. »Aha.«

Ich setze mich, bekomme knallrote Wangen, zumindest werden sie so heiß, dass sie knallrot sein müssen. »Was denn?« Ich bemühe mich um einen unschuldigen Ton.

»Jetzt weiß ich wenigstens, wieso du mich in den Pub geschleppt hast.«

»Ich weiß nicht, wovon du redest.« Ich bin echt nicht gut darin, Geheimnisse zu bewahren.

»Ist klar. Aber ich dachte immer, dass du ihn nicht leiden kannst.«

»Das ist auch so. Er ist ein echter Arsch! Ich kann ihn so was von gar nicht leiden.« Ich verschränke die Arme vor der Brust, habe dann aber das Gefühl, dass das eher bockig wirkt. Schnell lasse ich sie wieder fallen.

»Und warum sind wir dann hier? Du stalkst ihn doch.«

»Das tu ich gar nicht!«, empöre ich mich, obwohl ich genau das tue.

Er legt den Kopf schief und sieht mich spöttisch an.

»Na, gut, fein. Aber ich hab dafür eine Erklärung«, knicke ich ein.

»Da bin ich aber gespannt.«

Ich seufze. »Also, ich hab ihn beim Einkaufen getroffen

und dann später noch mal, als er zum Pub ging. Und er hatte nicht dieselben Klamotten an.«

»Oh, wow, ruft die Fashionpolizei!«

»Sehr witzig, wirklich.«

»So bin ich.« Grinsend nickt er der Kellnerin zu, die zu uns herüberkommt. Holden bestellt ein Bier und ich eine Cola, bevor er mich wieder ansieht. »Was hat diese bahnbrechende Erkenntnis für einen Hintergrund?«

»Er hat sich umgezogen, um in den Pub zu gehen. Das kann nur eins heißen.«

»Und was?«

»Dass er ein Date hat.«

»Und wieso interessiert dich das?«

»Weil ich noch nie gesehen hab, dass er sich mit einer Frau getroffen hat, und ich neugierig bin, was er für einen Typ hat.«

»Noch mal meine Frage: Wieso interessiert dich das?«

Ich verdrehe die Augen. »Es ist einfach Neugier. Mehr nicht.«

»Ah ja. Verstehe. *Neugier.*« Er macht Luftgänsefüßchen, was ich ziemlich albern finde.

»Ja, was sollte es denn sonst sein?«

»Lass mal überlegen ... Hm, Eifersucht?«

Perplex starre ich ihn an. »Eifersucht? Dafür müsste ich ihn doch mögen.«

»Vielleicht tust du das ja.«

»Gar nicht. Ich find ihn echt blöde.«

»Ach, blöde?« Lachend schüttelt er den Kopf, bevor er nach dem Bier greift, das die Kellnerin vor ihn gestellt hat. »Na ja, du benimmst dich ja auch grad ziemlich kindisch, also passt das.«

»Weißt du, mir ist soeben eingefallen, dass ich doch lieber alleine hier sitzen würde.«

Holden prostet mir zu. »Jetzt hast du mich an der

Backe, dein Pech.«

»Hm.« Ich stoße mit ihm an, werfe einen Blick zu Rhys, der alleine an seinem Tisch sitzt. »Er sitzt da alleine.«

»Und das regt dein Mitleid an?«

»Nein, aber ich frag mich, wieso er alleine in den Pub geht.«

Er zuckt mit den Schultern. »Vielleicht war eben einer dieser Tage. Solche gibt es.«

»Aber wieso hat er sich umgezogen?«

»Weil er Kirschsaft über seinen Pulli gegossen hat?«

»Das ist merkwürdig spezifisch. Wie kommst du auf Kirschsaft?«

»Ist mir in den Sinn gekommen. Aber was ich sagen will, es gibt tausend Erklärungen. Dein Kopf kam allerdings nur auf eine. Nämlich, dass er ein Date haben könnte. Wieso ist das so?«

»Puh, weiß ich doch nicht. Dann müsste ich mich ja in meinem Gehirn auskennen«, scherze ich, frage mich aber tatsächlich auch, wieso ich nur auf diese eine Lösung gekommen bin, und nicht auf das Naheliegendere.

Aber ist es wirklich wahrscheinlicher, dass er sich bekleckert hat, als dass er ein Date hat? Ich schaue zu ihm. Er sieht gut aus. Soweit ich das erkennen kann, ist er auch nur zu mir ein Arschloch, viele andere mögen ihn. Rhys ist auch nicht dumm, hat einen guten Job. Damit ist er doch eine gute Partie. Wieso sollte es also nicht möglich sein, dass er eine Frau getroffen hat?

»Geh doch zu ihm.«

Mein Kopf schnellt zu meinem Bruder. »Wie bitte?«

»Offensichtlich intere…«

»Sprich nicht weiter, wenn du leben willst!«

Holden lacht auf. »Ich hab nie verstanden, wieso ihr euch nicht ausstehen könnt.«

»Da musst du ihn fragen. Er war von Anfang an so. Ich

hab mich nur angepasst.«

»Es ist nichts passiert?«, will er wissen.

Ich schüttele den Kopf, lehne mich zurück und versuche, mich an diesen ersten Tag zu erinnern. Es ist schon Ewigkeiten her, noch dazu war ich so jung, dass viel im Nebel liegt.

Isaac und ich haben uns nicht am ersten Tag der Grundschule getroffen, sondern erst am dritten Tag. Auf dem Schulhof. Wir haben uns gut verstanden, teilten unser Pausenbrot. Wir saßen auf einem Mäuerchen, schauten uns um, während wir den Mund voll hatten, sahen ein paar größeren Jungs zu. Isaac zeigte auf einen Jungen mit dunklen Haaren, der eindeutig der Anführer war.

»Das ist mein Bruder Rhys.« Er sagte das mit einem gewissen Stolz in der Stimme, als wäre er etwas ganz Besonderes.

Als hätte er seinen Namen gehört, drehte er sich um, sein Blick fiel auf uns, fiel auf mich. Er sah fragend aus, als er zu uns kam.

»Wer ist deine Freundin?«, fragte er Isaac.

»Das ist Brinley«, wollte dieser sagen, aber er hatte seinen Mund voller Sandwich, weswegen da irgendwas bei rauskam, was sich aber in keiner Weise wie mein Name anhörte.

»Spinnly?«, fragte sein Bruder belustigt nach. »Hab ich noch nie gehört. Weil sie spinnt?«

Scham und Demütigung stiegen in mir auf, am liebsten hätte ich mich verkrochen. Stattdessen sagte ich: »Mein Name ist Brinley Davenport und dich kann ich gar nicht leiden.«

Damit bin ich abgezischt. Isaac fand mich, nachdem ich meine Augen getrocknet hatte. Er entschuldigte sich für seinen Bruder. Ich beschloss, ihn nicht für dessen verwerfliche Taten verantwortlich zu machen, weil ich ihn ziemlich süß fand. Und das wars. Isaac war für mich gut und Rhys schlecht.

Als ich jetzt darüber nachdenke, wundere ich mich schon, wieso Isaac das immer so hingenommen hat.

»Was?«, fragt Holden neugierig. Mein Gedankenspiel hat sich wohl auf mein Gesicht übertragen.

»Ich hab mich nur gefragt, wieso es für Isaac immer okay war, dass ich seinen Bruder nicht leiden konnte. Er hat nie versucht, für ihn Partei zu ergreifen, hat sich nie bemüht, mir seine guten Seiten zu zeigen.«

»Hm, das ist merkwürdig.«

»Oder? Ich mein, wenn Isaac mir ständig gesagt hätte, dass er dich nicht leiden kann ...«

»Er kann mich nicht leiden?«

»Doch, kann er. Ist nur ein Beispiel. Aber ich hätte mich bemüht, dass ihr euch annähert, hätte es nicht so hingenommen. Und ganz ehrlich ... Ich hätte mich irgendwann für dich entschieden. Vor allem wenn Isaac mir ständig gesagt hätte, wie doof du bist.«

»Du hast mit deiner Meinung nicht hinter dem Berg gehalten«, stimmt Holden zu. »Aber ja, so gut, wie sich die Brüder eigentlich verstehen oder verstanden haben, ist das ziemlich merkwürdig.«

Ich trinke einen Schluck meiner Cola. »Hab ich nie drüber nachgedacht, aber jetzt ... Wundert mich.«

»Er ist sowieso komisch.«

»Rhys?«

»Isaac.«

Ich ziehe die Augenbrauen hoch. »Wieso? Er ist doch ganz normal.« Als ich es ausspreche, merke ich, dass er vielleicht ganz normal ist, aber dass das auf keinen Fall erstrebenswert ist.

»Normal? Er ist ein verzogenes Muttersöhnchen. Wenn das normal ist, dann bin ich sehr gern unnormal.«

»Hm. Da ist was dran. Aber das hört sich so an, als könntest du ihn nicht leiden …«

»Kann ich auch nicht. Ich hab nie verstanden, wieso du ihn so vergöttert hast, aber da du es getan hast …« Er zuckt mit den Schultern, trinkt einen Schluck. »Ist schließlich deine Sache.«

Ich kann das gerade nicht verdauen, weswegen ich, aus welchem Grund auch immer, frage: »Und Rhys?«

Er legt den Kopf schräg. »Er ist cool.«

»Er ist cool?« Diese Aussage entsetzt mich doch ziemlich.

Holden nickt. »Ich mein, er ist echt viel älter als ich«, er grinst, »weswegen wir nicht so viel miteinander zu tun hatten, aber er hat in der Schule immer dafür gesorgt, dass wir in Ruhe gelassen werden.«

Meine Augen müssen so groß wie Suppenteller sein, als ich nachfrage: »Was?«

Er beugt sich vor. »Vielleicht erinnerst du dich nicht an das schmächtige Kind, das ich einmal war. Als ich auf die Highschool kam, wäre ich das Lieblingsopfer aller Bullys gewesen. Aber dank Rhys haben sie mich in Ruhe gelassen. Und als er zwei Jahre später von der Schule ging, war ich schon cool geworden.« Er lacht. »Frag Everett. Er hat eine ähnliche Geschichte.«

»Everett wäre doch nicht gemobbt worden!«

»Hast du eine Ahnung. Ein Mann, der Käse mag? Er hatte schon immer Anwandlungen, die nicht unbedingt dem Mainstream entsprachen.«

Ich schaue zu Rhys, frage mich, wieso ich das nicht mitbekommen habe. »Er hat also euch beide beschützt?«

»Nicht nur uns. Auch Reid, Kingston und Emerson. Er hat *deine* Familie beschützt.« Er sagt das auf eine Weise, die mir etwas verklickern soll, was ich offensichtlich nicht erkenne.

»Das kann nichts mit mir zu tun haben.« Ich verschränke die Arme vor der Brust.

»Keine Ahnung, Brin, vielleicht hat er es nur für seinen Bruder getan, weil du seine Freundin warst. Fakt ist aber, dass er dafür gesorgt hat, dass keiner von uns unter die Räder gekommen ist.«

»Aber wieso hat er euch beschützt und mich gemobbt?«

Holden zieht die Augenbrauen hoch. »Hat er doch nie. Er hat dich ebenfalls beschützt.«

»Pumpkin?«

»Was ist damit?«, fragt er irritiert.

»Mom hatte mich doch zu diesem unsäglichen Kostüm gezwungen.«

»Ja, und?«

»Na, und dann hat Rhys angefangen, mich Pumpkin zu nennen, und schließlich taten es alle.«

Holden lacht auf. »Du sahst aber auch zu schräg aus.«

»Siehst du? Er hat mich gemobbt und andere animiert, es ebenfalls zu tun.«

Er zuckt mit den Schultern. »Das mag sein, aber ich wette, er hatte einen Grund.« Er sieht mich an. »Was ist dir denn noch Schlimmes passiert?«

Ich schaue ihn irritiert an. »Das reicht doch schon.«

»Brin, ich sag es dir nicht gern, aber du warst ein Streber-Nerd. Solche Kinder wurden damals in die Mülltonne gesteckt. Ich sag nicht, dass ich das richtig finde, aber so war es.«

Die Erinnerung an Mitschülerinnen und Mitschüler taucht auf, die geweint haben, weil ihnen schlimme Dinge angetan wurden. Dagegen war Pumpkin echt nichts Schlimmes. Wieso habe ich das nie so gesehen?

»Woher weißt du, dass es Rhys war, der unsere Familie beschützt hat?«, frage ich, weil ich das nicht so recht glauben kann. Schließlich ist er für mein Kürbistrauma verantwortlich. Wobei … Eigentlich war es nicht traumatisch. Ich habe es gehasst, aber es hat mir auch keine schlaflosen Nächte bereitet. Schlimmer wäre es gewesen, wenn er Spinnly weiterverwendet hätte. Das hätte mich mit Sicherheit verstört.

»Ich weiß es von Everett und er weiß es von Emerson.«

»Und woher wissen sie das?«

»Da war so ein Junge in Emersons Klasse.« Meine Cousine ist sieben Monate älter als ich, weswegen sie ein Jahr über mir war. »Der hat ihr in der ersten Woche auf dem Flur die Bücher aus der Hand geschlagen. Ihr kamen die Tränen, sie hockte sich hin. Das Nächste, was sie sah, war, dass Rhys den Kerl gegen die Spinde schleuderte, ihm drohte, dass er ihm den Arsch aufreißen würde, wenn er sie auch nur noch einmal schräg ansehen würde. Na ja, und dann hat er ihr geholfen, ihre Bücher aufzuheben.«

»Aber Rhys ist nur ein Jahr älter als Emerson. Wie konnte er da schon der King sein?«

»Es hat ja gereicht, dass er stark genug war, um einen Jungen in Schach zu halten. Danach war allen klar, dass man mit ihm nicht gut Kirschen essen kann.«

Das sind einfach so viele Infos, die mir vorenthalten wurden, dass ich sie nicht alle verarbeiten kann, weswegen ich sage: »Was hast du heute nur mit Kirschen?«

Holden lehnt sich grinsend zurück. »Hab ich jetzt dein ganzes Weltbild zerstört?«

Seufzend reibe ich meine Nase. »Hast du tatsächlich. Wieso hat mir das niemand von euch je gesagt?«

Sein Schulterzucken meint alles und nichts. »Weil du immer allen, die es nicht hören wollten, mitgeteilt hast, wie sehr du ihn hasst. Du hättest uns kein Wort geglaubt.«

Ich wünschte, ich könnte erklären, dass ich es auch jetzt nicht tue. Aber irgendwie … Irgendwie werde ich nicht schlau aus Rhys Jacobson.

13

RHYS

Verfolgt sie mich heute etwa? Sobald sie zur Tür hereinkommt, sehe ich sie, als hätte ich eine scheiß Brinley-Antenne, die immer dann ausschlägt, wenn sie in der Nähe ist. Was macht sie denn im Pub? Sie ist sonst nie hier.

Ich seufze. Das hat mir heute gerade noch gefehlt. Das war einer dieser Tage, die man echt in die Tonne kloppen kann. Einer meiner Patienten hat mir erzählt, dass er zu allem Überfluss jetzt auch noch Krebs hat und zur Chemo muss. Seit zwei Jahren arbeiten wir zusammen, weil er einen schlimmen Unfall hatte, nach dem er wieder von Neuem lernen musste, seine Beine zu gebrauchen.

Solche Schicksale gehen einem immer nah, aber wenn es jemand ist, den man schon so lange begleitet, ist es schlimmer. Und er ist erst dreiundzwanzig. Das Leben ist echt nicht fair.

Dann bin ich noch mit meinem Chef aneinandergeraten, weil er der Meinung ist, dass ich mir zu viel Zeit nehme. Und Zeit ist Geld. Zack, zack, zack. Vielleicht sollte ich doch meine eigene Praxis aufmachen. Obwohl ich dann vielleicht ebenso denken würde. Schließlich muss ein Unternehmen so viel einbringen, dass man davon leben kann.

Dann der Strafzettel.

Und als ich zu Hause war, ist mir dann auch noch eine Packung Zucker auf den Boden gefallen. Als ich ihn auffegen wollte, bin ich auf den Socken weggerutscht, hingefallen und dabei in der Einkaufstasche gelandet. Direkt auf den Tomaten, die sich in Püree verwandelten und meinen Pulli versaut haben.

Das war der Moment, in dem ich laut geflucht und beschlossen habe, in den Pub zu gehen. Ein paar Bier, ein wenig abschalten. Tja, wenn einer dieser Tage ist, dann ist das die beste Medizin.

Und jetzt ist sie da. Mit Holden.

Wieso?

Ich kann es nicht begreifen, wieso sie mir heute und auch in den letzten Tagen ständig über den Weg läuft. Früher habe ich sie kaum gesehen, bin ihr vielleicht auch aus dem Weg gegangen, oder sie mir. Okay, dass ich sie beim Dinner mit ihrer Familie sehen würde, das war mir klar. Trotzdem bin ich hingegangen. Wieso?

Wenn ich jemanden nicht sehen will, dann ist sie das.

Und jetzt guckt sie ständig zu mir.

Ich sitze hier in Ruhe, trinke mein Bier, will nichts Böses, aber sie schaut immer und immer wieder zu mir. Das ist doch nicht normal. Sie muss auch gar nicht denken, dass ich nicht mitbekommen habe, dass sie sich absichtlich auf diesen Stuhl gesetzt hat, damit sie mich im Blick behalten kann. Was soll das denn?

Am liebsten würde ich sie rauswerfen lassen, weil sich meine Gedanken die ganze Zeit nur um sie drehen und ich so ganz sicher nicht relaxen kann.

Ich reibe mir übers Gesicht.

Verdammt.

Nicht nur, dass ich sie die ganze Zeit sehe, ich denke auch an sie. Viel zu viel. Wieso nimmt sie auf einmal so viel Raum in meinem Kopf ein? Jahrelang habe ich es geschafft, sie auf Abstand zu halten, aber kaum zerbricht ihre Beziehung zu Isaac, turnt sie in meinem Gehirn herum. Das ist auch nicht normal. Aber was ist das schon?

»Möchtest du noch eins?«, fragt Sheila, die Kellnerin, lächelnd.

Aber auch wenn sie zu mir freundlich ist, hat sie doch einen Blick auf jemand anderen geworfen. Jemanden namens Holden Davenport. Ich habe genau gesehen, wie sie um ihn herumschleicht. Sie ist neu in der Stadt, weswegen sie vielleicht noch nicht weiß, dass man sich von den Davenports besser fernhält. Sie bedeuten nur Ärger.

Besonders die eine mit den Rehaugen ...

Nein, so fange ich gar nicht erst an.

»Ich nehm noch eins.«

»Alles klar, kommt sofort.«

Sofort ist sogar akkurat, weil sie kaum weg und schon wieder da ist.

»Danke«, sage ich, als sie die Flasche vor mich stellt.

»Klar, Süßer.« Sie zögert. »Der Typ da hinten ...« Sie nickt in Richtung der Geschwister Davenport. »Kennst du den?«

»Das ist Holden.«

»Und sie?«

»Sie ist seine Schwester.«

Erleichterung schwappt über ihre Gesichtszüge. »Und hat er jemand anderen?«

»Nope. Er ist Single.«

»Interessant.«

Ich grinse sie an. »Aber ganz ehrlich … Die Davenports bedeuten nur Ärger.«

»Hab nicht vor, mich länger mit ihnen zu beschäftigen.« Sie zwinkert mir zu. Ich bin mir nicht sicher, ob ich sie richtig verstanden habe, aber wünsche ihr viel Spaß.

Ich beobachte, wie sie weggeht, wie sie langsam und mit wiegenden Hüften auf Holden zuschlendert. Sie macht einen kleinen Schlenker, damit er sie auch sehen kann. Erst merkt er nichts, aber dann setzt er sich plötzlich aufrechter hin. Ich kann nur sein Profil sehen, aber das verrät mir schon einiges. Keiner von beiden wird heute Nacht alleine sein.

Vielleicht sollte ich der Datingapp doch eine Chance geben. Sonst werde ich wahrscheinlich niemals eine Frau finden, mit der ich nach Hause gehen kann.

Seufzend trinke ich mein Bier aus, lege ein paar Scheine auf den Tisch, bevor ich noch kurz zur Toilette gehe. Der Weg nach Hause ist nicht weit, aber Bier … na ja, das muss man wohl nicht ausführen.

Als ich fertig bin und die Tür öffne, ein wenig schwungvoll, wie ich zugeben muss, stößt sie gegen Etwas und dieses Etwas schreit erschreckt auf. »Autsch!«

Schnell ziehe ich die Tür zurück. »Oh, sorry«, sage ich, bis die Person nach vorne tritt.

»War das Absicht?«, fragt Brinley mich, während sie mich anfunkelt.

»Äh, nein, natürlich nicht«, antworte ich perplex. Wir haben keine gute Vergangenheit, aber dass sie glauben kann, dass ich das absichtlich machen würde, gibt mir doch zu denken.

»Mein Arm tut weh.« Sie sieht wütend aus.

»Das tut mir leid«, ist alles, was mir einfällt.

Sie stemmt die Hände in die Seiten. »Was machst du überhaupt hier?«

Ich deute auf die Tür, die jetzt wieder geschlossen ist. »Ich war auf der Toilette.«

»Das mein ich nicht.«

Verwirrt schaue ich sie an. »Was dann?«

Einen Augenblick sieht sie aus, als wollte sie es nicht ausführen. Nein, mehr noch, als würde sie es nicht für eine gute Idee halten, etwas auszuführen, bevor sie dann doch sagt: »Was machst du mitten in der Woche im Pub? Alleine noch dazu. Hat dich dein Date versetzt?«

»Bist du die Pub-Polizei? Muss man dich um Erlaubnis fragen?«, gebe ich zurück, spüre, dass mein Ärger ansteigt. Jetzt ist absolut nicht der richtige Moment, um mir noch weiter solche Vorwürfe anzuhören. Der Tag war beschissen genug. Und wenn ich es sonst auch amüsant finde, mich mit ihr zu streiten, heute nicht.

Sie verschränkt die Arme vor der Brust, kneift die Augen zusammen. »Natürlich nicht. Du kannst machen, was du willst.«

»Ja, weiß ich. Danke.«

»Bitte. Was hast du so schlechte Laune? Kein Wunder, dass dich dein Date versetzt hat. Wer will schon mit einem Grummel ausgehen?«

»Erst seit du mir den ganzen Tag über den Weg läufst, hab ich überhaupt schlechte Laune. Und was für ein Date denn?«

»Na, weswegen geht man sonst mitten in der Woche in den Pub? Doch nur, wenn man ein Date hat.«

»Es geht dich zwar nichts an, aber ich hatte kein Date, sondern wollte nur kurz meine Ruhe haben. Aber das ist wohl jetzt vorbei.«

»Wieso hast du dich dann umgezogen?«

Wenn ich einen Moment nachgedacht hätte, wäre mir aufgefallen, was sie damit unfreiwillig preisgegeben hat, aber stattdessen motze ich: »Ach? Nicht nur die Pub-Polizei, auch die Fashion-Polizei? Darf niemand mehr irgendwas in dieser Stadt machen, bevor du es erlaubst?«

»Sei doch nicht so ein Arschloch! Aber klar, was erwarte ich auch anderes. Warst du ja schon immer.«

»Ich bin ein Arschloch? Was bist du denn dann? Eine verdammte Gewitterziege. Das bist du.«

»Gewitterziege«, spottet sie, »hast du das von deiner Gran?«

»Und wenn? Sie ist eine gescheite Frau, was man von dir nicht sagen kann.«

»Hey! Bin ich wohl.«

»Im Gegenteil. Du bist nur so eine dumme Gans, die durch die Stadt stolziert, als wäre sie die Prinzessin von Guerneville. Nur weil deine Mom Bürgermeisterin ist, macht dich das nicht zu ’nem Royal!«

Sie fletscht die Lefzen, Speicheltropfen fliegen durch die Gegend. Zumindest sieht sie so aus, als könnte das passieren. Würde mich nicht wundern.

»Wenigstens bin ich nicht der Abschaum von Guerneville!«

Ich lache bitter auf. »Bist du sicher, dass du bei diesem Statement bleiben willst? Schließlich magst du meine Mutter.«

Sie sieht zerknirscht aus, bevor sie ruft: »Ja, mag ich auch. Und nicht sie ist der Abschaum. Nur du.«

»Und was ist mit meinem Bruder?«

»Lass deinen Bruder da raus.«

»Weil er ja so ein Ausbund an Moral und Tugend ist«, spotte ich.

»Hey, jetzt vergisst *du* wohl, dass du deinen Bruder magst.«

»Oh, bitte«, spotte ich, »momentan kann er mir gestohlen bleiben.«

»Und wieso das?«

»Weil er dich benutzt hat.«

Sie wollte schon irgendwas antworten, aber diese fünf Wörter stoppen sie. Sie sieht mich perplex an. »Äh, was?«

Ich bleibe stumm, sehe ihr in die Augen. In ihre Rehaugen.

Sie tritt einen Schritt vor. »Wegen mir?«

Ich schlucke, bevor ich nicke.

»Wieso?«, fragt sie leise.

Ich fahre mir über die kurzen Haare, versuche eine Antwort zu finden, die nicht die ist, die mir als Erstes in den Kopf kommt. Denn das kann nicht die Wahrheit sein. Das ist einfach unmöglich.

»Gibt keinen besonderen Grund«, presse ich raus.

Sie sucht in meinem Gesicht, nach was, weiß ich nicht.

Noch einmal schlucke ich, kann aber diese Stille nicht aushalten. »Was soll der Terz hier überhaupt? Zwischen uns ist alles geklärt.«

Brinleys Augen funkeln wieder, sie tritt zurück, ist sie mir doch zu nah gekommen. Viel zu nah. »Und da dachte ich, dass da doch ein guter Kern in dir steckt, aber da ist nichts. Oder? Einmal ein Arsch, immer ein Arsch.« Sie dreht sich um, geht weg, aber ...

Ich greife nach ihrem Arm, ziehe sie rum, sie kommt ins Straucheln, fällt geradezu gegen mich. Es ist nur ein Reflex. Ein Reflex, meine Arme um sie zu legen. Ein Reflex, eine Hand an ihre Wange zu schmiegen. Ein Reflex, meine Lippen plötzlich auf ihre zu drücken.

Überrascht zuckt sie zurück, starrt mich an, bevor ihre Hände sich plötzlich an mein Gesicht legen und ihr Mund meinen findet. Zärtlich ist die zweite Berührung, fragend irgendwie.

Ich will Nein rufen, will ich wirklich, aber ... Na ja, es fühlt sich auch einfach gut an. So richtig gut. Ihre Lippen sind weich und voll, schmiegen sich gegen meine. Ein leises

Keuchen entfährt ihr, als wäre sie ebenfalls überrascht, dass Münder auch etwas anderes tun können, als sich gegenseitig anzufauchen.

Ihr Körper kommt näher oder vielleicht ziehe ich sie auch an mich. Plötzlich berührt alles von ihr alles von mir und mir wird ganz warm. Ich streiche über ihre Wange, bevor ich durch ihre Haare fahre.

Und dann … dann ist da plötzlich nicht nur ihr Mund an meinem, sondern ihre Zungenspitze, die zärtlich von mir kostet. Es ist ein Streicheln, ein Testen, ein Vortasten.

Ich will es stoppen, schließlich ist das hier Brinley Davenport, die blöde Kuh, aber … Na ja, es ist auch Brinley Davenport, die sich einfach wahnsinnig gut in meinen Armen anfühlt. Brinley Davenport, die mich so zärtlich küsst, wie es niemals jemand vor ihr getan hat.

Meine Zunge lugt hervor, leckt über ihre Lippen, schiebt sich zwischen sie, als sie ihren Mund öffnet. Ohne mein willentliches Zutun – okay, das ist gelogen – ist plötzlich meine Zunge an ihrer, reibt sich an ihr, tanzt mit ihr. Plötzlich ist da keine Vorsicht mehr, keine Zurückhaltung. Plötzlich sind da Hände, die den anderen nicht schnell genug näher ziehen können. Plötzlich sind da Münder, die es nicht erwarten können, den anderen zu verschlingen. Plötzlich ist da Keuchen und Stöhnen und Atem, der geteilt wird.

Ich küsse Brinley Davenport. Ich kann es nicht fassen.

Aber nein, ich küsse sie nicht. Ich knutsche mir ihr.

Aus den vorsichtigen Momenten werden leidenschaftliche. Aus den sanften Händen werde unersättliche, die alles gleichzeitig berühren wollen. Wangen und Nacken, Haare und Rücken. Und am liebsten noch ganz viel mehr.

Sie schmiegt sich an mich, ich ziehe sie zu mir. Sie fasst in meinen Pulli, lässt kein Stück Papier zwischen uns kommen, ich umarme sie und streichele ihren Hinterkopf, fahre durch ihre Haare. Sie sind weich und kräftig, fühlen sich an, als sollten sie immer durch meine Finger gleiten.

Schwer atmend löse ich mich von ihr, öffne die Augen, suche ihren Blick, der genauso verwundert aussieht, wie ich mich fühle.

Und dann ist da so eine Verlegenheit ... Weil wir das bekannte Terrain verlassen haben. Weil sich alles zwischen uns geändert hat. Weil das zumindest für mich der beste Kuss war, den ich je hatte.

Ihre Finger lösen sich aus der Wolle meines Pullis und sofort vermisse ich sie da. Sie tritt einen Schritt zurück, während mein Körper fröstelt, weil ihre Wärme fehlt. Meine Hände fallen von ihr ab, fragen sich, was sie jetzt tun sollen.

»Ähm«, räuspert sie sich leise, tritt noch weiter von mir weg.

Ich will sie zurückziehen, will sie wieder küssen, will noch so viel mehr mit ihr machen, aber ... Ihre ganze Körpersprache sagt Nein. Also bleibe ich stehen, während sich plötzlich alles nach ihr sehnt. Ich kenne dieses Gefühl ... Ich kenne es zu genau und ich hatte mir geschworen, es nie wieder zu fühlen.

»Das war ...«, sie streicht sich die Haare aus dem Gesicht, »ähm ... unerwartet. Also ...«

»Also?«, frage ich nach.

Sie sieht mich an, beißt sich auf die Lippe. »Ich muss los.«

Und dann dreht sie sich um, eilt den Flur entlang. Ich starre ihr hinterher, bis sie schon ewig nicht mehr zu sehen ist, und frage mich, ob ich mir das nur eingebildet habe oder ob das soeben wirklich passiert ist.

Es dauert eine ganze Weile, bis ich aus meiner Schockstarre aufwache, mir über den Kopf streiche und mich in Bewegung setze. Vollkommen überzeugt, dass das nur ein Traum war. Ein krasser Traum, aber dennoch nicht der Realität entsprechend. Schließlich würde ich niemals Brinley Daven…

Doch. Doch, ich würde, wird mir bewusst, als ich nach Hause laufe. Der kalte Wind pfeift um die Ecken, ich vergrabe die Hände in den Taschen, stemme mich gegen diesen Vorboten des Herbsts, der sich da gerade ein Stelldichein gibt.

Ich hatte es schon beinahe vergessen.

Hatte beinahe vergessen, wie es war, sie damals das erste Mal auf dem Schulhof zu sehen. Mir fällt kein richtiges Wort ein, daher sage ich mal Faszination. Die Faszination, die mich überkam, als ich das erste Mal in ihre sanften braunen Augen geschaut habe, habe ich verdrängt, habe versucht, alles zu vergessen, wollte nicht mehr dran denken, dass ich sie so toll fand und sie mich gar nicht.

Ich war sofort hin und weg, als ich sie sah.

Aber sie hatte nur Augen für meinen Bruder. An diesem ersten Tag ebenso wie an allen anderen, die folgten. Gut, unsere erste Begegnung war auch nicht ganz störungsfrei, aber dass sie sich so hineingesteigert hat, dass ich ihren Namen falsch verstanden habe … Und es war nicht einmal meine Schuld, weil Isaac mit vollem Mund so genuschelt hatte. Leider musste ich aussprechen, was ich verstanden hatte. Da hätte ich ein bisschen souveräner sein müssen, aber was will man von einem Achtjährigen erwarten, dem gerade gesagt wurde, das neue Mädchen hieße Spinnly?

Allerdings hätte ich es nicht aussprechen sollen, das ist mir bewusst.

Sie ist aber auch unversöhnlich.

Ich hatte so lange versucht, es irgendwie wiedergutzumachen, aber sie hat mich gehasst. Und irgendwann habe ich sie dann zurückgehasst.

Wir haben uns in unsere private Fehde gestürzt, obwohl ich doch eigentlich nur eines wollte: Dass sie mich ebenso ansieht wie ihn.

Ich hätte mir für sie gewünscht, dass er sich auch in sie verliebt hätte, damit sie glücklich ist. Aber zu sehen, wie er sie geradezu ausgenutzt hat, war nicht leicht. Deswegen habe ich alles Positive, was ich je für sie empfunden habe, tief in mir verschlossen, habe nur noch die negativen Gefühle zugelassen. Ebenso wie sie auch.

Ich schüttele den Kopf. Nein, nicht wieder in dieses Loch fallen, in dem nur Herzschmerz und Leid zu finden ist. Sie hat es gerade deutlich gemacht. Sie war einen Moment hingerissen, aber sobald sie ihren Kopf wieder eingeschaltet hatte, war es für sie vorbei. Sie will mich nicht. Immer noch nicht.

Auf meiner Veranda lässt der Wind ein wenig nach. Meine Finger fischen den Schlüssel aus der Tasche, schließen die Tür auf. Im Flur lehne ich mich gegen die Wand, mache die Augen zu.

Ich habe es schon einmal geschafft, mir meine Gefühle für sie auszureden, aber damals wusste ich nicht, wie wunderbar es sich anfühlen würde, sie in meinen Armen zu halten. Wie soll ich es mit diesem Wissen schaffen, sie wieder zu hassen?

14

BRINLEY

Ich eile vom Ort des Geschehens, verabschiede mich von Holden, der nur Augen für die sexy Kellnerin hat, renne beinahe nach Hause.

Habe ich gerade ernsthaft Rhys Jacobson geküsst?

Den größten Arsch von Guerneville?

Das kann doch nicht passiert sein. Niemals.

In meinem Heim angekommen, ziehe ich Jacke und Schuhe aus, tigere dann endlos durch meinen Flur, knabbere wahlweise an Lippen und Nägeln, kann es nicht fassen.

Ich habe ihn geküsst. Er hat mich geküsst.

Das ist schon schwer zu begreifen, aber eine Sache will mir nicht in den Sinn.

Es hat mir auch noch gefallen.

Nein, nicht nur gefallen. Es war richtig gut. Vielleicht war es sogar der beste Kuss meines Lebens. Wie kann man es so sehr genießen, wenn man die Person doch eigentlich hasst? Da stimmt doch was nicht. Immer habe ich geglaubt, dass Küsse und Sex besser sind, wenn man jemanden liebt, aber ...

Na ja, aber wenn ich an Isaac denke ...

Nein, jetzt nicht an ihn denken. Was soll das denn? Als wollte ich die Brüder vergleichen.

Ich bleibe wie vom Blitz getroffen stehen. Nein. Nein. Nein. Ich habe beide Brüder geküsst! O Gott. Ernsthaft? Das ist doch nicht wahr. Gibt es da keine Regeln? Man darf niemanden küssen, den schon ein Blutsverwandter geküsst hat? So was muss es doch geben. Ich kann mir sogar vorstellen, dass es oben auf der Unabhängigkeitserklärung draufsteht, weil es so wichtig ist.

Oh, nein.

Jacobson und Jacobson. Und dann auch noch im Abstand von wenigen Tagen. Also das ... das macht mich doch zum Flittchen. Zum Knutschflittchen. O Mann. Jahrelang küsse ich niemanden und dann so kurz hintereinander zwei. Noch dazu Brüder! Noch dazu *diese* Brüder!

Langsam beginne ich wieder auf und ab zu laufen, kaue an einem Nagel, will es eigentlich nicht, aber es ist eine Notlage, da zählt ein abgekauter Fingernagel nicht.

Aber es ist, wie es ist. Ich habe Isaac so lange geliebt. So ewig lange. Habe ihn geküsst mit all diesen Gefühlen. Eigentlich hätte es der beste Kuss sein müssen, aber so war es nicht. Im Gegenteil. Es war kein guter Kuss. Keine guten Küsse, kein guter Sex. Und mit Rhys, den ich gar nicht leiden kann ... Da war so ein Feuer, eine Leidenschaft. Vielleicht lag es daran, dass ich nicht betrunken war, kann sein, aber es war auch ein ganz anderes Gefühl. Ein sicheres, ein wertschätzendes, ein Du-hast-höchste-Priorität-für-mich-Gefühl.

Und dabei hasse ich ihn doch eigentlich.

Okay, vielleicht ist es kein Hass, aber es ist ein sehr starkes Nicht-Mögen.

Nein, nicht vergleichen. Das wird ihnen beiden nicht gerecht.

Wieso habe ich ihn denn überhaupt geküsst? Weil ich da so halb in seinen Armen gehangen habe? Das ist doch kein Grund! Man kann doch nicht jeden abschlecken, der einen mal davor bewahrt, dass man auf den Boden fällt. Das macht man einfach nicht. Das ist also keine Entschuldigung.

Aber dieser Augenblick …

So viel Leidenschaft! Wie kann man denn so viel mit dem Aufeinanderdrücken von Lippen transportieren? Lust und Leidenschaft und Spaß und irgendwie auch Zuneigung. Denn in diesem Moment habe ich ganz sicher nicht darüber nachgedacht, dass wir eigentlich Erzfeinde sind. Nein, das habe ich nicht einmal gespürt. Nur den unbändigen Willen, genau das jetzt mit ihm zu tun.

Es verwirrt mich. Ich mag es nicht, wenn Dinge nicht klar sind. Es ist so viel leichter, das Richtige zu tun, die richtige Entscheidung zu treffen, wenn alles seine Ordnung hat. Und dann küsse ich Rhys! Verrückter und chaotischer kann es doch gar nicht mehr werden.

Wieso habe ich es also getan?

Und wieso hat es mir so gut gefallen?

Ich hasse es. Ich hasse, dass ich mich in meinen eigenen Gefühlen nicht auskenne, dass ich nicht weiß, was das für ihn bedeutet. War es für ihn einfach nur eine spontane Entscheidung oder steckt mehr dahinter? Leider kann ich diese Frage nicht mal für mich selbst beantworten, vollkommen ausgeschlossen, dass ich in seinen Kopf schauen kann, um seine Einstellung herauszufinden.

Ich vergrabe mein Gesicht in den Händen, beuge mich vor, richte mich wieder auf, will laut schreien, aber es ist schon so spät. Ich verstehe einfach nicht, wie ich mich so in den Schlamassel reiten konnte. Normalerweise bin ich so doch nicht. Ich küsse niemanden, den ich nicht leiden kann. Wieso habe ich es also jetzt getan?

Das Warum ist doch egal. Fakt ist, es ist geschehen, auch wenn ich mich gern davon überzeugen würde, dass es nur meiner Fantasie entsprungen ist, wobei ich mich dann fragen würde, wieso ich an so etwas denke.

O Gott. Wieso war es nur so gut?

Und wieso habe ich das leichte Bedürfnis, es wieder zu tun?

Und wieso denke ich plötzlich viel zu viel an Rhys Jacobson?

Das ist doch zum Haareraufen.

Langsam gehe ich aus dem Flur in die Küche, weiß aber gar nicht, was ich hier will. Ich schaue mich um, aber es gibt eigentlich keinen Grund. Mein Blick fällt auf die Uhr. Es ist schon spät, ich sollte mich ins Bett begeben. Auch wenn ich mir nicht sicher bin, dass meine Gedanken sich so weit beruhigen lassen.

Ich gehe ins Bad, ziehe mir meinen Schlafanzug an, reinige mein Gesicht und putze meine Zähne. Aber eigentlich denke ich nur an diesen Kuss. Denke an seine Hände, die mich gehalten haben, seine Finger, die meine Wangen gestreichelt haben. An seinen starken Körper, der an meinen gedrückt war. Seine Lippen. Oh, seine Lippen. Sie waren weich und gleichzeitig fest, wussten, was sie taten. Ebenso wie seine Zunge. Ich kann mir lebhaft vorstellen, wie es wäre, wenn sie auch an anderen Stellen ... Lassen wir das. Das ist ganz bestimmt keine gute Methode, um mich vor dem Schlafengehen zu beruhigen.

Einen Moment stutze ich. Oder vielleicht genau die richtige ...

Ich lösche das Licht, gehe ins Bett, nehme meinen Vibrator aus dem Nachtschrank, stelle ihn an. Mist. Nicht aufgeladen! Na, dann muss es eben mit den Fingern gehen.

Ich lehne mich zurück, streiche über meine Lippen, versuche das Gefühl von seinem Mund an meinem zurückzuholen. Mit geschlossenen Augen reise ich in die Bar zurück, zu dem Moment, in dem er mich zurückgezogen hat und ich plötzlich in seinen Armen war. Zuerst war ich verwirrt, überrascht über das, was da passierte, aber dann … dann wollte ich es. Ich habe mich an ihn gedrückt, habe seine feste Brust an meinem Busen gespürt. Langsam lasse ich die Hand über meinen Hals und mein Dekolleté streichen, fahre sanft über meine Brüste, stelle mir vor, dass es nicht meine, sondern seine Hand wäre.

Ich schiebe die Finger in mein Pyjamaoberteil, berühre sanft meine Haut, liebkose sie. Rhys wäre bestimmt ein Liebhaber, der sich viel Zeit nehmen würde, der nichts überstürzen würde. Langsam würde er meinen Busen streicheln, jedes Fleckchen erkunden. Würde sie drücken, die Nippel umfahren, sie leicht kneifen, an ihnen zupfen. Dann würde er sich über mein Kinn und meinen Hals hinab küssen, würde seine Lippen auf Wanderschaft schicken, würde meine Nippel in den Mund nehmen, an ihnen lutschen und lecken und knabbern, würde sie mit der Zunge umfahren …

Ein Stöhnen kommt über meine Lippen, während ich mich in meine Liebkosungen hinein wölbe, den Rücken überstrecke, mit der freien Hand ins Bettlaken greife, daran ziehe.

Langsam wandern meine Finger über meinen Bauch, streicheln ihn, die Seiten, fahren um den Bauchnabel, bevor sie weiter nach unten wandern. Der Saum der Hose ist im Weg, also schiebe ich meine Hand hinunter, spüre den Venushügel, beiße mir auf die Wange, weil ich es nicht erwarten kann, gleich dieser unbändigen Lust Raum zu geben.

Aber es ist nicht meine Hand, sondern seine. In meinem

Kopf verwandelt sie sich, wird größer, wird kräftiger. Es ist sein Name, der meinen Körper zum Klingen bringt. Seufzend öffne ich die Beine, lasse meine Finger zwischen sie gleiten, fühle, dass mich meine eigene Fantasie schon so angemacht hat, dass ich die Feuchtigkeit spüren kann. Sanft streiche ich über meine Schamlippen, befeuchte meine Finger, bevor ich sie um meine Klit spielen lasse. Langsam erst, sanft zunächst. Ein Keuchen entfährt mir, während ich fester ins Laken greife.

Seine Hand zwischen meinen Beinen. Seine Finger, die meine Perle umspielen. Sein Daumen, der gegen meinen Venushügel drückt. Sein Name, der aus meinem Mund entweicht.

»Rhys. Oh, Rhys.«

Der Klang meiner Stimme lässt mich stutzen, aber ich bin schon so weit in meiner Fantasie gefangen, dass ich mich tiefer hineingleiten lasse, bis ich wirklich glaube, dass er es ist. Dass es seine Finger sind, die meine Klit verlassen, ein Stückchen nach unten wandern und in meine Feuchtigkeit eintauchen. Stöhnend schiebe ich einen Finger in mich, ziehe ihn ein wenig zurück, bevor ich ihn wieder in mir versenke.

Ich löse die andere Hand aus dem Bettlaken, schlüpfe unter meinen Schlafanzug, streichele meine Brust, zupfe sanft am Nippel.

Den Daumen der anderen Hand drücke ich immer wieder gegen die Klit, tauche mit zwei Fingern in mich ein, merke, wie sich die Erregung in mir aufbaut, dass ich nicht lange brauche.

»Rhys«, hauche ich und sehe ihn vor mir stehen. So wie er den einen Sommer am Russian River ausgesehen hat. Er hatte die Haare ein wenig länger als jetzt, kam gerade aus dem Wasser, die Tropfen perlten aus seinen dunklen Strähnen, tropften auf seine Schultern, vereinigten sich zu

Bächen, die seinen gestählten Oberkörper nach unten flossen. Ich wollte nicht hinsehen, schließlich ist er doof, aber ich konnte meinen Blick nicht abwenden. Hätte ich mich nicht an der Picknickdecke festgehalten, hätte ich mich ihm vielleicht an den Hals geworfen. Hätte gut sein können.

So sieht er in meiner Fantasie jetzt auch aus, aber das Beste ist: Er hat nur Augen für mich und für sonst niemanden. Seine Lippen sind leicht geöffnet, er beugt sich über mich, seine Hand zwischen meinen Beinen, sein Daumen, der meine Klit umspielt.

Seine nackte Brust berührt meine, bevor sich sein Mund auf meinen senkt.

»O Gott«, murmele ich, intensiviere den Druck meiner Hände, spüre, dass ich so kurz davorstehe. So kurz.

Ich kneife mir in den Nippel, fahre um meine Klit und es ist um mich geschehen. Mit einem leisen Schrei komme ich, presse die Augen so fest zusammen, dass ich Sterne sehe und liege dann ganz ermattet auf meiner Matratze.

Ich lache auf. O Gott. Was war das denn? Das fühlte sich so echt an. Ich hätte mich nicht gewundert, wenn Rhys neben mir auf dem Bett liegen würde. Und wahrscheinlich, also so zu neunzig Prozent, würde ich ihn nicht von der Kante stoßen.

Ich bin echt in der Bredouille. Wenn die Fantasie schon so gut ist, werde ich mich immer nach der Realität sehnen. Mit Rhys Jacobson. Sicher.

Als ich am nächsten Morgen aufwache, bin ich noch ganz wuschig. Zum einen, weil das schon ein ziemlich intensiver Orgasmus war, der noch nachwirkt, zum anderen, weil ich es irgendwie nicht fassen kann, dass Fantasie-Sex mit

Fantasie-Rhys so viel besser ist als jeder echte Sex mit echten Männern, den ich bisher hatte.

Ausgerechnet mit Rhys!

Da muss sich das Universum doch einen Scherz erlauben. Anders kann es gar nicht sein. Irgendjemand, der die Strippen zieht, hat sich gedacht: Ach, das wäre witzig. Nachdem sie sich zwanzig Jahre gehasst haben, stecke ich Brinley Davenport und Rhys Jacobson zusammen, drehe die sexuelle Spannung nach oben und schaue mir mal an, wie ich ihr Leben ins Chaos stürze.

So muss es doch gewesen sein. Anders kann ich mir das nicht vorstellen.

Noch ein Indiz: Selbst eine kalte Dusche bringt meinen Körper nicht dazu, mit dem Kribbeln aufzuhören. Und das ist noch nie geschehen. Kalte Duschen sind die Lösung für ziemlich alles und wenn die nicht mehr helfen, dann liegt irgendwas im Argen.

Ich kann es mir nur so erklären, dass irgendwas an mir kaputt ist. Vielleicht brauche ich ein Ersatzteil. Wie heißt noch mal das Gebiet im Gehirn, das für Freude und so zuständig ist? Hypothalamus, oder? Ich glaube schon. Der hat falsch reagiert, denn schließlich würde ich niemals Freude empfinden, wenn es um meinen Erzfeind geht. Also muss er kaputt sein. Eine andere Erklärung gibt es nicht.

Und wieso denke ich jetzt schon wieder seit unzähligen Minuten an ihn? *Das* ist auch nicht zu fassen. Es muss also viel mehr kaputt sein als nur der Hypothalamus. Vielleicht einfach das ganze Gehirn. Kann ich mir vorstellen.

Ich steige aus der Dusche, trockne mich ab, rutsche dann mit meinen nassen Füßen auf den Fliesen aus. Mist. Das würde jetzt auch noch fehlen. So gerade kann ich mich noch halten, stoße dabei aber gegen das Waschbecken. Autsch!

Ich reibe mir die Stelle an meiner Hüfte, schlinge dann

ein Handtuch um mich und putze mir die Zähne. Ha! Beinahe hätte ich meine Gesichtscreme statt der Zahnpasta genommen, aber das konnte ich noch so eben verhindern. Die Gedanken an Rhys lenken mich also nicht von allem ab.

Nachdem ich meine Haare gekämmt habe, gehe ich ins Schlafzimmer, um mich anzuziehen. Was hat Rhys wohl gemacht, als ich ihn gestern stehen gelassen habe?

Zurück im Bad frage ich mich, wieso sich die Strumpfhose so komisch anfühlt. Eigentlich ist das meine liebste, die mit Mohairwolle für besondere Weichheit. Aber jetzt zwickt sie im Schritt. Na ja, vielleicht bin ich nur ein bisschen sensibel. Ich föhne mir die Haare, wobei ich mir fast eine Strähne versenge, aber noch mal gut gegangen.

Ob Rhys wohl auch so widersprüchliche Gefühle hat? Unsere Fehde ging ja nicht nur von mir aus, sondern von uns beiden. Er hat angefangen. Vielleicht ist das ein bisschen kindisch, aber wenn es doch die Wahrheit ist?

Allerdings muss ich sagen, dass er gestern schon so wirkte, als würde es ihm auch Spaß machen. Es machte nicht den Eindruck, als wäre er angeekelt. Im Gegenteil. Wenn ich es nicht besser wüsste, würde ich annehmen, dass er reichlich angeturnt war.

Und er hat sich so gut angefühlt.

Ich schaue in den Spiegel, trage Concealer und Mascara auf, verlasse das Bad, um meine Schuhe anzuziehen. Hm, das zwickt immer noch. Was ist nur los mit dieser Strumpfhose? Ich fühle am Bund entlang und lache dann auf.

Gott, wie gut, dass ich das noch gemerkt habe! Ich ziehe den Rock aus meiner Strumpfhose, der dort festgesteckt hat. Nicht auszudenken, wenn ich so rausgegangen wäre! Dann wäre ich plötzlich die verrückte Brinley. Würden nur noch sieben Katzen fehlen und das Bild wäre perfekt. Aber nichts da!

Ich beschaue mich im Spiegel, ob sonst alles sitzt, bevor

ich mich runterbeuge, um meine Stiefeletten anzuziehen. Perfekt.

Mit Jacke, Schlüssel und Tasche bewaffnet ziehe ich in die Welt, um zur Arbeit zu gehen. Auf dem Weg zum Laden begrüße ich meine Nachbarn, die anderen Leute, die ich treffe, wundere mich ein wenig über die belustigten Blicke. Mein Rock steckt doch nicht schon wieder in der Strumpfhose? Nein, den habe ich doch befreit.

Ich biege um die Ecke und ... uff. Ich schaue auf, muss mir ansehen, gegen wen ich gelaufen bin. Wie könnte es anders sein? Rhys. Das ist wirklich ein kosmischer Joke. Das wird doch langsam albern.

»Verfolgst du mich?«, beschuldige ich ihn, weil ich eigentlich so verlegen bin, dass ich das nur mit Angriff verbergen kann.

»Klar, *ich* verfolge *dich*. Ich würd sagen, es ist genau anders herum.« Aber er sieht nicht bissig aus, als er das sagt. Wie genau er aussieht, vermag ich auch nicht zu sagen, denn nach diesem ersten Blick, um zu sehen, wen ich da umgerannt habe, schaue ich überallhin, nur nicht zu ihm, weil ich sonst vor Scham zerfließe. Oder vielleicht ist Scham ein zu starkes Wort. Es ist Verlegenheit, ja, eher das.

»Wieso bist du noch nicht in Santa Rosa?«, frage ich, obwohl mich das gar nichts angeht. Es ist ja nicht mein Zeitplan.

»Bin auf dem Weg«, antwortet er. »Hm, also ...«

»Also?«, frage ich nach, obwohl ich es gar nicht wissen will. Nein, das ist gelogen. Ich bin doch neugierig.

»Wegen gestern ...«

»Was ist damit?« Ich merke selbst, wie defensiv ich klinge.

Er reibt sich den Nacken, was ich aus dem Augenwinkel sehe. Gott, er sieht einfach so gut aus. Nein, tut er nicht. Ganz und gar nicht. Und dabei bleibe ich.

»Na ja, ich … hm, ich wollte mich entschuldigen.«

Überrascht schaue ich ihn an. »Wofür?«

»Dass ich … nun ja … dass ich dich geküsst hab. Das war nicht richtig von mir. Sorry.«

Jetzt betrachte ich ihn doch. Er sieht normalerweise aus wie das blühende Leben, aber es liegen Schatten um seine Augen, als hätte er nicht gut geschlafen. Hat ihn tatsächlich sein schlechtes Gewissen geplagt? Ha, geschieht ihm recht.

»Ich hab dich auch geküsst. Also kein Grund, dich zu entschuldigen.« Will ich mich eigentlich verarschen? Wieso sage ich denn so was?

»Aber ich hab angefangen. Tut mir leid. Ganz besonders nach …«

Er bricht ab, aber ich weiß auch so, was er sagen will. Nach Isaac. »Es gibt nichts, für das du dich entschuldigen musst.« Schon wieder redet mein Mund, ohne dass es vom Gehirn abgesegnet wurde.

»Nicht?«

»Nein, es war … nett.« Hallo? Kann mich mal bitte jemand stoppen?

Ein leichtes Lächeln zuckt an seinem Mundwinkel. »Ich fand es auch … nett.«

Und ich habe den Eindruck, dass er eigentlich ein ganz anderes Adjektiv einsetzen will. Fantastisch, fabelhaft, phänomenal, ganz außerordentlich und wunderbar. Das jedenfalls sind die Wörter, die ich zurückhalten musste, damit sie nicht statt *nett* aus mir herauspurzeln.

»Also kein Grund für Entschuldigungen.« Wer spricht denn da? Ich kann das nicht sein.

»Okay, wenn du das sagst.«

Und dann stehen wir beide ein bisschen dümmlich in der Gegend herum. Zumindest sieht er so aus, wie ich mich fühle.

»Wieso hast du eigentlich zwei verschiedene Schuhe

an?«, fragt er dann plötzlich und muss sich ganz offensichtlich zusammenreißen, um nicht laut loszulachen.

Ich schaue an mir herunter. Und tatsächlich. Am rechten Fuß trage ich die süße Stiefelette, die ich anziehen wollte, und am linken einen Turnschuh, der schon reichlich ramponiert ist. »O nein«, entfährt es mir. »Deswegen haben alle so amüsiert ausgesehen. Ich bin so ein Esel.« Vor allem, wenn ich daran denke, wie ich mich selbst noch komplimentiert habe, dass mir das Malheur mit dem Rock noch aufgefallen ist. Ja, von wegen. Ich weiß nicht, was schlimmer gewesen wäre.

»Kann ich mir vorstellen. Also nicht das mit dem Esel. Das bist du natürlich nicht.« Es liegt etwas in seiner Stimme, das mich aufblicken lässt. Rhys schluckt, bevor er fortfährt: »Ich meinte das mit dem Amüsiert... Ist ja auch egal.«

»Heute war ein komischer Morgen, aber ich habe gedacht, ich wäre allen Katastrophen so eben aus dem Weg gegangen. Und jetzt das.« Ich schlage die Hände vors Gesicht, spüre, dass meine Wangen brennen. Mist. Jetzt komme ich mir wieder mal dämlich vor.

»Ist doch nicht schlimm. Kann doch jedem mal ...« Er lacht auf, versucht es dann sofort wieder zu unterdrücken, räuspert sich, kann aber nicht weitersprechen.

»Lach nicht«, empöre ich mich.

»Sorry«, presst er hervor, nur um dann laut loszulachen. »Sorry«, sagt er noch mal, aber er sieht aus, als würden ihm gleich Tränen vor lauter Lachen die Wangen runterlaufen.

Erst schaue ich ihn fassungslos an, dann ein wenig säuerlich, bevor mein Mundwinkel ebenfalls zuckt. Ich schüttele über mich selbst den Kopf, bevor ich auch laut lache. Mann, echt ey! So was kann auch nur mir passieren. Und wenn ich dann noch daran denke, wie stolz ich auf mich war, weil ich dachte, dass ich den Katastrophen ausgewichen bin ... Hochmut kommt vor dem Fall. Ganz eindeutig.

Ich weiß nicht, wie lange wir dastehen und lachen, aber als ich stoppe, habe ich zwar Bauchkrämpfe, fühle mich aber leichter als zuvor. Vielleicht weil ich mich selbst nicht mehr so wichtig nehme. Normalerweise bin ich eigentlich jemand, der auch über sich selbst lachen kann. Zumindest habe ich das immer geglaubt. Stimmt offensichtlich nur in Maßen. Manchmal kann ich es wohl nicht. Vielleicht immer dann, wenn ich mich sowieso schon verletzlich fühle. Kann sein. Und gerade heute – und eigentlich auch seit gestern – fühle ich mich wie ein Fisch aus dem Wasser, weil es für mich immer ein paar Wahrheiten gab. Und eine war ganz sicher nicht, dass es anfängt zu kribbeln, wenn er in der Nähe ist.

»Ich geh besser nach Hause«, sage ich mit ein wenig Bedauern. Wieso weiß ich nicht. Eventuell weil dann dieser Moment zu Ende ist und es mir schon lange nicht mehr so gut ging. Bevor ich darüber weiter nachdenken kann, vertreibe ich den Gedanken. Grübeln bringt schließlich nichts.

»Tu das, wobei du deinen Mitmenschen eine große Freude machst, wenn du so rumläufst.«

»Sehr witzig«, kommentiere ich trocken. Und dann: »Man sieht sich.«

»Okay, hab einen schönen Tag.«

15

RHYS

H*ab einen schönen Tag*? Habe ich das tatsächlich gerade zur Schreckschraube Nummer eins gesagt? Sprachlos schaue ich Brinley hinterher, als sie den Weg zurück zu ihrem Haus antritt.

Aber das ist nicht das Einzige an diesem Gespräch, das merkwürdig war. Merkwürdig war auch, dass sie gesagt hat, dass der Kuss nett war. Klar, nett ist so ein Wort, das oft als Gegenteil von dem verwendet wird, was man eigentlich sagen will. Aber da Brinley keine Probleme hat, mir ihre wahre Meinung ins Gesicht zu schleudern, muss es genau das heißen. Sie fand es nett.

Gut, ich hätte vielleicht wundervoll, fantastisch und einmalig gesagt, aber schließlich habe ich noch nie ein Kompliment von ihr bekommen, daher nehme ich, was ich kriegen kann.

Und dann ihr Lachen ...

Ich habe sie schon Lachen gesehen, aber das war meist aus der Ferne, wenn sie geglaubt hat, dass ich weit genug entfernt war und es nicht mitbekommen würde. Wenn ich in der Nähe war, dann war sie immer auf der Hut, als hätte sie Angst, dass sie etwas machen könnte, was ich dann gegen sie verwenden könnte. Nicht ganz unbegründet, würde ich sagen.

Das war ein Lachen ganz aus der Nähe, eines, bei dem sie sich nicht zurückgehalten hat, sondern einfach den Moment genossen hat. Und mir hat es beinahe den Atem geraubt, weil sie so unfassbar wunderschön gewesen ist. Geradezu brillant.

Und die große Frage: Scheint ihre Abneigung mir gegenüber zu schwinden?

Ich weiß, dass ich sie mir nicht aus dem Kopf schlagen kann, nicht mehr. Nicht mehr, nachdem ich ihre Lippen auf meinen gespürt habe. Gefühlt habe, wie großartig es ist, wenn sie in meinen Armen ist. Bisher habe ich das nicht gewusst, konnte darüber nur fantasieren, aber jetzt ... Nein, das kann ich nicht mehr ignorieren.

Aber wenn sie ... ganz vielleicht ... na ja, eben auch was fühlt. Wenn es sie auch nicht kaltgelassen hat. Eventuell besteht dann ja die Möglichkeit ... Aber nein, da sollte ich mir keine Hoffnung machen. Sie hat in den letzten Jahrzehnten immer wieder deutlich gemacht, dass sie mich nicht leiden kann. Es lag natürlich auch an mir, schließlich habe ich ihr keinen Grund gegeben, mich zu mögen.

»Hey, Rhys. Was stehst du hier rum?«, fragt plötzlich jemand hinter mir.

Ich drehe mich um, zu sehr in meinen Gedanken, um wahrzunehmen, wer mich angesprochen hat. »Oh, hey, Everett«, sage ich, als ich ihn erkenne. Na toll. Brinleys Bruder. Aber sie hat so viele, man könnte einen Stein werfen und würde einen von ihnen treffen.

Er lächelt. »Wie gehts so?«

»Alles gut, ja, doch. Alles gut.«

Everett kneift die Augen zusammen. »Du wirkst ... merkwürdig.«

»Nein, nein, mir ist grad nur eingefallen, dass ich noch was zu Hause vergessen hab«, lüge ich und bin mir sicher, dass es auch als solche zu erkennen ist.

»Ah, verstehe.« Zweifel liegt in seinem Gesicht.

»Deine Schwester hatte zwei verschiedene Schuhe an.« Vielleicht lenkt ihn das ab.

Seine Augen leuchten auf. »Ehrlich? Hat sie dafür eine Erklärung abgegeben?«

»Na, mir doch nicht«, scherze ich, aber es ist zu wahr, als dass ich es witzig finden könnte.

»Keine Ahnung, was da zwischen euch beiden ist.«

Ich würde gerne sagen, dass ich es auch nicht wüsste, aber ich befürchte, dass ich es weiß. »Wir haben uns wohl mal auf dem falschen Fuß erwischt und prompt ... lebenslange Feinde.«

Everett nickt. »Es ist leider so, dass die Davenports nachtragend sein können.«

»Oh, und wie lange so?«

»Keine Ahnung. Fünfzig Jahre?«

»Puh, da hab ich ja noch was vor mir.« Oje. Hoffentlich reicht die Hälfte. Ich überschlage im Kopf. Es müssten jetzt schon mehr als fünfundzwanzig Jahre sein.

»Ich will nicht mit dir tauschen.« Er lacht auf. »Aber das sah bestimmt lustig aus. Also Brin mit den beiden unterschiedlichen Schuhen.«

»In der Tat. Aber das hast du nicht von mir.«

»Ah, willst es dir nicht noch mehr versauen?«

»Ist das überhaupt möglich?«

Er wiegt den Kopf hin und her. »Wahrscheinlich nicht.«

»Das hatte ich befürchtet.« Ich schaue auf meine Armbanduhr. »Ich muss echt los. Bis die Tage.«

»Bis bald. Ach hey, ich wollte mal einen Pokerabend machen. Hast du Lust?«

»Klar, sag mir nur wann und wo.«

»Mach ich. Bis dann.«

Ich hebe noch kurz die Hand, bevor ich zu meinem Auto laufe, dass hier um die Ecke steht. Wie gut, dass ich jetzt mehr als eine halbe Stunde über Brinley nachdenken kann, bevor ich mich auf meine Patienten konzentrieren muss. Wobei ich nicht dafür garantieren kann, dass ich bei einer Massage oder einer Dehnübung nicht an sie denke ...

BRINLEY

Als ich nach Hause eile, frage ich mich, was das denn war. Ich habe doch nicht ernsthaft mit Rhys gelacht. Hätte mir das jemand vor einer Stunde gesagt, hätte ich die Person für verrückt erklärt, aber offensichtlich ist es passiert. Es fühlte sich auch ganz normal an, gar nicht aufgesetzt, sondern wie ein richtig guter Moment. Ich habe wirklich Freude verspürt.

Aber das Lachen war nicht einmal das Merkwürdigste. Nein, das war, als mein Mund einfach behauptet hat, dass ich den Kuss *nett* fand. Und nett habe ich nur gesagt, weil ich nicht grandios verwenden konnte. Das wäre doch ein bisschen zu enthusiastisch gewesen. Aber selbst nett ist doch schon ziemlich verdächtig. Anstatt mich aufzuziehen, hat er es aber bestätigt. Er fand es auch nett.

Und ganz ehrlich, wie oft will mir dieses Wort jetzt im Kopf rumspuken? Ich werde es analysieren, es sezieren, ihm all seine Geheimnisse entlocken. Das ist so ein Wort, das alles und nichts heißen kann. Ja, für mich hieß es fabelhaft, aber wer weiß denn, was es für ihn heißt? Vielleicht hat er nur meine Wortwahl wiederholt, weil er mich nicht vor den Kopf stoßen wollte.

Wobei ... Er hatte noch nie das Problem, mir auch unangenehme Dinge zu sagen. Also das fällt aus. Oder gibt es eine Regel, dass man Menschen, die man geküsst hat, nicht mehr ärgern darf?

Hoffentlich nicht.

Vor mir selbst kann ich zugeben, dass ich es schon irgendwie mag, wenn wir uns streiten. Aber laut aussprechen werde ich es im Leben nicht. Schon gar nicht vor ihm. Niemals.

Zu Hause angekommen, ziehe ich die zweite Stiefelette an, bevor ich mich wieder auf den Weg mache. Dieses Mal nehme ich die andere, ein wenig längere Strecke, damit ich ihm auf gar keinen Fall wieder begegne. Schließlich habe ich auf dem Weg seinen Wagen gesehen. Da will ich nicht mehr lang.

Albern? Nur ein bisschen.

Im Laden koche ich erst mal Kaffee und schaue dann in meinen kleinen Kühlschrank, ob ich irgendwas zu essen habe. Aber bis auf einen Müsliriegel, dessen Haltbarkeitsdatum schon weggerubbelt ist – was ich ein fragwürdiges Zeichen für die Frische finde –, ist da nichts. Ich reiße die Verpackung auf, will gerade reinbeißen, als ich meinen Bruder durch die Tür kommen sehe.

»Guten Morgen, Brin«, ruft er grinsend.

»Der Morgen ist nur gut, falls du mir zufällig was zu essen mitgebracht hast«, grummele ich.

»Welche Laus ist dir denn über die Leber gelaufen?« Everett kommt zu mir nach hinten, setzt sich auf einen der beiden Sessel und hat – sein Glück! – tatsächlich Brot und Käse dabei. Wenn es jetzt noch der geaschte Ziegenkäse ist, werde ich ihn für immer lieben.

»Welche Laus ist mir nicht über die Leber gelaufen, ist die bessere Frage.« Ich setze mich zu ihm, nachdem ich zwei Teller und Messer aus dem Schrank geholt habe. »Und übrigens: Ich liebe dich.«

»Wieso hattest du unterschiedliche Schuhe an?«, fragt er nach.

»Woher …? Rhys.« War ja klar, dass er sofort alles rumerzählen musste. Hätte ich mir denken können. Einmal Arsch, immer Arsch.

»Könnte sein, dass ich ihn getroffen hab.«

»Hm. Klar, dass er mich verpetzt.«

»Erst mal, typisch Brinley. Und dann: Was ist passiert?«

»Ach.« Ich winke ab und nehme den Teller entgegen, den er mir reicht. »Es war nur einer dieser Tage …«

»Hast du deine Tage?«, fragt er nach.

Ich schaue ihn ein wenig irritiert an. »Wenn du es genau wissen willst: Ja. Und es ist erst der zweite Tag, da ist das Blut noch so richtig dick und es kommen ständig Gewebefetzen aus dir raus. Wenn man auf der Toilette sitzt und das passiert, dann klatscht es so richtig in der Schüssel. Außerdem ist es so tief dunkel, ganz schön krass, sag ich dir.«

»Also so genau wollte ich das nicht wissen«, meint er und sieht ein wenig blass um die Nase aus.

»Ach so, und ich dachte, dass du darüber sprechen wolltest, weil du davon angefangen hast. Mein Fehler.« Ich beiße in mein Brot.

»Du hast doch damit angefangen.«

»Du hast mich gefragt, ob ich meine Tage hab.«

»Ja, weil du gesagt hast, es wäre einer dieser Tage. Da hab ich gedacht, du meinst deine Periode.«

»Eine Frau kann auch andere solche Tage haben. Nicht nur während der Tage. Ganz ehrlich: Eine Frau kann sogar jeden Tag einen Scheißtag haben. Jeden einzelnen Tag.«

»Okay, okay, verstehe. Es war unsensibel von mir, dich zu fragen, ob du deine Tage hast. Ich seh es ein. Alle Schuld liegt bei mir.« Aber er grinst dabei.

Ich seufze, irgendwie gerade nicht in der Stimmung, mich aufziehen zu lassen. Das Lachhoch, das mir Rhys beschert hat, ist schon wieder verschwunden.

»Hey, sorry. Ich wollte dich nicht nerven. Na ja, das ist gelogen. Eigentlich wollte ich dich wegen deiner verschiedenen Schuhe aufziehen.« Er reibt sich das Gesicht. »Aber mehr auf lustige Art, nicht auf verletzende.«

Ich schaue in meine Kaffeetasse, die verdächtig leer ist. Diese Tage kann man nur überstehen, wenn das schwarze Gold am laufenden Band durch die Adern fließt.

»Ich hol noch welchen.« Everett springt auf, geht zur Maschine, holt die Kanne und füllt meine Tasse auf. Erleichtert trinke ich einen Schluck, höre, wie er im Hintergrund wuselt, um neuen Kaffee zu kochen, und bringt auch noch die Milch mit. An solchen Tagen kann man nicht mal mehr darauf warten, sondern trinkt ihn auch schwarz.

»Was ist denn? Ich mein, es scheint dir nicht gut zu gehen.« Er sieht mich an, als er sich wieder auf den anderen Stuhl gesetzt hat. »Ist es wegen Isaac?«

Einen Moment weiß ich gar nicht so genau, wovon er spricht, aber dann lache ich auf. An Isaac habe ich kaum einen Gedanken verschwendet. Es ist sein Bruder, der mir im Kopf rumturnt. »Nein, ehrlich nicht.«

»Bist du dir sicher? Ich mein, er hat dir viel bedeutet.« Und das sagt er auf eine Art, die mich erkennen lässt, dass meine Gefühle für meinen besten Freund doch nicht so versteckt waren, wie ich gedacht habe. Alle wussten es.

»Das ist vorbei«, antworte ich leise.

»Wirklich?«

Ich nicke. »Ganz ehrlich, momentan wünschte ich, er wäre es, der mich grübeln lässt.«

»Wer ist es dann?« Erst als Everett die Frage stellt, merke ich, dass ich den vorherigen Satz laut ausgesprochen habe.

Mist.

»Ähm … Gar kein er. Nur so.«

»Du warst schon immer eine schlechte Lügnerin.« Er lehnt sich im Sessel zurück, der eigentlich viel zu klein für meine Brüder ist. Irgendwas am Wasser in Guerneville scheint die Männer außergewöhnlich groß zu machen.

»Hm.«

»Du musst es mir nicht erzählen, aber … na ja, vielleicht solltest du mit irgendwem sprechen. Mit Holden oder Mom?«

»O Gott, nicht mit Mom!«, rufe ich aus, was ihn grinsen lässt. »Ich mein, ich liebe Mom über alles, aber du weißt doch, wie sie ist. Sie wird dann einen Plan erstellen, wie man aus einem emotionalen Loch herauskommt. Dieser wird dann generalstabsmäßig durchgeführt und danach hat man wieder glücklich zu sein.«

»Das klingt nach Mom. Aber weißt du, was mich an deinen Worten am meisten beunruhigt?« Ich schüttele den Kopf, obwohl ich es ahne, denn auch dieses Mal habe ich, ohne viel nachzudenken, gesprochen. »Dass du zugegeben hast, nicht glücklich zu sein. Und das macht mir Sorge.«

Ich reibe mir die Nase. »Das vergeht auch wieder. Das Unglücklichsein.«

»Kann ich dir irgendwie helfen?«

Seufzend antworte ich: »Ich befürchte, da muss ich alleine durch.«

»Okay, aber du sollst wissen, dass ich für dich da bin.«

»Das weiß ich. Danke.« Ich nippe an meinem Kaffee. »Wie geht es dir denn? Ist bei dir alles im Lot?«

»Ich kann nicht klagen. Die Käserei und der Laden laufen sehr gut.«

»Du bist ja auch ein Tourismus-Aushängeschild.« Ich lächele ihn an.

»Für irgendwas muss ich ja gut sein«, scherzt er. »Aber du hast recht. Seit ich auf dem Cover unserer Stadtbroschüre bin, rennen mir die Menschen die Bude ein.«

»Du meinst die Frauen.«

Ein wenig verlegen sieht er mich an. »Okay, vielleicht sind es hauptsächlich Frauen, allerdings weiß ich nicht, wieso.«

»Oh, bitte! Du siehst wie so ein Male Model auf dem Cover aus. Fehlt nur noch, dass du einen nackten Oberkörper hast und jemand Öl drüber gießt.«

»Honig würde besser zu Käse passen«, gibt er zu bedenken.

»Dann eben das. Du siehst gut aus und ganz Nordkalifornien weiß es jetzt.«

»Ich weiß nicht, ob ich Mom dafür küssen oder erwürgen soll«, gibt er zu.

»Weil sie die Aktion als Datinganzeige sieht?«

Er stöhnt auf. »Ich wusste doch, dass das so ist. O Mann. Ich könnte sie erwürgen.«

Lachend beuge ich mich vor. »Wenigstens hat sie nicht darübergeschrieben, dass du der begehrenswerteste Junggeselle der Stadt bist.«

»Hey, das bin ich ja auch nicht.«

»Nicht? Ich denke schon, dass sich jede glücklich schätzen könnte, wenn sie dich bekommt.«

»Na ja, aber unsere Familie hat hier nicht das meiste Geld. Im Vergleich stinken wir bei so einigen Bewohnern mächtig ab.«

»Also denkst du, Isaac und Rhys sind die Begehrtesten?« Dann schüttele ich den Kopf. »Nein, es zählt ja nicht nur das Geld. Es zählt auch der Charakter, und da bist du beiden meilenweit überlegen.«

»Einem schon, aber dem anderen? Der ist ganz annehmbar.«

Und ich frage nicht, wen von beiden er meint, denn ich befürchte, ich weiß es schon.

Als ich nach Hause komme, nehme ich eine Dusche. Keine kalte, sondern eine warme, die hoffentlich die Anspannung der letzten Stunden wegspült. Das Wasser prasselt auf mich nieder, ich lasse den Kopf hängen, stütze mich an der Wand ab. Wie kann man nur so verspannt sein? Keine Ahnung.

So eine schöne Massage … Unwillkürlich kommen mir Rhys' Hände in den Sinn. Oh, es würde sich wahrscheinlich fantastisch anfühlen, wenn er meinen Nacken und meine Schultern durchkneten würde.

Es würde sich auch fantastisch anfühlen, wenn er andere Stellen berührt, sagt eine kleine Stimme in mir. *Denk an deinen Orgasmus.*

Psst, antworte ich, *wir wissen gar nicht, ob meine Fantasie auch wirklich der Realität entspricht.*

Oh, doch, tun wir.

Und ich befürchte, sie hat recht. Schließlich war das schon ein toller Kuss. Nicht nur das, es fühlte sich so gut an, in seinen starken Armen zu sein.

Ich würde mich schon als emanzipierte Frau bezeichnen, ich bekomme mein Leben selbst gut hin, aber manchmal … manchmal fehlt mir jemand, der mal einen Moment für mich stark sein kann. Bei dem ich mal schwach sein kann, und der dann nicht fragt, ob alles in Ordnung ist, sondern sagt: *Ich halte dich, so lange, wie du es brauchst*. Und mich dann aber auch wieder ich selbst sein lässt, der nicht die ganze Zeit die Kontrolle übernimmt, nur in den Augenblicken, in denen ich es brauche. Der mich auch für sich stark sein lässt, wenn er es gerade nicht kann.

Langsam drehe ich mich ein Stück, sodass das warme Wasser andere Stellen erreichen kann, greife nach dem Shampoo, arbeite es in die Kopfhaut ein.

Ich will nicht sagen, dass ich einsam gewesen bin, das nicht. Ich hatte ja alle Hände mit Isaac zu tun. O Gott, wenn ich daran denke, was ich alles für ihn getan habe! Das darf ich niemals jemandem erzählen. Dass ich ihm ab und zu eine Lunchbox gemacht habe, ist da noch das kleinste Übel. Manchmal sind Frauen doch echt dumm.

Der Richtige hätte all das verdient, keine Frage, aber wir verschwenden so viel Zeit und Energie auf die Falschen. Nicht alle von uns, aber es tut mir irgendwie gut, wenn ich weiß, dass ich Gesellschaft habe, und nicht die Einzige bin, die so dämlich ist. Aber vielleicht bin ich es doch ...

Conditioner und eine Maske folgen, damit ich so lange wie möglich unter der Dusche stehen kann. Gott, meine Schultern sind aber auch verspannt. Das ist doch nicht möglich.

Nachdem alles eine Weile eingezogen ist, spüle ich es wieder aus, greife nach meiner Seife, schäume sie auf, gleite über meine Haut. Als ich meine Brüste berühre, kommt mir plötzlich wieder in den Sinn, dass es seine Hände sein könnten. Wann wurde ich denn zu einem geilen Teenie?

Aber die Lust fließt durch meinen Körper, sodass ich die Handbrause abnehme, sie anstelle und dann auf eine ganz bestimmte Stelle halte. Meine Beine werden sofort schlapp, und ich muss mich an der Wand festhalten.

»O Gott«, rufe ich aus, weil es einfach so gut ist.

Das warme Wasser prasselt auf meinen Venushügel und sofort bin ich so voller Lust. Das ist echt verrückt. Ich lehne mich mit dem Kopf gegen die Fliesen, stütze einen

Arm über mir ab, halte den Wasserstrahl ein wenig tiefer, noch ein bisschen.

»Fuck«, entfährt es mir, als meine Beine anfangen zu zittern. Nur mit übermenschlicher Anstrengung schaffe ich es, sie noch ein wenig auseinanderzunehmen. Oh, ja. So ist es gut. Ich bin überrascht, wie gut es mir gefällt. Wieso habe ich es nicht vorher schon mal probiert? Also mit der Handbrause, meine ich.

Und dann, dann kann ich plötzlich nicht mehr denken, weil mich meine Gefühle übermannen. Ich zittere, ich stöhne, ich winde mich vor Leidenschaft, bis ich in immer neue Höhen komme, die Erregung sich auftürmt, bis es nicht mehr geht, ich nur noch stumm schreien kann, als der Orgasmus durch mich jagt. Nein, das ist ein viel zu schwaches Wort. Es ist so intensiv, wie ich es kaum jemals erlebt habe. Oder vielleicht nie. Ich weiß es nicht, aber es ist unglaublich.

Mit der freien Hand taste ich nach der Armatur, drehe den Wasserstrahl ab, bevor ich die Brause einfach zu Boden fallen lasse. Was war das denn? Wahnsinn.

Ich drehe mich um, lehne mich gegen die Wand, fange an zu lachen, weil es einfach so fantastisch war, nur um dann plötzlich in Tränen auszubrechen. Keine Ahnung, wieso. Vielleicht waren die letzten Tage einfach so aufwühlend. Oder vielleicht, weil so langsam die Erkenntnis über mich schwappt, dass ich mich jahrelang um den falschen Bruder bemüht habe. Was eine Zeitverschwendung.

Langsam rutsche ich an den Fliesen hinab, umschlinge meine Knie, lege meinen Kopf ab und weine. Mein armes Herz.

16

RHYS

Ich weiß gar nicht, wieso ich an diesem Abend wieder in den Pub gehe. Zumindest behaupte ich das, weil ich nicht eingestehen möchte, dass ich hoffe, sie könnte hier sein. Es ist natürlich unwahrscheinlich, weil sie sonst auch nicht hier ist und das gestern eine Ausnahme war, aber als ich so auf meiner Couch saß, dachte ich, dass es eine gute Idee sein könnte. Jedenfalls eine bessere, als grübelnd zu Hause zu sitzen und mir irgendwelche Aktionen zu überlegen, die ich dann alle wieder verworfen habe.

Also der Pub. Ich halte mich an meiner Bierflasche fest, die ich schon seit einer halben Stunde vor mir stehen habe. Ich will nicht zu viel trinken, um im Fall der Fälle nicht zu benebelt zu sein, um richtig zu reagieren. Gott, was man sich für bekloppte Gedanken macht, wenn man ver… Nein, das bin ich nicht. Ganz sicher nicht.

Ach, was solls? Wenn ich ehrlich bin, bin ich schon seit Ewigkeiten in Brinley verliebt. O Mann, wir sind schon ein Paar. Sie schmachtet seit hundert Jahren meinen Bruder an und ich sie. Und keiner von uns kann sich aus der eigenen Situation lösen.

Was mache ich eigentlich hier?

Wieso denke ich, dass Brinley jetzt endlich mal geschnallt haben könnte, dass es mich auch gibt? Sie hat Isaac so viel durchgehen lassen, es wird jetzt nicht anders sein. Er hat sie so oft so schlecht behandelt und sie hat ihm immer wieder alles verziehen. Das wird dieses Mal auch so sein. Sobald er wieder in der Stadt ist, wird sie nur noch ihn sehen und mich komplett vergessen.

Nicht dass ich glaube, dass sie auch nur einen Gedanken an mich verschwenden würde …

Aber irgendwie klammere ich mich an die Hoffnung, dass sie den Kuss auch so großartig fand wie ich selbst. Vielleicht ist es albern. Masochistisch könnte es auch sein.

Ich trinke gerade einen Schluck, als mein Blick zur Tür fällt und sie dasteht.

Natürlich verschlucke ich mich und bekomme einen Hustenanfall. *Toller Auftritt, Rhys, muss ich schon sagen. Super souverän vor allen Dingen. Gut hinbekommen. Sie wird nicht denken, dass du ein vollkommener Trottel bist, keine Sorge.*

Sie steht unschlüssig in der Tür, als wüsste sie nicht, wo sie hingehen soll. Ich will durch den ganzen Pub schreien, dass sie sich zu mir setzen soll, aber ich befürchte, dass würde nicht so gut ankommen. Daher beschränke ich mich darauf, sie mit meinen nichtvorhandenen telepathischen Fähigkeiten an meinen Tisch zu locken.

Erst sieht es so aus, als wollte sie sich woanders hinsetzen, aber dann macht sie einen Schlenker und kommt auf mich zu.

Mein Atem stockt. Das kann doch nicht sein. Sie kommt doch nicht wirklich zu mir. Ich meine … wow. Damit habe ich nicht gerechnet. Aber dann steht sie plötzlich an meinem Tisch. Sie. Steht. An. Meinem. Tisch. Könnte sein, dass ich gleich hyperventiliere.

»Ist hier noch frei?«, fragt sie leise.

Ich schüttele den Kopf, weil ich nicht fassen kann, dass sie hier ist. Ihr Gesicht zeigt Enttäuschung. Fuck. Ich springe auf. »Nein, ich mein, doch, hier ist frei. Setz dich doch. Sehr gern.«

Rede ich mich um Kopf und Kragen? Ich schätze schon.

Langsam setzt sie sich auf den Barhocker, was mir wie eine Fata Morgana erscheint. Ich setze mich auch, bin froh, dass ich nicht daneben lande.

So, jetzt einfach mal tief durchatmen, sei mal ein bisschen cooler. Sonst bist du doch auch nicht so. Aber selbst dieser Peptalk lässt meine Aufregung nicht vergehen.

Ich räuspere mich. »Was möchtest du trinken?« Ich bedeute der Kellnerin, dass wir noch etwas bestellen wollen.

»Eine Cola, bitte.« Sie wirkt ebenso nervös wie ich. Ich kann es noch gar nicht fassen, dass sie hier sitzt. Was ist in sie gefahren?

BRINLEY

Wieso sitze ich plötzlich hier? Ich weiß es nicht. Erklären kann ich mir auch nicht, warum ich mir nach meinem Heulkrampf in der Dusche noch einmal Klamotten angezogen habe, um in den Pub zu gehen. Sinnvoller wäre es bestimmt gewesen, wenn ich mich unter der Decke vergraben hätte. Aber stattdessen bin ich hier.

Hier an seinem Tisch. Ich sitze ihm gegenüber, bin so nervös. Aber er ... er wirkt total souverän, als könnte ihn kein Wässerchen trüben. Ist er nicht aufgeregt? Habe ich mir tatsächlich nur etwas eingebildet? War es zwar für mich der beste Kuss aller Zeiten, aber für ihn nur ein ganz normaler? Mache ich mich hier gerade zum Affen?

Nichts anmerken lassen, bloß nichts anmerken lassen.

Die Kellnerin kommt und Rhys bestellt für sich ein Wasser und für mich eine Cola. Und dann schweigen wir viel zu lange.

Sag was, sag was, SAG WAS!

Ich räuspere mich. »Wie geht es deiner Mom?« Okay, ich hätte spezifizieren sollen, dass ich was Sinnvolles sagen soll.

»Ähm, gut. Sie ist morgen wieder im Teleshopping.«

Ich nicke. »Sie ist echt unglaublich.«

»Ist sie.«

Und dann ist da wieder Schweigen.

Es ist natürlich auch schwierig, wenn man jahrelang keinen positiven Kontakt hatte, und man dann plötzlich zivilisiert miteinander umgehen soll. Wir wissen so wenig voneinander. Es ist, als wäre das hier ein erstes Date.

O Gott. Ist das hier ein erstes Date?

»Ich befürchte, ich hab dich bei deinem Bruder verpetzt.«

»Wegen der Schuhe? Er hat es sich nicht nehmen lassen, sofort in den Laden zu kommen, um es mir unter die Nase zu reiben. Wenigstens hat er Frühstück mitgebracht.« Ich lächele leicht bei dem Gedanken.

»Ich wüsste ja zu gerne, was dir im Kopf herumging, als du sie angezogen hast.«

O Gott. Nein. Das werde ich ihm niemals erzählen. Nie, nie, niemals. »Morgendliche Verpeiltheit, weil ich noch keinen Kaffee hatte.«

»Trinkst du die erste Tasse nicht immer im Laden?«

Neugierig sehe ich ihn an. »Woher weißt du das?«

Wird er rot? Ich glaube schon. Da ist eine leichte Pinkfärbung der Wangen zu sehen. »Ähm, nun ja, vielleicht hat das mal jemand erwähnt ...«

Okay, vielleicht weiß ich wenig von ihm, aber er scheint doch schon ganz schön viel über mich zu wissen. Von Isaac? Eigentlich kann ich mir das nicht vorstellen, denn ich hatte immer den Eindruck, dass es ihm ganz gelegen kam, wenn er seine verschiedenen Welten voneinander fernhalten konnte.

»Dann weißt du jetzt, dass ich jeden Morgen verpeilt bin.« Ich lächele ein wenig, weil es stimmt. Aber nicht so sehr wie an diesem Morgen, wegen des O... O nein, daran denken wir nicht. Auch nicht an den Zweiten von vorhin, bei dem ich auch nur an ihn und seine Hände ... Nein, nein, Stopp! So geht das nicht.

Ich spüre, wie meine Wangen nicht nur leicht rosa werden, sondern knallrot.

»Woran denkst du gerade?«, fragt er interessiert.

»Ähm, an gar nichts.« Ich hasse es, wenn jemand behauptet, er würde an gar nichts denken, denn wie kann das sein? Es turnt doch immer irgendwas im Kopf herum. Man kann nicht an nichts denken. Außer vielleicht, wenn man meditiert. Vielleicht dann, aber sonst hat man doch immer einen Gedanken, vor allem dann, wenn man so aussieht, weswegen die andere Person ja gefragt hat.

»Kann man denn an gar nichts denken?«, fragt er nach.

»Meine Brüder behaupten, das würde gehen. Ich dachte, das wäre so ein Männerding. Die Nichts-Blackbox.«

Er lacht auf. »Okay, dann bin ich wohl unnormal. Mir schwirren ständig irgendwelche Dinge durch den Kopf. Meist absurde.«

»Wie zum Beispiel?«

»Puh, lass mich überlegen. Als ich vorhin hier so alleine saß, hab ich mir überlegt, ob der Fleck dahinten eher wie ein Elefant oder wie die Sphinx aussieht.«

Ich drehe mich um, schaue auf den Fleck. »Eindeutig die Sphinx. Er hat ja keinen Rüssel.«

»Ja, aber dieser kleine Fitzel da könnte doch die Spitze des Rüssels sein und der Rest ist gegen den Körper gepresst.«

Ich lege den Kopf schief. »Okay, ja, das könnte auch sein. Aber ich find, der Kopf wirkt eher wie ein Löwe, weniger wie ein Elefant.«

»Okay, dann ist es entschieden. Es ist die Sphinx. Danke dir für deine Hilfe.« Er lächelt, was ich nur sehe, weil ich in dem Moment den Kopf wieder drehe. Und er sieht einfach gut aus, wenn er lächelt. Oder lacht. Oder auch gar nichts macht. Er sieht immer gut aus.

Das wird mir zu viel. Es war eine schlechte Idee, hierherzukommen. Es macht mich wahnsinnig, nicht zu wissen, ob er mich auch mag, ob ich ihn überhaupt mag oder das jetzt nur so eine fixe Idee ist.

»Ich geh mal kurz zur Toilette«, sage ich und eile davon.

Angekommen befeuchte ich ein Papiertuch und drücke es mir gegen die Stirn und den Nacken. Deswegen habe ich nie wirklich gedatet, weil es einen verrückt macht, nicht zu wissen, was in der anderen Person vorgeht. Es ist doch viel einfacher, wenn einem jemand ein Stück Papier gibt, auf dem steht: *Willst du mit mir gehen? Ja, nein, vielleicht.* Damit sind doch alle Unwägbarkeiten weg. Man weiß genau, woran man ist.

Außer, wenn jemand *vielleicht* ankreuzt. Dann steckt man im Beziehungslimbus. Wann hat das eigentlich aufgehört? Also das mit den Zetteln. Gab es da mal eine Rundmail zu? *Du bist jetzt über eins zwanzig, ab sofort musst du dich dem Datingmarkt ohne Stift und Papier stellen.*

Ich schaue in den Spiegel, um zu checken, ob ich auch wie ein aufgescheuchtes Huhn aussehe oder mich nur so fühle. Gott sei Dank scheint das nur innerlich zu sein. Eigentlich sehe ich ganz gut aus. Gerötete Wangen, wacher Blick ... Panik steht mir gut.

Okay, tausend andere Menschen schaffen das auch. Wieso sollte ich es dann nicht können? Ich kann mich zu ihm an den Tisch setzen, kann mit ihm reden. Das ist doch nicht so schwer. Und wenn ich nicht weiß, was in ihm vorgeht? Na und? Die Hälfte der Zeit weiß ich auch nicht, was in mir vorgeht, und bisher habe ich auch überlebt.

Ich mache dir Tür auf, trete in den Flur und stutze dann. Rhys lehnt an der Wand und sieht so sexy aus, dass ich schlucken muss. Vielleicht läuft mir auch das Wasser im Mund zusammen. Gott, wie kann man denn so heiß sein? Das muss doch verboten werden.

»Alles okay?«, fragt er.

Ich nicke, trete einen Schritt nach vorne, dann noch einen. Anscheinend hat er sich auch bewegt, denn plötzlich stehen wir voreinander, so nah, so eng.

»Brinley ...«

Und dann sind plötzlich seine Lippen auf meinen und meine auf seinen, und ich weiß nicht genau, wer wen als Erstes küsst, nur dass ich dieser Person auf ewig dankbar sein werde, weil dieser Kuss wieder einfach alles ist. Ich vergrabe meine Finger in der Wolle seines Pullis, ziehe ihn näher, freue mich, als sich seine Arme um mich schlingen, er mich an sich zieht. War der Kuss gestern erst zögerlich, erst sanft und zärtlich, machen wir heute da weiter, wo wir aufgehört haben.

Ich öffne meinen Mund, berühre seine Lippen mit meiner Zunge, nehme seine Lippe zwischen meine, knabbere sanft an ihr; liebe es, dass er keucht; liebe es noch mehr, dass er mich enger an sich zieht, als wollte er mich nie wieder loslassen. Und ganz ehrlich: Nie wieder ist gerade lang genug.

Dann ist seine Zunge in meinem Mund, reibt sich an meiner, erforscht meinen Mund. Seine Hand streicht über meinen Rücken, meinen Nacken, zu meinem Hinterkopf, hält mich fest, streichelt mich. Aus der leichten Reibung wird ein wilder Tanz. Wir können nicht genug voneinander bekommen, meine Beine werden schwach, er zieht mich noch enger an sich, hält mich. Ich weiß, er wird mich nicht loslassen. Niemals. In diesem Moment habe ich absolute Gewissheit.

»Hey, kann ich mal vorbei?« Da sind Worte, die lange brauchen, bis sie durch meine Lust dringen können. Als wir uns lösen, schauen wir beide verwirrt, aber dann tritt Rhys zur Seite, nimmt mich mit.

»Wird auch Zeit«, grummelt da jemand, den ich nicht sehen kann, weil ich nur Augen für den Mann habe, der mich in den Armen hält.

Wenn ich gestern gedacht habe, dass der Kuss großartig war, muss ich mir heute neue Superlative ausdenken, um ihm gerecht zu werden. Kann der Mann küssen!

»Wollen wir gehen?«, fragt er leise und so zärtlich. Ich glaube, bisher hat noch nie jemand auf diese Weise mit mir gesprochen. Und ich mag es. So sehr.

Ich nicke, freue mich, dass er kurz seine Stirn gegen meine drückt, meine Lippen noch einmal kurz küsst, bevor er nach meiner Hand greift und mich zurück in den Schankraum führt, wo noch unsere Jacken warten. Rhys legt Geld auf den Tisch, bevor er nach meiner Jacke greift, die ich schon in der Hand habe. Er hält sie mir auf, was ich auch mag. Ich schlüpfe hinein und er reicht mir meinen Schal, bevor er seine Jacke anzieht, nach meiner Hand greift und mit mir aus dem Pub geht.

Der kühle Herbstwind pfeift um die Ecke, als wir nach draußen treten, und ich bin froh, dass eine Hand von ihm gewärmt wird. Ehrlich, ich fühle mich wie eine Teenagerin, die zum ersten Mal Händchen hält. Und ich liebe es.

Ohne es abgesprochen zu haben, schlägt Rhys den Weg zu meinem Haus ein, was okay für mich ist. Sein Daumen streichelt über meinen Handrücken und sorgt für jede Menge Kribbeln. Ein gutes Gefühl. Ehrlich.

Als meine andere Hand kalt wird, schiebe ich sie unter seinen Arm. So kann ich mich auch viel einfacher an ihn anlehnen. Hm, ich mags. Und er offensichtlich auch, schließlich drückt er einmal kurz den Kopf an meinen. Ach, ich liebs so!

Meinetwegen könnten wir jetzt noch drei Meilen weit gehen, aber da taucht schon mein Haus auf. Wenn man es mal gebrauchen kann, weigert sich diese Kleinstadt, zu einer Metropole mit langen Wegen zu werden. Da muss man wirklich mal Beschwerde einlegen.

Ich trete auf meine Veranda, suche den Schlüssel aus meiner Tasche, stecke ihn ein. Dann schaue ich ihn an, hebe meine Hand und streiche über seine Wange. Sein Viele-Tage-Bart fühlt sich schon ganz weich unter meinen Fingern an. Ich beuge mich vor, küsse ihn. Er erwidert den Kuss, intensiviert ihn aber nicht. Als er sich löst, seufzt er leise.

»Ich würd gern mit reinkommen, aber …« Er sieht mich an. »Ich … und keine Ahnung, ob du das auch so siehst … aber ich will das hier richtig machen. Und dazu gehört auch, dass ich dich bis nach Hause gebracht hab, aber nicht mit reinkomme. Zumindest nicht heute.«

Ich nicke. »Okay.« Was anderes fällt mir nicht ein. Ich mag, dass er mir nicht das Gefühl gibt, nur ein schneller Fick zu sein.

»Gibst du mir deine Nummer?«, fragt er und zieht sein Handy aus der Tasche.

Ich nenne sie ihm, stehe immer noch so nah bei ihm,

dass ich seine Körperwärme spüren kann. Ein Zittern fährt durch mich.

»Dir ist kalt.« Er zieht mich an sich, küsst mich, bevor er nach meinem Schlüssel greift, der noch im Schloss steckt, und aufschließt. »Schlaf schön.«

Ich gehe rückwärts in mein Haus, sehe ihn lächeln. Erst als ich die Tür schließe, sehe ich durch das Milchglas, dass er sich umdreht und von der Veranda geht.

Was war das denn? Ich lehne mich gegen die Wand, bin total gerührt. Er hat mich nach Hause gebracht. Er will es richtig machen. Er hat nach meiner Nummer gefragt. Träume ich und bin ich in einem Jane-Austen-Roman aufgewacht? Nein, das kann nicht sein. Da gab es noch kein Telefon. Dann vielleicht in einem Nora-Roberts-Roman. Das könnte sein.

O Mann, wie süß ist Rhys Jacobson, bitte? Viel zu süß. Das kann ich schon mal sagen.

Und mit einem Lächeln ziehe ich meine Jacke und meine Schuhe aus, lasse sie liegen, wohin sie fallen, eile in mein Schlafzimmer und werfe mich aufs Bett, grinsend, weil es sich so gut anfühlt. Und dann strampele ich wild mit Armen und Beinen. Wann wird man eigentlich erwachsen? Frage für eine Freundin.

17

BRINLEY

Als ich mich gestern Abend bettfertig gemacht habe, bekam ich eine Nachricht von einer unbekannten Nummer, die mir Gute Nacht gewünscht hat. Dieselbe Nummer wünscht mir jetzt einen Guten Morgen und sorgt dafür, dass ich grinsend ins Bad hüpfe, beschwingt in meine Klamotten schlüpfe und fröhlich aus dem Haus gehe, um zum Laden zu laufen. Weil ich immer noch nicht dazu gekommen bin, einzukaufen, gehe ich bei Nana vorbei, um mir ein Sandwich zu besorgen. Sie spricht gerade mit zwei älteren Frauen. Als ich dazukomme, verstummen sie, aber das kann mir meine gute Laune auch nicht nehmen.

Kaum bin ich in meinem Laden, stelle ich auch schon die Kaffeemaschine an, setze mich auf den Sessel und denke an den gestrigen Abend zurück. Es war so schön. Einfach unglaublich schön. Ich hätte nie gedacht, dass Rhys so ein Typ ist. Nicht dass ich mir so ausgiebig Gedanken gemacht habe, aber ich hätte nie gedacht, dass er süß ist. Eher im Gegenteil. Dass er nicht so der gefühlvolle Mann ist. Isaac ist es auch nicht, daher dachte ich das wahrscheinlich. Mein ehemaliger bester Freund ist absolut empathielos, aber so jammerig, wenn es um ihn selbst geht.

Ich hoffe, dass an den Brüdern einfach gar nichts gleich ist.

Brüder.

Mist. Ist das eigentlich okay? Ich meine, erst mit dem einen Bruder zu schlafen und sich dann in den anderen Bruder zu ver… ja, keine Ahnung, verliebe ich mich gerade in ihn?

Die Tür wird aufgerissen, die Klingel läutet wütend und ich werde aus meinen Gedanken geschreckt.

»Du hast Rhys geküsst?«, ruft mein Bruder Holden durch den Laden.

»Woher weißt du das?«, frage ich perplex.

»Du solltest eher fragen, wer es nicht weiß. Die ganze Stadt spricht über nichts anderes.«

»Wie bitte?« Ich richte mich auf, verwirrt. Sind Nana und die beiden Frauen deswegen verstummt? Haben sie sich den neusten Klatsch über mich erzählt? O Mann. Wie konnte ich das aktuelle Gesprächsthema werden? Das ist doch nicht zu fassen!

»Offensichtlich wart ihr gestern beide noch mal im Pub und habt dann im Flur bei den Toiletten geknutscht. Übrigens, echt stilvoll, große Schwester.« Er lacht auf, bevor er sich auf den anderen Sessel fallen lässt. »Also, stimmt das? Oder hat es sich einfach nur jemand ausgedacht?«

»Es stimmt«, gebe ich zu.

»Und war es einvernehmlich oder muss ich auch Rhys die Leviten lesen?« Das fragt er wieder ernst.

»Ich würd gern sagen, dass ich nichts damit zu tun hab.« Lüge, Lüge, Lüge. »Aber ich wollte es.«

»Und wie ist es dazu gekommen? Du hasst ihn doch.«

»Tu ich auch.«

»Küsst du einfach alle, die du hasst?«

»Ist meine neue Masche.«

Er legt ein Bein über das andere, grinst mich an. »Ah, schlau von dir. Du hasst nur eine Person, daher kannst du dann immer nur ihn küssen.«

Ich verdrehe die Augen. »Woher wissen es denn alle?« Aber dann erinnere ich mich an den Typen, der vorbeiwollte, als wir geknutscht haben. Blöde Tratschtante.

»Keine Ahnung, aber ich will dem- oder derjenigen eine Medaille verleihen. Meine Schwester küsst Rhys Jacobson. Damit hätte ich nie gerechnet.« Dann lacht er auf. »Wobei ich schon geahnt habe, dass du eifersüchtig bist, und ihn deshalb vorgestern in die Bar verfolgt hast.«

»Hab ich gar nicht. Ich hatte nur Lust auf eine … eine …«

»… eine Cola?«, fragt er spöttisch. »Ja, klar, wenn ich Lust auf eine Cola hab, geh ich auch immer in den Pub.«

»Was weißt du schon? Was ist eigentlich aus dir und der Kellnerin geworden?«

»Ein Gentleman genießt und schweigt. Und wie ist es nach dem Kuss weitergegangen?«

Erneut wird die Tür aufgerissen, was wieder zu wildem Geklingel führt. »Du hast Rhys Jacobson geküsst?«, ruft Everett aus, bevor er zu der kleinen Loungegruppe marschiert, auf der wir sitzen. Er lässt sich auf den Boden fallen, sieht mich gespannt an.

»Weiß es irgendjemand noch nicht?«, frage ich gereizt.

»Mom vielleicht nicht«, meint Holden.

»Doch, sie weiß es. Sie hat es mir erzählt«, erklärt Everett. »Also stimmt es?«

»Es stimmt«, bestätigt Holden, als ich nichts sage. »Das ist echt ein Knaller, oder?«

»Allerdings. Ich dachte, du hasst ihn?«

»Tu ich auch. Ich mein … na ja, tat ich auch«, gebe ich

dann zu. Denn es ist eindeutig, dass ich ihn nicht mehr hasse.

»Aha! Vergangenheit! Und jetzt? Jetzt liebst du ihn plötzlich?«

Ich reibe mir die Nase. »Keine Ahnung. Das müssen wir ausloten.«

Holden nimmt das Bein runter, beugt sich vor. »Wir? Es gibt also ein wir? Es war nicht nur einmalig?«

»Ich weiß es nicht, okay? Es hat doch gestern erst angefangen.« Ich verschweige wohlweislich, dass es eigentlich vorgestern angefangen hat.

»Aber was willst du? Willst du es ausloten?«, fragt Everett.

Ich zucke mit den Schultern. »Keine Ahnung. Irgendwie schon, aber ... Hm, es ist eben auch kompliziert.«

»Wegen Isaac?«, fragt Holden und ich werfe ihm einen drohenden Blick zu. »Ich mein, weil Rhys der Bruder deines ehemals besten Freundes ist.« Hat er sich noch mal gerettet. Ich will ganz sicher nicht, dass Everett erfährt, dass ich mit Isaac im Bett war.

»Ja, das macht es schwierig. Wie ist das denn mit dem Männerkodex? Darf man was mit der besten Freundin seines Bruders anfangen?«

Beide nicken. »Ist okay. Wenn es die Schwester des Kumpels wäre, sähe das anders aus.«

Ich schaue Holden an. »Und wenn ... wenn besagte beste Freundin Gefühle ...« Ich breche ab, weiß nicht, wie ich das unverfänglich formulieren soll.

»Auch in dem Fall ist das okay«, erklärt er rigoros.

Er hat also verstanden, dass ich wissen wollte, ob es okay ist, mit beiden Brüdern Sex gehabt zu haben, wobei das gerade nur hypothetisch ist, denn wer weiß, wohin es sich mit Rhys entwickelt? Vielleicht nur in dem Sonderfall, dass es mit Isaac nur einmalig war. Keine Ahnung. Aber der Zweifel nagt an mir. Wieso auch immer.

»Du und Rhys ...«, sinniert Everett, »daran muss ich mich auch erst gewöhnen. Ganz ehrlich, wir hätten immer von den Jacobsons sprechen sollen, dann müssten wir jetzt nichts ändern. *Wo ist Brinley? Sie ist mit dem Jacobson-Jungen unterwegs.* Zack. Alles erledigt.«

»Sehr witzig«, kommentiere ich.

»Ich weiß.« Er grinst mich an. »Jetzt aber mal ehrlich: Du und Rhys? Wirklich?«

Ich zucke mit den Schultern. »Vielleicht. Ich weiß nicht. Muss ich mich jetzt entscheiden?«

»Natürlich nicht«, erklärt Holden. »Geh es einfach langsam an, hör auf dein Bauchgefühl und auch nur auf das.«

Als die Tür ein drittes Mal aufgerissen wird, erwarte ich Troy oder Mom dort zu stehen, aber Gott sei Dank nicht. »Everett, die Ziegen sind ausgebrochen!«, ruft stattdessen Malcolm, einer der beiden Angestellten von Everett.

Mein Bruder springt auf, rennt zur Tür. Holden und ich schauen uns an, bevor wir uns ebenfalls hektisch in Bewegung setzen. Ich schließe noch schnell ab, bevor ich hinter meinen Brüdern herlaufe. Wie gut, dass ich heute flache Schuhe trage. Als hätte ich es geahnt. Obwohl gestern hatte ich auch Stiefeletten ohne Absätze an.

Everetts Ziegen stehen am Rand der Stadt auf einem kleinen Hof, den er vor zwei Jahren gekauft hat. Er hält sie bei schlechtem Wetter in einem kleinen Stall, bei gutem Wetter auf einer Wiese. Aber das Problem mit Ziegen ist, dass sie alles fressen, auch ihre Zäune. Nach dem letzten Ausbruch hatte Everett eigentlich überall Metallzäune installiert, aber offensichtlich haben sie doch wieder eine Lücke gefunden. Ziegen sind intelligente, freche Biester. Ehrlich.

»Wo sind sie lang?«, fragt Everett seinen zweiten Angestellten Devon.

»Da lang.« Er zeigt aus der Stadt raus. Das erleichtert mich schon mal, weil ich mir vorstellen kann, wie die Bürgermeisterin einen Herzinfarkt bekommt, wenn so eine Ziege an ihren Begonien knabbert.

»Dann teilen wir uns auf. Brin, Holden, ihr geht nach Osten. Devon und Malcolm gehen nach Westen und ich nehm die Mitte.«

»Wo ist Osten?«, frage ich Holden.

»Wir warten einfach, bis alle losgegangen sind, dann nehmen wir die Richtung, die noch frei ist«, flüstert er grinsend zurück.

Everett verdreht die Augen. »Da ist Osten, ihr Stadtkinder.«

»Aye, aye«, sage ich und mache mich mit Holden auf den Weg.

Beim letzten Mal sind die Ziegen in ihrer Herde geblieben, aber dieses Mal ist das nicht der Fall, wie wir nach einer kurzen Strecke erkennen, weil wir zwei in einem Graben finden, in dem Sträucher stehen, die gerade abgefressen werden.

»Ich bring die zurück und du gehst weiter?«, fragt Holden und steigt in den Graben. Everett hat uns Stricke mitgegeben, die wir entweder als Peitsche zum Antreiben oder als Leine verwenden sollen.

»Okay, ruf an, dann sag ich dir, wo ich bin.«

»Alles klar. Ich sperr sie erst mal in den Schuppen, oder? Ich mein, wenn der Zaun kaputt ist ...«

»Gute Idee. Bis gleich.«

Ich jogge weiter, bis ich eine Gruppe von fünf Ziegen finde, die sich an einem Rebstock gütlich tun. »Ihr kleinen Monster«, sage ich, bevor ich sie mit dem Strick antreibe.

Sie meckern mich zwar an, lassen sich aber dann doch von den Leckereien weglocken.

Holden begegne ich auf der Hälfte des Rückwegs. »Everett hat angerufen. Sie haben den Hauptteil der Herde gefunden. Es fehlen jetzt noch sieben. Du hast fünf.«

»Und du hattest zwei.«

»Nee, die waren schon eingerechnet. Also müssen wir noch zwei finden.«

»Okay, dann schau ich weiter. Übernimmst du die hier?«

Er nickt. »Viel Glück.«

Als ich etwa eine Viertelstunde unterwegs bin, klingelt mein Handy.

»Brin, hast du sie schon gefunden?«, fragt Everett, noch bevor ich Hallo sagen kann.

»Nein, ich bin jetzt auf dem Miller Weingut.«

»Okay, hoffentlich sind sie nicht da. Du weißt ja, wie die sind.«

»Ich meld mich.«

»Danke dir.«

Die Millers haben am Russian River den größten Landbesitz, produzieren den meisten Wein und halten sich deswegen für die Könige der Gegend. Sie sind schon ein paarmal mit der Bürgermeisterin aneinandergeraten, weil sie sich auch für die Chefin hält. Deswegen besteht da so eine kleine Fehde zwischen unseren Familien. Aber sie sind generell nicht so gut in der Stadt gelitten, wahrscheinlich weil sie sich hier nicht so häufig blicken lassen. Sie schotten sich ein wenig ab.

Hoffentlich sind die Ziegen nicht hier, denke ich noch, während ich in die Weinberge trete. Wie weit können sie gekommen sein? Vor allem, wenn es doch überall am Wegesrand saftiges Grünzeug gibt.

Oh, was war das?

Habe ich da ein Meckern gehört? Ich laufe in die Richtung.

»Du verdammtes Mistvieh! Dieser Davenport wird dafür bezahlen!« Der Herr des Hauses sieht die beiden Ziegen, die in Seelenruhe an seinem Wein knabbern, wütend an.

»Oh, hallo, Mr. Miller. Sie haben sie gefunden! Gott sei Dank.« Ich eile zu ihm.

Er schäumt beinahe vor Wut. »Das ist doch wohl die absolute Höhe! Wie können Sie es wagen, Ihre Ziegen auf meinem Land laufen zu lassen? Ich werde den Sheriff rufen! Da können Sie sich dann auf was gefasst machen!«

»Es tut mir wirklich so leid. Es war ganz gewiss keine Absicht. Ich nehm sie jetzt mit. Und so richtig Schaden ist doch nicht entstanden«, versuche ich ihn zu beschwichtigen und bemühe mich, äußerst reumütig auszusehen.

»Kein Schaden? Erlauben Sie mal, junge Dame! Und was ist hiermit? Sie knabbern ja noch immer weiter.«

Schnell lege ich ihnen je einen Strick um den Hals, ziehe sie von der Rebe weg. »Die Rebe ersetzen wir Ihnen natürlich. Es tut mir wirklich leid.«

»Und ob Sie mir das ersetzen werden! Das ist ja wohl klar!«

»Das machen wir selbstverständlich. Schicken Sie uns die Rechnung.«

»Darauf können Sie Gift nehmen! Und jetzt bringen Sie diese hässlichen Kreaturen hier weg. Ekelig, so was.«

Ich schaue auf die beiden Ziegen, die mich verwundert ansehen. »Menschen, die ihren Zorn an unschuldigen Wesen auslassen, sind einfach nur Arschlöcher. Ihr seid wunderschön. So.« Ich funkele Mr. Miller an. »Wagen Sie es nicht, noch einmal so abfällig über meine Ziegen zu sprechen. Zeigen Sie mal ein wenig Manieren. So unhöflich zu sein, geziemt sich für solch alte Säcke nicht.«

Er sieht so perplex aus, dass ich weiß, noch nie hat jemand so mit ihm gesprochen, aber das hat er verdient. Wie kann man denn so blöd zu niedlichen Ziegen sein?

Hoch erhobenen Hauptes schreiten wir von seinem Weingut. Kaum sind wir auf der Straße, rufe ich Everett an und teile ihm mit, dass wir auf dem Rückweg sind. Unser Weg ist ein wenig länger, weil sie ständig irgendwas fressen müssen, aber dann ist die ganze Herde wieder versammelt.

»Danke euch«, sagt Everett aufrichtig.

»Ist doch wohl klar«, meint Holden. »Aber jetzt muss ich los.«

Ich nicke. »Ich sollte auch mal wieder in den Laden. Kommst du klar?«

»Kannst du einen Zettel hinhängen, dass ich erst nachmittags wieder aufmache?«

»Klar. Wenn du noch was brauchst, meld dich.« Ich umarme ihn, bevor Holden und ich zurück in die Stadt gehen. Ich, weil da der Buchladen ist, er, weil er da sein Auto stehen hat.

»Du wolltest vorhin fragen, ob du ein Flittchen bist, weil du mit beiden Brüdern geschlafen hast, oder?«

»Ja, genau. Wobei mit Rhys noch nichts gelaufen ist.«

»Zum einen, wieso interessiert dich, was andere über dich sagen? Ist doch egal, was irgendwer denkt. Wobei ja auch niemand weiß, dass du mit Isaac im Bett warst. Und zum anderen ist es doch nur deine Entscheidung. Wenn das für dich okay ist, dann ist es okay.«

»Das stimmt eigentlich auch. Ich mein, dass es mich nicht interessieren sollte, was irgendwer sagt. Aber es ist so schwer, sich davon zu befreien.« Ein wenig bekümmert sehe ich ihn an.

»Für Frauen bestimmt besonders. Männer erfahren nicht so viel gesellschaftlichen Druck. Aber nimm dir doch einfach ein Beispiel an Mom. Sogar ihr eigener Schwiegervater hat sie drangsaliert, aber sie hat ihr Ding einfach durchgezogen.«

»Das stimmt. Sie ist da einfach ein echtes Vorbild.« Ich lächele bei dem Gedanken. »Aber sie hat auch den richtigen Partner gefunden.«

Holden schlingt seinen Arm um meine Schultern. »Den wirst du auch finden. Und vielleicht hast du ihn ja schon gefunden.«

»Hm. Keine Ahnung. Aber ich frag mich ehrlich, wieso ich das vorher nicht gesehen hab. Also, wieso ich beide Jacobsons so falsch gesehen hab. Isaac zu gut und Rhys zu schlecht.«

»Vielleicht hat dir da Isaac auch ein bisschen ins Ohr geflüstert, weil er nicht wollte, dass seine Welten kollidieren. So war es doch, oder? Deswegen hat er dich auch nie zu seinen anderen Freunden mitgenommen.«

»Irgendwie schon.« Ich lehne mich kurz an Holden an, bevor ich mich löse. »Na ja, aber Isaac ist eh Geschichte für mich.«

»Find ich gut. Und für alles andere: Lass dir Zeit und hör auf dich. Du weißt, was du brauchst.«

»Danke.«

»Immer, Kleines.« Er drückt mir einen Kuss auf die Stirn, bevor er zu seinem Auto geht und ich zurück in den Laden.

RHYS

Ich stehe mit ein paar Sonnenblumen in der Hand vor Brinleys Haus, klopfe an die Tür. Wir hatten heute Nachmittag ausgemacht, dass ich vorbeikomme, weswegen sie auch strahlt, als sie öffnet. Oder strahlt sie vielleicht, weil sie mich mag?

Ich weiß es nicht.

»Hi, komm rein«, sagt sie und hält mir die Tür auf.

Als ich bei ihr bin, drücke ich meine Lippen auf ihre Wange. Gerne würde ich sie richtig küssen, aber bin mir nicht sicher, ob das schon angemessen ist. Und ich kann es ja immer noch später tun. Hoffentlich. Oder ich versaue es mir vorher ... Das ist auch eine Variante.

Ich reiche ihr die Blumen.

»Danke dir! Ich liebe Sonnenblumen.« Auch ein kleines Detail, das ich aufgesogen habe, auch wenn ich keinen Kontakt mit ihr hatte – und Isaac nicht fragen konnte, weil er dann misstrauisch geworden wäre.

Ich schnuppere. »Hast du gekocht?«

Ein wenig verlegen nickt sie. »Oder hast du schon gegessen? Dann ist das kein Problem.«

»Nein, ich hab Hunger, aber ich dachte, wir würden was bestellen. Ich hätte nie gewollt, dass du dir Umstände machst.«

»Sind keine, hab ich gern gemacht. Also, ich mein, ich koch gern.«

Ich grinse sie an. »Ich ess gern.«

»Perfekt.«

Brinley hat mich perfekt genannt, und das geht echt runter wie Öl. Kann ich nicht anders sagen. Ich folge ihr in die Küche, wobei ich mich umsehe. Ich war noch nie hier. Sie wohnt seit drei Jahren in diesem Haus. Ich mag, wie sie es eingerichtet hat. Schlicht, aber gemütlich, zumindest sieht es auf den ersten Blick so aus.

»Setz dich schon mal.« Sie deutet auf den gedeckten Tisch. Ich mag, dass sie sich Mühe gemacht hat, mit Kerzen und Servietten, aber es wäre absolut nicht nötig gewesen. Pizza auf die Hand wäre auch okay gewesen.

Vielleicht ist das albern, aber dieses Umsorgtwerden ... Es gibt mir echt ein gutes Gefühl. Nicht dass ich denke, es wäre ihre Aufgabe, aber dass sie es macht ...

»Was gibt es denn?«, frage ich.

»Ist vielleicht ein wenig simpel«, sagt sie verlegen, während sie im Topf rührt. »Spaghetti Bolognese.«

Ich schlucke. »Das ist mein Lieblingsessen.«

»Ich weiß.« Ihre Stimme ist so leise, dass ich mir beinahe einreden kann, dass ich sie missverstanden habe. Aber es ist eindeutig.

Wärme fließt durch mich.

»Du weißt es?«, frage ich nach, obwohl mein Mund plötzlich so trocken ist, dass ich kaum ein Wort rausbringe.

Sie dreht sich zu mir. »Also, ich hatte es gehofft. Ich glaub, deine Mom hat das mal gesagt, aber ich war mir nicht mehr sicher.«

»Es stimmt.« Ich gebe es zu. So wie sie da am Herd steht, Kochlöffel in der Hand, und mein Lieblingsgericht kocht, ist sie die ultimative Fantasie. Nicht dass ich einen Kochfetisch habe. Oder doch? Aber ich könnte mir überlegen, ob ich nicht einen Köchinnenfetisch habe oder sagen wir besser einen Brinley-als-Köchin-Fetisch.

»Freut mich. Möchtest du was trinken? Ich hab Wasser und Wein. Ich kann eine Flasche aufmachen.«

»Mir reicht Wasser, es sei denn, du willst Wein trinken. Dann trink ich ein Glas mit.«

Sie sieht mich ein wenig verlegen an. »Ich hab nichts mehr getrunken seit …« Sie bricht ab, aber ich denke, ich weiß, was sie sagen will. Seit dieser Nacht mit Isaac. Das ist auch nur zu verständlich.

Vielleicht ist das hier alles ein Fehler. Ich meine, das ist doch gerade erst passiert, das geht zu schnell. Oder?

»Geht das hier zu schnell?«, frage ich sie und halte den Atem an. Ich hoffe, dass sie Nein sagt, aber ich will, dass sie ehrlich sein kann. Dass sie sich so sicher mit mir fühlt, dass sie immer ehrlich sein kann.

Sie schüttelt den Kopf. »Ich hab das Gefühl, dass das hier schon ewig geht.«

Lächelnd stehe ich auf, trete zu ihr. »Weil ich schon ewig in dich verliebt bin.«

Brinley sieht zu mir auf, fragend. »Ewig?«

Ich mache mich damit ultimativ verletzlich, aber manchmal muss man das wohl tun, um den Menschen zu bekommen, den man schon immer wollte. »Seit ich dich das erste Mal auf dem Schulhof neben Isaac gesehen hab.«

»Du hast mich Spinnly genannt.« Empört sieht sie mich an.

Vielleicht nicht der beste Move, aber ich grinse, weil sie einfach so süß ist. Jetzt und damals auch schon. »Nein, ich hab das verstanden, weil Isaac so genuschelt hat.«

»Hm, aber du hättest dir doch denken können, dass ich so nicht heiße. Wieso musstest du es aussprechen?« Sie verschränkt ihre Arme vor der Brust.

Nicht nach unten sehen. Nicht nach unten sehen. Schau ihr in die Augen.

Ich lege meine Hände an ihre Ellenbogen. »Das stimmt, aber ich war acht. Kannst du mir das tatsächlich noch vorwerfen? Das wäre schon ein bisschen krass, oder?« Ich lache auf.

Sie funkelt mich an, gibt mir einen Stups. Und wenn ich eines weiß, dann das es ein gutes Zeichen ist, wenn eine Frau dich anfasst. Brinley will die Hand wieder wegziehen, aber ich lege meine obendrauf, halte ihre Finger gegen meine Brust gedrückt. Ihre Augen werden weich.

»Ganz ehrlich, Brin, ich war schon immer in dich verliebt und es gab nie eine andere für mich. Das ist alles schlechtes Timing und wenn du willst, können wir es vertagen, aber ich will eine Chance. Eine Chance mit dir.« Und jetzt soll sie mich meinetwegen auslachen, weil ich kitschig bin, oder soll mir das Herz brechen, aber ich werde mir niemals vorwerfen müssen, nicht alles versucht zu haben. Ich setze alles auf eine Karte und hoffe, dass es die Herzdame ist.

Sie hebt ihre andere Hand, legt sie an meine Wange. Sie ist weich und warm, aber auch stark, so wie sie ist. Sie sucht meinen Blick. »Ich hab gedacht, du hasst mich.«

»Hab ich vielleicht auch ein bisschen, weil du immer nur Augen für ihn hattest und mich nicht gesehen hast.« Scheiße, ist es hart, sich einer anderen Person zu öffnen, vor allem ihr. So ganz kann ich immer noch nicht glauben, dass sie tatsächlich Interesse an mir haben sollte.

»Es tut mir leid.«

»Schon okay.«

»Nein, es ist nicht okay.« Sie sieht ganz bekümmert aus. »Ich war wohl etwas blind.«

Ich kann es nicht leiden, sie traurig zu sehen, weswegen ich sie in den Arm ziehe, sie eng an mich drücke. Es ist das beste Geschenk, dass sie sich gegen mich kuschelt.

»Wir können einfach von vorne anfangen.«

»Geht das?«, kommt es ein wenig dumpf, weil sie ihr Gesicht gegen mich gepresst hat.

»Es geht alles, was wir beschließen.«

Sie löst sich, streicht sich die Haare aus der Stirn, tritt einen Schritt zurück. Sie hält mir ihre Hand hin. »Hi, ich bin Brinley.«

Ich grinse, ergreife ihre Hand. »Ich bin Rhys. Schön, dich kennenzulernen.« Und dann ziehe ich sie an der Hand zu mir, küsse sie endlich so, wie ich es seit meinem Eintreffen tun wollte.

18

BRINLEY

Ich könnte ihn ewig küssen, aber »Ich habe Hunger«.

»Ich auch«, antwortet er.

»Oje, das wollte ich gar nicht laut sagen. Wie romantisch.« Verlegen drehe ich mich zum Topf, wünschte, ich könnte in einem Erdloch verschwinden. Das Blöde an modernen Häusern mit Fußboden ist aber, dass es die nicht gibt. Ich wünschte mir gerade einen gestampften Erdboden herbei. Aber dann müsste ich ja noch ein Loch …

»Hey, alles gut. Mir ist es lieber, wenn du immer sagst, was dir im Kopf herumgeht, statt dass du aufpasst, was du aussprichst.« Er greift nach meiner Hand, drückt meine Finger.

»Und wenn ich dann sage, dass du ein Arsch bist?«, scherze ich.

Er grinst mich an. »Wenn du das denkst, dann sag es eben. Ich werd daran nicht vergehen.«

Ich atme tief durch. »Okay, ich bemüh mich.«

»Mich Arsch zu nennen?«, neckt er mich.

»Das fällt mir nicht schwer«, entgegne ich, während ich

die Spaghetti auf zwei Teller verteile und die Soße drüber gebe. Dafür muss ich meine Hand aus seiner nehmen, was ich nicht ganz optimal finde, denn sie fühlt sich gut da an. Aber ich habe wirklich Hunger.

Rhys nimmt die Teller, stellt sie auf den Tisch, während ich Parmesan aus dem Kühlschrank nehme. Parmigiano Reggiano ist das einzige Zugeständnis von Everett, weil er ihn auch gerne mag, aber noch keinen Lieferanten hat, der ihm das Original aus Italien beschaffen kann. Daher dürfen wir ihn in anderen Läden kaufen. Alle anderen Käsesorten gibt es nur bei ihm.

Ein bisschen albern, schließlich wäre ich auch nicht beleidigt, wenn sie woanders Bücher kaufen würden ... Na ja, nicht schlimm beleidigt. Aber Holden würde mit niemandem mehr sprechen, wenn sie ihre Autos zu einer anderen Werkstatt bringen würden. Würde Troy uns hassen, wenn wir anderen Wein trinken? Nein, er ist über solchen Unsinn erhaben.

»Möchtest du Parmesan?«, frage ich ihn. Als er nickt, reiche ich ihm das Käsestück und die Reibe, bevor ich mich setze.

Ich lächele ihn an. Seine Augen weiten sich leicht, während er mich anstarrt. »Du bist einfach wunderschön.«

Meine Wangen werden warm, ebenso wie alles in mir. Ich streiche mir verlegen die Haare hinters Ohr. »Ach was.«

»Doch. Für mich warst du schon immer spektakulär.« Und er sagt das so ernsthaft, dass es nur stimmen kann. Aber das ist so eine Sache mit Komplimenten. Es ist nicht immer so einfach, sie anzunehmen. Daran muss ich arbeiten.

»Also, dann guten Appetit«, sage ich, weil mir die Situation unangenehm ist.

Er grinst, bevor er den Käse reibt und ihn mir dann reicht. Ich bemühe mich redlich, mir nicht die Fingerkuppen abzureiben, was ganz gut klappt. Aber dafür landet dann direkt beim ersten Bissen Bolosoße auf meinem Oberteil. Typisch.

»Ich brauch ein Lätzchen, glaub ich«, scherze ich, während ich an dem Fleck herumreibe.

»In manchen Situationen wäre das wirklich besser«, stimmt er zu. »Wie gut, dass wir beide keine hellen Sachen anhaben.«

»Als hättest du es geahnt.«

»Bei dir muss man auf alles gefasst sein.«

Ich funkele ihn an. »Du Arsch.«

Lachend – ich kann mich an seinem lachenden Gesicht echt nicht sattsehen – antwortet er: »Hat ja nicht lange gedauert.«

»Du kannst dich halt nicht lange verstellen.«

»Ich? Du kannst es nicht. Aber ich bin froh drüber.«

»Hm. Wenn ich ehrlich bin, hab ich auch tatsächlich ein Problem mit dem Verstellen. Ich sag eigentlich meistens, was ich denke. Auch in unpassenden Situationen.«

Rhys zuckt mit den Schultern. »Es gibt keine unpassenden Situationen für die Wahrheit. Und ich find, es ist ein gutes Zeichen. Es zeigt, dass man sich wohl genug mit der anderen Person fühlt.«

»Ich werd dich irgendwann daran erinnern.«

»Ah, typisch Frau. Vor drei Jahren, fünf Monaten und siebenundzwanzig Tagen hast du aber gesagt …« Vergnügt sieht er mich an.

»Touché.«

»Aber ehrlich, würd mich total freuen, wenn du das irgendwann sagst.«

»Weil das bedeutet, dass wir dann mindestens dreieinhalb Jahre zusammen waren?«

»Ganz genau.«

Keine Ahnung, wieso mir dabei so ein wohliger Schauer über den Rücken läuft. Echt nicht.

Nach dem Essen ziehen wir ins Wohnzimmer um und ich weiß nicht so recht, wo ich mich hinsetzen soll. Er beendet meine Verunsicherung, indem er nach meiner Hand greift und mich auf seinen Schoß zieht.

»Hey«, sagt er leise, als mein Gesicht plötzlich so nah an seinem ist.

»Hey«, hauche ich, lecke mir die Lippen kurz.

Sein Blick senkt sich auf meinen Mund, bevor er mir die Haare hinters Ohr streicht. »Du bist einfach wunderschön.«

Und bevor es mir unangenehm werden kann, beugt er sich nach vorne und drückt seine Lippen auf meine. Können Küsse wohl süchtig machen? Ich schätze, seine können es. Meine Hände fahren seine Arme nach oben, über seine Schultern, seinen Nacken, fahren über seine kurzen Haare, was er mit einem leisen Brummen quittiert, während seine Finger an meiner Taille ineinandergeschoben sind. Ich lehne mich gegen ihn, ziehe ein Bein an. Seine Hand fährt über meine Seite, über meinen Oberschenkel bis zu meinem Knie. Sanft streichelt er mich da.

Ich weiß nicht, ob es eine gute Idee ist. Weiß nicht, ob es nicht doch, so wie er vorhin sagte, alles zu schnell geht. Es ist einfach noch nicht lange her, seit ich in seinen Bruder verliebt war, seit ich mit ihm im Bett war. Auch wenn mich das nicht traumatisiert hat, war es doch einfach ein Bruch, weil eine wichtige Person mein Leben verlassen hat. Vielleicht müsste ich mir da mehr Zeit nehmen.

Gleichzeitig fühlt es sich aber auch so gut an, dass ich es nicht überdenken will. Wie sagt man? Man bereut irgendwann nur die Sachen, die man nicht gemacht hat, niemals die, bei denen man mutig genug war, sie zu wagen.

Also gebe ich mich diesem Kuss hin. Diesem Moment. Diesem Mann.

Und als in unser liebevolles Annähern Hitze reinkommt, begrüße ich es. Ich knabbere an seiner Unterlippe, streiche mit der Zunge über die Stellen, fühle mich gut, als er schluckt, weil es ihn absolut nicht kalt lässt. Ich drücke meine Finger in seine Schultern, ändere meine Position auf seinem Schoß, tanze mit seiner Zunge, genieße seine Hände, die über meine gesamte Rückseite streichen, bis sie sich um meinen Hintern schließen und mich näher an ihn ziehen.

Aufkeuchend presse ich mich gegen ihn, genieße seine Wärme, seine Leidenschaft.

Bis … ja, bis er sich löst. Er lehnt seine Stirn an meine, atmet schwer. »Wir müssen aufhören.«

Noch ganz benebelt von meiner Lust frage ich: »Was?«

Reue liegt in seiner Stimme, als er sagt: »Deine Küsse machen Lust auf mehr.«

»Ist das schlimm?« Vielleicht verstehe ich das nicht richtig, weil tausend Hormone gleichzeitig ausgeschüttet werden, aber für mich hört sich das nach verdammt guten Küssen an.

Er seufzt. »Ich will dann mehr, will nicht beim Küssen stoppen.«

So langsam dringt durch, worüber er sich Sorgen macht. »Aber wir müssen ja nicht beim Küssen stoppen.«

»Wir wollten es doch langsam angehen.«

Ich rücke ein Stück von ihm ab, schaue ihm in die Augen. »Also, ich nicht.«

»Wir wollten es doch richtig machen.«

Ich schüttele den Kopf, greife mit beiden Händen in

seinen Pulli, ziehe ihn an mich. »Dann machen wir das doch jetzt.«

Bevor er was sagen kann, küsse ich ihn. Und wenn ich mich vorher noch ein wenig zurückgehalten habe, ist das jetzt vorbei. Mit aller Leidenschaft, zu der ich nur fähig bin, küsse ich ihn, lasse ihn wissen, dass ich das hier will, dass ich ihn will. Einen Augenblick zögert er noch, aber dann … dann küsst er mich genauso zurück.

Meine Hände fahren nach unten, suchen nach dem Saum seines Pullis, schlüpfen hinunter. Seine Haut ist warm und samtig. Langsam fahre ich über seinen Bauch, berühre jedes Fleckchen seiner Muskeln, bevor ich meine Finger weiter hinauf streichen lasse, seine Brust streichele.

Er knetet meinen Hintern, bevor er den Saum meines Wollkleids nach oben streift, über meine Hüften, meine Taille, meine Schultern …

Wir müssen einen viel zu langen Moment aufhören, uns zu küssen, damit dieses störende Stoffteil von meinem Körper verschwinden kann. Aber kaum hat er mir das Kleid über den Kopf gezogen, sind meine Lippen wieder auf seinen.

Seine Finger streichen sanft über meine Schultern, meine Arme, meinen Rücken …

Ich ziehe meine Hände unter seinem Pulli hervor, greife hinter mich und öffne meinen BH. Vielleicht bin ich zu forsch, aber wenn er der Richtige für mich ist, dann gefalle ich ihm so, wie ich eben bin. Forschheit und alles.

Mit der einen Hand greife ich ihm in den Nacken, schaue ihn an. »Berühr mich.«

Seine Augen sind voller Lust, als er seine Hände von meinem Rücken nach vorne streicht und meine Brüste umfasst. Sachte reibt er mit den Fingerspitzen über meine Haut.

»Du bist atemberaubend«, murmelt er, während er mir in die Augen sieht.

Ich drücke den Rücken ein wenig durch, hebe meine Brust an. Sein Blick sinkt auf mein Dekolleté, schaut sich seine Hände an, die meinen Busen umfassen. Und dann … dann beugt er den Kopf nach vorne, fährt mit der Zunge über meinen Hals, über meine Schlüsselbeine und leckt bis zum Ansatz meiner Oberweite. Seine Lippen küssen meine Haut, seine Zunge liebkost meine Nippel, seine Finger kneten meine Brüste. Ich lasse den Kopf nach hinten fallen, stütze mich mit einer Hand auf seinem Knie hinter mir ab.

»O Gott«, hauche ich, als er sich alle Zeit der Welt nimmt, um mich zu liebkosen.

So leidenschaftlich unsere Küsse auch waren, schraubt er das Tempo herunter, erforscht jede einzelne Hautzelle gewissenhaft. Ich kann mich nicht erinnern, dass mein Busen jemals so viel Liebe abbekommen hat, so angebetet wurde. Und ganz ehrlich: Ich fühle mich gerade wie eine Göttin in seinen Armen.

Plötzlich werde ich in die Luft gehoben, schreie überrascht auf, bevor mein Rücken sanft auf die Couch gebettet wird. Rhys greift sich in den Nacken, zieht seinen Pulli über den Kopf, und ich kann mich kaum sattsehen an der Perfektion, die er ist. Er will sich über mich beugen, aber ich stoppe ihn.

»Du bist so heiß«, murmele ich, richte mich auf, streiche mit meinen Händen über seinen Bauch und seine Brust. Ganz ehrlich. Ich habe noch nie jemanden gesehen, den ich heißer finde. Nicht mal irgendwelche Filmstars. Nicht einmal seinen Bruder.

Wobei ich den Gedanken sofort wieder vertreibe, als er mir gekommen ist, weil ich ganz sicher niemanden sonst mit uns im Bett haben möchte. Oder auf der Couch. Nur uns zwei.

»Und du erst.«

Er greift nach meiner Hand, zieht sie über meinen Kopf, beugt sich über mich, lächelt mich an. Daran könnte ich mich gewöhnen. Zärtlich drückt er seine Lippen gegen meine. Und ich könnte heulen. Noch nie war mein Liebesspiel gleichzeitig so zärtlich und so leidenschaftlich. Weil ich offensichtlich noch nie mit jemandem im Bett war, dem ich wirklich wichtig war.

Ich schlucke, blinzele, um die aufsteigende Traurigkeit zu verscheuchen. Man hätte doch annehmen sollen, dass ich zumindest einer Person wichtig gewesen wäre ...

Rhys legt seine Hand an meine Wange, streichelt sie. »Sollen wir aufhören?«

Ich schüttele den Kopf, lege meine Finger auf seine. »Ich hab das nur noch nicht erlebt.«

»Was denn?«, fragt er verwundert.

»Dass jemand so zärtlich mit mir ist.«

Einen Augenblick rattert es in seinem Kopf, bevor Wut sein Gesicht bewölkt. »Ich bring ihn um.«

»Es war nicht nur er.«

»Dann bring ich sie alle um.«

Und das tut auch gut. Nein, nicht, dass er jemanden umbringen will, sondern dass er für mich wütend wird. Sicher, ich habe Holden, der mich auf seine Weise immer beschützt, aber das muss er ja. Schließlich ist er mein Bruder. Aber Rhys ... Er mag mich offensichtlich echt.

»Wie wäre es, wenn du stattdessen noch ein bisschen zärtlich mit mir bist?«, necke ich ihn.

Sein Gesicht wird weich. »Das kann ich auch machen.«

Als er mich jetzt küsst, weiß ich, dass er alles wiedergutmachen will, was mir jemals widerfahren ist. Es fühlt sich einfach gut an.

Sein sanfter und liebevoller Kuss wird leidenschaftlicher und ich lege meine Hand auf seine Schulter, ziehe ihn an mich. Meine andere liegt noch immer in seiner über meinem Kopf. Ich öffne meine Beine weiter, sodass sein Körper zwischen sie rutscht. Sein Schwanz ist hart und presst sich gegen mich, was eine weitere Welle an Lust durch mich fließen lässt. Ich zerre an meiner Hand, die in seiner liegt, er lässt sie los. Ich schlinge beide Arme um ihn, will ihn niemals wieder loslassen.

Er lächelt mich an, umfasst mein Gesicht mit den Händen, stützt sich mit den Ellenbogen neben meinem Kopf ab. »Ich kann es noch gar nicht richtig fassen, dass wir jetzt hier sind.«

»Hat ja auch nur fünfundzwanzig Jahre gedauert. Okay, nein, das ist ekelig. Wir haben uns schließlich als Kinder kennengelernt. Wann hattest du dein erstes Mal?«, frage ich ihn und habe keine Ahnung, wieso ich jetzt quatschen möchte, wo ich doch eigentlich nichts weiter will als seine nackte Haut auf meiner. Gelogen! Ich will ihn schließlich auch in mir.

Er lacht ein wenig ungläubig auf. »Mit sechzehn. Und du?«

»Mit achtzehn.«

»Wer war es?«

»Kennst du nicht.« Dabei senke ich den Blick, will ihm nicht in die Augen schauen.

»Du lügst.«

Empört blicke ich ihn an. »Was?«

Grinsend küsst er meine Nasenspitze. »Wenn du eins nicht kannst, dann ist es lügen. Also, wer war es?«

»Conrad«, murmele ich verlegen.

Einen Augenblick sieht er mich fragend an, bevor er anfängt zu lachen, sich dabei aufrichtet, das Gleichgewicht verliert und von der Couch rollt. Okay, vielleicht habe ich auch ein klein wenig nachgeholfen. Aber dass er so spektakulär fällt, hatte ich nicht geplant.

»Alles okay?«, frage ich besorgt und setze mich auf.

Noch immer lachend meint er: »Bin auf der Seite und dem Rücken gelandet. Die Vorderseite wäre echt doof gewesen. Aber ehrlich? Du hattest Sex mit Conrad Foster?«

Ich verschränke die Arme vor der Brust. »Was ist daran verkehrt?«

Rhys greift nach meinen Ellenbogen, zieht mich von der Couch, platziert mich rittlings auf seinem Schoß. »Also erstens, wenn du das mit deinen Armen und nackten Brüsten machst, kann ich mich nicht konzentrieren. Zweitens: Conrad ist so ein elendiger Schleimer gewesen, der den Lehrern immer in den Arsch gekrochen ist. Wieso?«

Defensiv sage ich: »Er hatte halt Interesse.«

Er zieht die Augenbrauen hoch. »Das ist dein Grund?«

»Ja, und?«

»Das ist ein Scheißgrund! Das erste Mal sollte mit jemandem sein, der dein Herz schneller klopfen lässt.«

»War es bei dir so?«

»Nein, deswegen weiß ich ja, dass es so sein sollte.«

»Wieso war es so nicht?«

»Weil es nicht mit dem Mädchen war, das ich wollte. Schlimmer noch, ich hatte nicht mal die Hoffnung, dass sie mich jemals sehen würde.«

Ich schlucke, umfasse sein Gesicht mit den Händen, drücke meine Stirn gegen seine. »Ich wünschte, ich wäre kein Trottel gewesen.«

»Ich auch!«

»Hey, du bist nicht ganz unschuldig!« Ich versuche, mich zu lösen, aber er legt seine Hand an meinen Hinterkopf.

»Wir fangen doch von vorne an. Also lass uns all das hinter uns lassen.«

»Hm.«

Aber sein Mund ist so nah, sein Geruch macht mich

verrückt und wir teilen unseren Atem. Ich drücke meine Lippen auf seine, presse meinen Oberkörper gegen seinen. Der erste Kuss ist zärtlich, als wollte er mir versichern, dass das immer unsere Basis sein würde, aber es dauert nicht lange, und ich bin richtiggehend außer Atem. Meine Hände versuchen, überall gleichzeitig zu sein, weil sich einfach jede Stelle von ihm gut anfühlt.

Er greift an meiner Taille vorbei, legt mir seine Arme auf den Rücken, vergräbt seine Finger in meinen Haaren, bevor er sich ein bisschen aufrichtet und mich sanft auf den Boden bettet. Seine Küsse wandern von meinen Lippen zu meinem Hals, machen einen kleinen Abstecher zu meinen Ohrläppchen, bevor sie die Kuhle meiner Schlüsselbeine berühren, langsam über mein Dekolleté wandern.

Ich umfasse seinen Kopf, will ihn nicht entwischen lassen, aber er macht auch gar keine Anstalten, was mich freut. Sein Mund erreicht meine Brüste, seine Zunge leckt über meine Haut, seine Hände streicheln mich sanft.

Vor lauter Lust strecke ich den Rücken durch, wölbe mich seinen Liebkosungen entgegen, und stöhne, als seine Lippen sich endlich – endlich! – um meinen Nippel schließen. Er kann von Glück sagen, dass er keine langen Haare hat, in denen man seine Finger vergraben kann, denn ich hätte mit Sicherheit dran gezogen. So begnüge ich mich damit, meine Hände auf seinen Kopf zu legen und ihn gegen mich zu drücken.

»Ich bin so verrückt nach dir«, murmelt er. Zumindest glaube ich, dass er das gesagt hat. Ich kann es nicht beschwören, weil seine Stimme dumpf gegen meine Haut klingt.

Rhys widmet sich dem anderen Nippel und der erste wird ganz kalt, als seine Spucke an der Luft trocknet. Es macht alles noch mal so gut, dieses Spiel von heiß und kalt.

Langsam küsst er sich weiter nach unten, liebkost

meinen Bauch, taucht mit seiner Zunge in meinem Bauchnabel ein, bevor er sich bis zum Rand meiner Strumpfhose runterküsst, seine Finger sanft unter ihn schiebt, mehr Haut freilegt.

»O Gott«, hauche ich.

Er schaut zu mir auf, hakt beide Hände in die Seiten ein, zieht langsam die Strumpfhose herunter, leckt sich dabei die Lippen. Rhys rutscht weiter nach unten. Ich richte mich auf die Ellenbogen auf, schaue zu ihm, vollkommen fasziniert von dem Ausdruck auf seinem Gesicht, als dürfte er ein Geschenk einen Tag vor Weihnachten auspacken.

Er hebt ein Bein an, zieht die Strumpfhose herunter, drückt Küsse auf den Spann, den Knöchel, die Wade. Ich kann ehrlich sagen, dass noch nie jemand mich dort geküsst hat. Aber ich mag es. Es ist einfach so intim. Als hätte bisher noch niemand das Recht gehabt, das zu tun.

Rhys hebt mein anderes Bein, zieht auch dort die Strumpfhose weg, wirft sie hinter sich, küsst meinen Fuß, drückt ihn gegen seine Wange, schaut mich dabei so hungrig an, dass meine Arme schwach werden. Mit einem Ausdruck, den man nur als verrucht bezeichnen kann, schiebt er meine Beine auseinander, bevor er seinen Oberkörper zwischen ihnen platziert und meine Oberschenkel umfasst. Er pustet gegen den Steg meines Höschens, der schon ganz feucht ist.

Ich zittere und lasse mich nach hinten fallen, greife nach einem Kissen, schiebe es mir unter den Kopf, bevor ich meine Finger hinein kralle.

Sanft schiebt er den Stoff zur Seite, pustet noch einmal, alle Härchen an meinem Körper stellen sich auf, bevor seine Zungenspitze hervorblitzt und an mir leckt.

»O Gott«, kommt es aus meinem Mund und ich drücke den Rücken durch, stemme meine Hacken in den Boden, hebe mein Becken. Zustimmendes Gemurmel ertönt und er macht es noch einmal. Und noch einmal.

Als ich gerade denke, ich würde es nicht mehr aushalten, ist seine Zunge plötzlich an meinem Eingang, neckt diesen, kostet von ihm.

»Fuck!«, rufe ich aus, viel zu laut, aber das ist mir egal. Mir ist alles egal, nur nicht seine Zunge, die mich liebkost.

Und dann taucht sie in mich, was sich so gut anfühlt, dass ich mich frage, wieso das nicht jeder einzelne Mann im Repertoire hat. Ich löse meine Finger vom Kissen, umfasse eine Brust, mit der anderen Hand wandere ich zu seinem Kopf, drücke ihn gegen mich. Ob er atmen kann, ist mir gerade egal, wichtig ist nur, dass er bloß nicht aufhört.

Ich habe mich schon zweimal zu Gedanken an ihn befriedigt und es war immer großartig, besser als ich es je mit jemandem erlebt habe, aber das hier? Wow. Die Realität ist so viel besser als die Fantasie, und es haut mich geradezu um.

Ich könnte jederzeit kommen, aber dann ersetzt er seinen Mund mit seinen Fingern, schiebt sie in mich, fickt mich mit ihnen, drückt seine Lippen gegen meine Klit, saugt leicht an ihr.

Es ist einfach nicht möglich, es sollte nicht möglich sein. Meine Augen rollen zurück, mein Rücken wölbt sich vom Boden, meine Oberschenkel pressen sich zusammen, halten ihn da, wo er gerade so viel Lust entfacht. Meine Hand liegt auf seinem Kopf, meine Finger pressen sich in seine Haut, die andere Hand kneift in meinen Nippel.

Ein Rauschen kündigt an, dass ich gleich den krassesten Orgasmus meines Lebens erfahren werde. Es ist wie eine riesige Welle, die mich mitnimmt. Ich kann noch einen Schrei ausstoßen, bevor jeder rationale Gedanke mich verlässt und ich mich einfach diesem Gefühl hingebe. Meine Muskeln verkrampfen, als es sich anfühlt, als würde ich höher und höher aufsteigen. Und als ich denke, jetzt ist es genug, werde ich in ungeahnte Höhen gehoben.

Ich spüre Tränen auf meinen Wangen, stumme Schreie auf meinen Lippen, und dann rauscht eine Euphorie durch mich, die ich noch nie kannte. Alles an mir fühlt sich zum Zerreißen gespannt an, aber nicht nur für einen Moment, nein, es hört nicht auf.

Rhys lässt seine Finger schneller in mich stoßen, knabbert sanft an meinen Schamlippen, während ich explodiere.

»O Gott, fuck, fuck, fuck«, presse ich raus, während ich so heftig komme wie nie zuvor.

Langsam tauche ich wieder in der Realität auf, spüre, wie Rhys seine Hand gegen meine Mitte presst, als wollte er mich erden.

Ich lache auf, wische meine Augen ab, bevor ich ermattet alle viere von mir strecke. O Gott. Was war das denn?

Langsam küsst Rhys sich nach oben, streicht mit den Lippen über meinen Bauch, meine Brüste, was mich zum Zittern bringt, meinen Hals. Er legt sich neben mich, zieht mich in seine Arme und hält mich.

Und ich? Ich versuche, alle explodierten Teile von mir wiederzufinden. Allerdings befürchte ich, dass er ein paar von diesen nicht mehr hergeben wird.

19

BRINLEY

Seine Arme sind warm, seine Brust, gegen die er mich zieht, samtig und steinhart.

Plötzlich lache ich wieder auf, was mir komisch vorkommt.

»Was?«, fragt er.

»Boah, ich glaub ja nicht, dass dein Ego einen Schubs braucht …«

»Was soll das denn heißen?«

»… aber ich hab noch nie so einen krassen Höhepunkt erlebt.«

»Wie krass?«

Ich tätschele amüsiert seine Brust. »Verdammt krass. Ich dachte, es hört nicht mehr auf.«

Zufrieden sagt er: »Freut mich.«

Ich richte mich ein wenig auf, schaue ihm ins Gesicht. »Dein Ego ist jetzt dreitausend Kubikmeter groß, oder?«

Er wiegt den Kopf hin und her. »Eher zwanzigtausend.«

Lächelnd streichele ich seine Wange. »Es sei dir gegönnt.«

»So gut?«

»Ja, echt. Wie oft soll ich es noch sagen?«

»Ach, so vier-, fünfmal reichen.«

»Wars das schon?«

»Ich dachte, du brauchst erst mal ein bisschen Ruhe.«

»Was für ein Blödsinn. Nur Männer sind solche Memmen.«

Lachend dreht er uns, richtet sich auf, greift nach seinem Gürtel. Aber ich verscheuche seine Hände, öffne ihn selbst. Langsam folgen der Knopf und dann der Reißverschluss. Ich schaue ihm in die Augen, beiße mir auf die Lippe, als ich mit beiden Händen seine Jeans runterziehe. Sein Schwanz ist nur noch von seinen schwarzen Boxer Briefs bedeckt und ich kann nicht anders, als hinzusehen.

Ich lasse die Jeans Jeans sein, fahre mit dem Finger unter den Bund, was ihn tief einatmen lässt. Das ist wohl ein gutes Zeichen, schätze ich, taste mich weiter vor, bis ich die samtige Haut über einem harten Kern berühre.

»Du killst mich«, murmelt er, bemüht sich, stillzustehen, was ihm aber nicht so leichtfällt, wie es scheint. Er greift in seine Hosentasche, holt ein paar Gummis raus.

»Ach, da war aber jemand ganz schön von sich überzeugt«, scherze ich. »Und gleich so viele.«

»Die Nacht ist ja noch jung.« Er zieht meine Hand heraus, steht auf, zieht seine Jeans und die engen Boxer aus, nickt mir zu. »Zieh dein Höschen aus.«

»Tu du es doch.« Ich lehne mich zurück, hoffe, dass es lasziv aussieht und nicht dämlich, rekele mich ein wenig, während ich seinen Schwanz anstarre, der einfach perfekt aussieht. Gute Größe, gute Härte, guter Stand. Perfekt.

Rhys lässt sich wieder nieder, hakt seine Finger in den feinen Stoff meines Slips und zieht ihn herunter, langsam, o so langsam. Dann schmeißt er ihn der Strumpfhose hinterher, öffnet ein Päckchen, streift den Gummi über, schiebt meine Beine auseinander, küsst meine Klit, bevor seine Lippen meinen Bauch küssen, meinen Busen, meine Nippel. Er platziert sich zwischen meinen Schenkeln, die Spitze seines Schwanzes drückt gegen mich.

Seine wunderschönen braunen Augen finden meine. Ich umfasse sein Gesicht, will seinen Ausdruck sehen, wenn er in mich eindringt. Als es dann geschieht, bin ich nicht darauf vorbereitet, dass er so glücklich aussehen würde. Zitternd streichele ich seine Wangen, kann mich nicht sattsehen an der Wärme und Liebe auf seinen Zügen.

Langsam dringt er in mich ein, ich öffne meine Beine weiter, schlinge sie um ihn, presse meine Füße in die Rückseite seiner Oberschenkel.

»Du bist so verdammt perfekt«, haucht er gegen meine Lippen.

»Bist du selbst«, antworte ich, bevor ich mich ihm entgegenwölbe, damit er tiefer in mich rutschen kann.

Er schüttelt den Kopf, als würde er eines der Weltwunder anstarren. »Da täuschst du dich.«

Vorsichtig beginnt er, sich in mir zu bewegen, und ich gleiche meine Bewegungen an seine an. Rhys greift nach meiner Hand, die noch an seiner Wange liegt, verflicht unsere Finger, legt sie neben meinen Kopf, küsst mich, bevor er sein Tempo steigert.

»Du fühlst dich so gut an. Viel zu gut.«

»O ja«, kann ich ihm nur zustimmen, weil es sich einfach perfekt anfühlt. Ich mag da nicht ganz objektiv sein, aber ich hatte einfach noch nie so guten Sex. Nicht einmal ansatzweise. So wie jetzt steht es in Büchern, man sieht es in Filmen, aber man selbst denkt, dass es doch nie so gut sein kann, wie in der Fantasie von Autorinnen und Regisseurinnen. Bis dann so ein magischer Moment kommt. So einer wie jetzt.

Dreiunddreißig Jahre musste ich werden, bis ich endlich

verstanden habe, was Sex so geil macht. Vorher hatte ich entweder gedacht: »Joa, ganz nett«, oder: »Was soll der Hype?« Aber jetzt? Jetzt bin ich ein Fan.

Vielleicht ist das aber auch der entscheidende Unterschied: Gefühle.

Nie zuvor hatte ich Sex mit jemandem, der in mich verliebt ist. Und das eine Mal, als ich Sex mit jemandem hatte, in den ich verliebt war ... Na ja, das war eine ganz eigene Kategorie von schlecht.

Aber mit Rhys ... Ich habe es einfach schon viel zu oft gesagt, aber es ist so perfekt. Ich liebe es. So sehr.

Ich streichele seine Wange, bevor ich meine Hand in seinen Nacken lege, ihn an mich ziehe. Meine Lippen finden seine. Unser Kuss ist zärtlich, so liebevoll, dass es mir die Tränen in die Augen treibt.

Und dann zieht er das Tempo an. Sein Atem wird schneller, meiner passt sich an. Mein Herz möchte am liebsten aus meiner Brust springen. Ich spüre, wie alles in mir sich plötzlich so gut anfühlt. Oh ... Ob ich noch mal kommen kann? Ich dachte, das wäre nach dem ersten Höhepunkt nicht mehr möglich, aber mein Körper beweist mir gerade was anderes.

»Ich kann nicht mehr so lang«, murmelt er gegen meinen Mund.

»Noch ein bisschen.« Höre ich mich flehend an? Ich denke schon, aber es könnte sein, dass ich nach Orgasmen süchtig geworden bin.

Mit einem kleinen Lächeln lässt er meine Hand los, schiebt sie zwischen uns, umspielt meine Klit. Ich wölbe mich vom Boden, beiße mir auf die Lippen. Sein Mund umschließt meinen Nippel, knabbert leicht.

»O Gott«, stöhne ich.

Es geht so schnell, schneller als gedacht, bis ich erneut explodiere. Nur dieses Mal ist es noch besser, denn während ich wieder zu mir komme, stöhnt Rhys plötzlich auf. Seine Bewegungen werden hektisch, er stößt tief in mich, bevor er seinen Kopf in den Nacken legt, die Adern an seinem Hals hervorkommen, er die Zähne aufeinanderbeißt und ebenfalls kommt.

Er zuckt leicht, bevor er seinen Kopf auf meiner Brust ablegt.

Ich streichele über seine kurzen, dunklen Haare, seinen Nacken, seine Schultern. Das größte Lächeln macht sich auf meinem Gesicht breit. Gott, wie fantastisch war das, bitte? Davon nehme ich noch ganz viel. Unendlich viel.

———

Irgendwann bewegt sich Rhys wieder, wird den Gummi los, bevor er mich hochhebt, auf die Arme nimmt und ins Schlafzimmer bringt, wozu ich die Wegbeschreibung geben muss. Und dann beweist er mir, dass es nicht falsch war, mehrere Kondome dabei zu haben.

———

Am nächsten Morgen überrascht mich eine neue Erkenntnis. Es gibt nichts Schöneres, als in den Armen eines Mannes aufzuwachen. Das habe ich auch noch nie erlebt.

RHYS

Als ich aufwache, atme ich ihren Duft ein, spüre ihren Körper in meinen Armen liegen, höre ihren tiefen Atem. Es hat ein bisschen gedauert, bis ich eingeschlafen bin, weil ich es einfach nicht fassen konnte, dass ich wirklich in ihrem Bett war.

So lange hatte ich davon fantasiert, auch dann noch, als ich sie eigentlich gehasst habe, oder sagen wir besser: Als ich mir eingeredet habe, sie zu hassen. Aber wahr war es nie, das haben mir die letzten Tage bewiesen.

Schließlich bin ich eingeschlafen, ohne sie auch nur eine Sekunde loszulassen. Und ich will das auch nie mehr tun.

Das Aufwachen war fast noch besser, weil sie immer noch so lag wie beim Einschlafen, als wäre es für sie die perfekte Schlafposition. Scheißegal, dass mein Arm eingeschlafen ist. Das ist es wert.

Sie bewegt sich langsam, ich wünschte, ich könnte ihr Gesicht sehen, wenn sie die Augen öffnet. Aber das kann ich leider nicht, weswegen ich auf den Moment hoffe, an dem sie sich umdreht. Sie lässt mich nicht lange warten, streicht sich die Haare aus der Stirn, als sie sich dreht.

»Morgen«, sagt sie mit so einem strahlenden Lächeln, dass mir der Atem stockt. So will ich von nun an immer aufwachen. Mit ihrem lieben Gesicht, ihrem zärtlichen Blick und einem Megawattlächeln, das mir sagt, dass ich alles richtig gemacht habe.

Besser ist nur der sanfte Kuss.

»Ich muss mir die Zähne putzen«, murmelt sie und presst die Lippen aufeinander.

Ich drehe sie auf den Rücken, schiebe mich auf sie, greife nach dem letzten Gummi, der noch auf dem Nachttisch neben all den aufgerissenen Päckchen liegt. Ein wenig fragend sehe ich sie an, will ihr nichts aufdrängen, was sie nicht möchte. Aber sie grinst und rekelt sich verführerisch.

Das heißt wohl Ja.

Ich streife mir den Gummi über, positioniere mich zwischen ihren Beinen, bevor ich meine Hand zwischen uns schiebe, ihre Klit umspiele, bis ihr Atem schneller wird und sie ihre Finger in die Bettdecke krallt.

Erst dann dringe ich langsam in sie ein, schaue ihr dabei ins Gesicht, sehe, wie sich ihre Nasenflügel ein wenig weiten, ihre Mundwinkel nach oben gehen, ihre Wimpern flattern. Sie ist immer wunderschön, aber jetzt hier in den Morgenstunden, in denen das Licht nur sanft durch die Fenster fällt, wo sie noch ganz warm und zerzaust vom Schlaf ist, ist sie atemberaubend. Ich habe den Sex mit ihr bisher geliebt, aber das hier ist für mich der Moment, der es zementiert. So intim, so liebevoll, so wir. Und ich kann nur hoffen, dass es für sie ebenso ist.

Sie hebt ihre Finger, umfasst mein Gesicht, was sich so wunderbar anfühlt, dass ich die Augen schließe und versuche, mich gleichzeitig in beide Handflächen zu schmiegen. Es ist einfach gerade so perfekt.

Und als sie kommt, wird es noch ein bisschen besser.

Wir duschen zusammen, wir laufen zusammen zum Platz, an dem sich die Geschäfte tummeln. Sie geht schon in ihren Laden, während ich noch kurz bei Nana was zum Frühstücken kaufe. Aber eigentlich will ich sie noch gar nicht verlassen. Nicht heute. Nicht nach dieser Nacht.

»Ist es wahr?«, begrüßt mich Nana. »Du und die kleine Davenport?«

Wenn es nach mir ginge, würde ich auf den Kirchturm steigen und es laut herausposaunen, dass Brinley endlich zu mir gehört. Aber da ich nicht weiß, wie sie das finden würde, gebe ich mich ein wenig ... nun ja ... wortkarg.

»Kein Kommentar.«

Sie funkelt mich an. »Rhys Jacobson, ich hab immer die Schrammen an deinen Beinen versorgt, wenn du in Shorts über den Platz gefegt bist.«

Ich lache auf. »Dafür danke ich Ihnen sehr.«

Sie verschränkt die Arme. »Aber du rückst keine Informationen raus?«

»Keine einzige. Sie wissen doch, Gentlemen genießen und schweigen.«

»Hm, also gibt es da was zum Genießen?«

Oh, sie ist gerissen.

»Kein Kommentar. Aber wenn Sie wissen, was sie am liebsten isst, packen Sie mir das gerne ein.«

Ein Leuchten geht über Nanas Gesicht. »Aha! Okay, da kann ich helfen. Brinley liebt diese Plunderteilchen mit Streusel.«

Sie packt sie mir ein, versucht, mich nach weiteren Infos auszuhorchen, aber ich habe schon mehr gesagt, als ich eigentlich wollte. Mist.

Dann mache ich noch einen kleinen Abstecher in den Supermarkt, um Belag für unser Brot zu kaufen, bevor ich das erste Mal als … ja … als was denn? Als ihr Freund? Ihr Lover? Ihr Partner? Als irgendwas Neues jedenfalls … ihren Laden betrete. Die Klingel war mir früher immer feindlich gesonnen, hatte ich den Eindruck, aber jetzt ist ihr Gebimmel geradezu freundlich.

Brinley sieht auf und das Strahlen auf ihrem Gesicht macht mich sprachlos. So angesehen zu werden, noch dazu von ihr, macht mich verdammt emotional. Es hat unglaublich lange gedauert, an diesen Punkt zu kommen, und ich bin unendlich dankbar.

Ich trete zu ihr, zu der kleinen Sitzecke, umarme sie, vergrabe mein Gesicht in der Kuhle zwischen Hals und Schultern, atme sie ein.

Sie lacht auf. »Das kitzelt.«

»Da musst du durch.«

»Okay. Geht klar.«

Ein kleiner Kuss, bevor wir uns hinsetzen, und ich ihr die Tüte mit dem Brot reiche.

»Hast du auch Plunderstücke?«

Ich gebe ihr die andere Tüte. »Ich dachte, die sind vielleicht zum Nachtisch.«

Sie sieht mich an, als wäre ich verrückt geworden. »Man muss das Beste als Erstes essen, wenn man dann nämlich keinen Hunger mehr hat, hat man nichts verpasst.«

Grinsend antworte ich: »Beeindruckende Logik. Ich spar mir das Beste immer bis zum Schluss auf.«

»So ein Blödsinn. Und wenn du dann nicht mehr kannst? Dann muss es liegen blei…« Sie bricht ab, schaut auf die Packung, die ich in den Händen halte. »Was ist das?«

Überrascht blicke ich nach unten. »Ähm, Käse.«

»Oh, nein, das ist kein Käse! Das ist eine industriell gepresste und gefärbte Mogelpackung!«

Ein wenig erschrocken über die Vehemenz in ihrer Stimme frage ich: »Magst du keinen Käse? Ich hab auch …«

Sie winkt ab. »So was essen wir nicht. Uns kommt nur richtiger Käse auf den Tisch.« Sie grinst, was mich beruhigt. »Everett ist da ziemlich eindeutig, dass er uns die Freundschaft kündigt, wenn wir so einen Scheiß essen.«

»Oh, okay, das hatte ich nicht bedacht.« Ich schaue auf den unschuldig aussehenden Käse in seiner Plastikverpackung. »Aber ich mag den.«

»Lass das Everett nicht hören. Dann bekommst du einen fünfstündigen Vortrag, wieso das in deinen Händen nichts Gutes ist.« Sie beißt vergnügt in ihr Teilchen.

Ich lege die Packung weg. »Okay, dann nicht. Ich will mich schließlich nicht unbeliebt machen.«

Die Tür klingelt und wir sehen auf. Die Bürgermeisterin steht in der Tür. »Ich will gar nicht stören …«, sagt sie, als sie mich erblickt.

Brinley verdreht die Augen. »Natürlich nicht.«

»Willst du sagen, ich kann meine Tochter nicht ganz spontan an einem beliebigen Tag in ihrem Laden besuchen?« Sie kommt zu uns. Cheryl Davenport ist eine beeindruckende Frau. Jedes Mal, wenn ich sie sehe, weiß ich ganz genau, wieso sie an der Wallstreet so erfolgreich war, und wieso sie seit Jahren unangefochten die Bürgermeisterin ist.

»Doch, natürlich, aber es ist ein verdächtiger Zeitpunkt«, entgegnet Brinley amüsiert.

Die Bürgermeisterin legt sich die Hand auf die Brust, reißt die Augen auf. »Ein verdächtiger Zeitpunkt? Oh, das schmerzt mich. Ich hab sechzehn Stunden in den Wehen mit dir gelegen. Sechzehn! Da gibt es keine verdächtigen Zeitpunkte.«

»Fein, gibt es nicht.«

»Hallo, Rhys«, sagt sie und plötzlich spüre ich ihre ganze Aufmerksamkeit auf mir.

Ich springe auf. »Äh, hallo, Ma'am.«

Brinley platzt mit einem lauten Lacher heraus. »Ma'am? Hast du sie wirklich Ma'am genannt?« Sie kann sich kaum halten vor Lachen.

Auch ihre Mom schmunzelt. »Der Junge weiß eben noch, was sich gehört.«

»Ja, klar. Ma'am!« Ich schaue zu ihr, schüttele den Kopf, weil sie doch eine verrückte Hexe ist. Aber ich mags. Ich würde es noch mögen, wenn ihr plötzlich eine fiese Warze auf der Nase wachsen würde.

»Ihr frühstückt also«, sagt die Bürgermeisterin in einem eindeutigen Tonfall.

Brinley greift nach meiner Hand. »Lauf. Ich mein das ernst. Lauf!«

Einen Augenblick zögere ich noch, aber dann greife ich nach meiner Jacke, beuge mich zu ihr, küsse sie, nicke ihrer Mom zu, bevor ich aus dem Laden fliehe.

War sowieso gutes Timing, schließlich muss ich zur Arbeit.

BRINLEY

Ich schaue meine Mom an. »Echt jetzt?«

»Ich weiß gar nicht, was du willst. Ich mach doch nie was. Aber gut, dass du ihn weggeschickt hast.« Sie setzt sich auf den frei gewordenen Sessel. »Erzähl mir alles.«

»Ich bin erstaunt, dass du heute erst vorbeikommst.«

Sie winkt ab. »Ach, weißt du, die ersten Gerüchte waren noch nicht ernst zu nehmen, aber dass er dir heute Frühstück gekauft hat ...« Ihr Blick fällt auf den Käse. »Lass das deinen Bruder nicht sehen.«

»Hat Nana dich direkt angerufen, oder was?«

Sie sieht mich vollkommen unschuldig an. »Eine Freundin darf doch mal zwischendurch anrufen.«

»Ist klar.«

Mom beugt sich vor. »Also, was läuft da zwischen euch? Ist das was Ernstes? Muss es ja, sonst würdest du das nicht so vor aller Welt zelebrieren.«

»Ich zelebriere doch nichts!«

»Ihr habt euch jetzt drei Tage hintereinander gesehen, ihr lauft Händchen haltend durch die Stadt, küsst euch überall ...«

»Okay, vielleicht hast du recht. Aber wir hatten gestern erst unser zweites Date.«

»Schon klar, beim ersten Mal habt ihr noch so getan, als würdet ihr euch ignorieren.«

Ich ziehe die Augenbrauen hoch. »Hast du überall deine Spione?«

Sie lacht auf. »In dieser Stadt passiert nichts, ohne dass ich davon erfahre.«

»Das hört sich mehr nach Mafia an als nach Bürgermeisterin.«

»Ein bisschen von beidem.« Sie steht auf, geht zur Kaffeemaschine und schenkt sich eine Tasse ein.

»Ich möchte auch noch ein bisschen.« Sie bringt die Kanne mit, schüttet mir das flüssige Lebenselixier ein. »Es ist auch noch ein Teilchen da, falls du noch nicht gefrühstückt hast.«

»Nur ein kleines Stückchen.« Es wird sowieso das Ganze, weil niemand Nanas Backkünsten widerstehen kann. »Also erzähl mal.« Sie setzt sich wieder hin.

»Es ist alles noch ganz frisch, deswegen gibt es nicht viel zu erzählen.«

»Aber Rhys? Ich mein, der Junge war schon immer in dich verliebt, aber du wolltest doch seinen Bruder.«

Da ich schon aufgegeben habe, zu denken, dass ich in irgendeiner Weise Geheimnisse vor meiner Familie haben kann, zucke ich einfach nur mit den Schultern. »Isaac wollte mich halt nicht.«

»Und da nimmst du den Nächstbesten?« Mom redet nie um den heißen Brei herum.

Seufzend antworte ich: »Nein. So ist es nicht, glaub ich zumindest. Das mit Isaac ... Na ja, das ist jetzt nicht gut zu Ende gegangen. Um ehrlich zu sein, ist was passiert, was mich sehr erschüttert hat, und es war dann einfach so, als wäre ein Schleier gelüftet worden. Als könnte ich plötzlich hinter meine krankhafte Obsession blicken.«

Sie lächelt. »Ich konnte Isaac nie leiden.«

»Wieso nicht? Und wieso hast du nichts gesagt?«

»Er hat so was Verschlagenes, als würde er immer auf seinen eigenen Vorteil bedacht sein. Solche Jungs eignen sich nicht als Partner. Man braucht einen selbstlosen Mann.« Sie lächelt versonnen und ich weiß, dass sie an Dad denkt. »Und ich hab nie was gesagt, weil du dir deine eigenen Freunde aussuchen darfst, natürlich. Damals wart ihr noch so jung, niemand konnte wissen, in welche Richtung ihr euch entwickelt.«

»Hm.« Ich kaue auf meiner Wangentasche. »Und Rhys?«

»Willst du meinen Segen?«, scherzt sie.

»Irgendwie.«

Sie seufzt. »Rhys Jacobson ist das genaue Gegenteil seines Bruders. Ich könnte mir keinen Besseren für meine Tochter wünschen.«

»Wieso hab ich es nie gesehen?«

Mom zuckt mit den Schultern. »Weil du es nicht sehen wolltest.«

Ich denke noch über diesen Satz nach, nachdem sich Mom verabschiedet hat. Ich wollte nicht sehen, wie toll Rhys ist, denn dann hätte ich wahrscheinlich schon früher gemerkt, wie blöd Isaac ist. Ich habe mich selbst verarscht. Na toll, Brinley. Gut hinbekommen.

20

BRINLEY

Es klopft an meiner Tür und ich lächele schon, als ich in den Flur gehe, um aufzumachen. Rhys hatte mich mittags noch angerufen, um zu fragen, ob ich nach dem Gespräch mit Mom noch lebe. Er ist echt süß. Da hat er dann auch gefragt, ob ich ihn heute wiedersehen will. Und ja, will ich.

Schwungvoll reiße ich die Tür auf, ein Hallo schon auf den Lippen, als ich erstarre.

Es ist nicht Rhys.

»Hey, Brin«, sagt Isaac ein wenig zögerlich. »Wen hast du denn erwartet? Ich dachte, so begrüßt du sonst nur mich, aber du wusstest ja nicht, dass ich komme.«

Fassungslos starre ich ihn an. »Was machst du hier?«

»Interessante Geschichte. Darf ich reinkommen?«

Es muss ein Moment geistiger Umnachtung sein, denn ich lasse ihn tatsächlich eintreten. Er geht voraus ins Wohnzimmer, klatscht sich auf die Couch, als wäre es sein gutes Recht.

»Hast du ein Bier?«

Ich schüttele den Kopf. »Wasser oder Wein von Troy.«

»Dann nichts. Jetzt, wo ich wieder da bin, musst du mal den Kühlschrank wieder aufstocken.«

Ich lehne mich mit verschränkten Armen an den Türrahmen. »Du bist wieder da?«

Er nickt. »Komm doch zu mir.« Er klopft mit der Hand auf die Couch neben sich.

»Ich steh lieber.«

Einen Augenblick wirkt er irritiert, aber dann glättet er sein Gesicht wieder. Geschmeidig steht er auf, kommt zu mir, stellt sich vor mich, legt seine Hände an meine Oberarme. »Willst du wissen, wieso ich zurück bin?«

Ich wünschte, ich würde Nein sagen, aber ich nicke und kann es nicht einmal begreifen, weil es mir doch egal sein könnte.

»Wegen dir.«

»Wegen mir?«, frage ich ungläubig.

Er streichelt meine Arme. »Ja, wegen dir. Ich ... na ja, ich hab dich vermisst. Wirklich sehr. Und Lily konnte da nicht mithalten.«

»Lucy.«

»Wie bitte?«

»Die Frau, mit der du die letzte Woche verbracht hast, heißt Lucy.«

»Ist doch egal. Wichtig sind doch nur wir beide.«

»Oh, entschuldige, es war offen«, höre ich da plötzlich neben mir. Mein Kopf schnellt rum. Rhys. Er sieht mich nicht an, schaut auf die Stelle, an der Isaac meine Arme berührt. Mist. Mist. Mist. »Aber offensichtlich bin ich hier fehl am Platz.«

Seine Worte sind bitter und er schaut mir nicht einmal in die Augen.

Ich drücke Isaac von mir, gehe zu ihm, will es ihm erklären. Aber er dreht sich um, marschiert aus dem Flur, knallt meine Haustür hinter sich zu. Perplex bleibe ich stehen, schaue ihm nach.

Hinterher.

Ein einziges Wort ruft mir die kleine Stimme zu und ich setze mich in Bewegung.

»Warum war er hier?«, fragt Isaac und stoppt mich.

Ich drehe mich um. »Das geht dich nichts an.«

»Wie bitte? Ich schütte dir hier mein Herz aus und du fickst meinen Bruder? Das ist doch wohl nicht dein Ernst!« Wütend funkelt er mich an, greift nach meinem Arm, zieht mich an sich.

»Du tust mir weh!«, fauche ich, versuche, mich zu befreien.

»Fickst du ihn?« Er sagt das so voller Zorn, dass ich Angst bekomme.

»Lass mich los!«

»Fickst du ihn?« Speicheltropfen fliegen aus seinem Mund, treffen mein Kinn. Er umfasst auch noch meinen anderen Arm, zieht mich eng an sich.

»Das geht dich nichts an! Du hast keinerlei Recht auf mich!«

»Und ob ich das hab! Ich hab dir meine Gefühle gestanden und du willst mich wegwerfen. FICKST DU IHN?« Sein Brüllen geht mir durch Mark und Bein.

Tränen treten mir in die Augen. Auch wenn mich unsere gemeinsame Vergangenheit viel gelehrt hat, damit hätte ich niemals gerechnet. Aber es geht immer noch schlimmer.

»Ja«, sage ich leise.

Isaac schubst mich gegen die Wand, presst seinen Körper gegen meinen. »Dann werd ich ihn aus dir rausficken.«

Panik durchflutet mich und ich schreie so laut, wie ich kann, um Hilfe, aber auch einfach so, und dann … Bäm.

Seine Faust kracht in mein Gesicht und ich taumele zur Seite, komme auf den Knien auf.

»Du gehörst mir! Niemand fickt dich. Ist das klar?« Er greift in meine Haare, zieht mich nach oben. So wütend habe ich ihn noch nie gesehen.

RHYS

Sprachlos. Ja, das beschreibt es ganz gut. Ich bin so unglaublich sprachlos, als ich Brinley mit Isaac sehe. Er hat sie angefasst! Und noch schlimmer, sie hat es zugelassen. Hat ihr das alles gar nichts bedeutet? Habe ich mir etwas eingebildet?

Ich greife mir mit beiden Händen an den Kopf, stöhne frustriert auf, weil ich mir so viel erhofft habe und nur wieder enttäuscht werde. Vielleicht hätte ich es wissen müssen. Sie hat so lange auf meinen Bruder gestanden, das ändert sich doch nicht in Tagen! Fuck!

Ich bin ein Idiot. Und naiv. Und ein echter Trottel.

Dass ich mir tatsächlich gedacht habe, dass sie sich für mich interessieren könnte. Nach all den Jahren. Da war wohl der Wunsch der Vater des Gedankens. Wie ausgesprochen dämlich.

Hat sie nur mit mir gespielt? War ich nur ein Lückenbüßer?

Aber wieso hat sich das dann so echt angefühlt?

Sie hat gut geschauspielert. Richtig gut. Ich bin drauf reingefallen, habe mir Hoffnungen gemacht. Aber ich konnte auch gar nicht anders. So lange habe ich von ihr geträumt, dass ich keinerlei Verteidigung gegen sie hatte, als sie sich schließlich mir zuwandte. Trotzdem hätte ich es wissen müssen. Hätte zumindest ahnen müssen, dass sie es nicht ernst meint.

Die Erkenntnis trifft mich wie ein Schlag. Zum ersten

Mal in meinem Leben weiß ich, wie sich ein gebrochenes Herz anfühlt. Vorher war es anders. Da war ich nur traurig, dass sie meine Gefühle nicht erwiderte, aber mit dieser Scharade hat sie mir das Herz in tausend Teile gebrochen.

Ich lehne mich an eine Wand, lasse den Kopf sinken, kann nicht mehr weitergehen, muss mich zusammenreißen, damit ich nicht in die Knie gehe. Brinley hat mich wirklich getroffen.

»Hilfe, Hilfe«, dringt da plötzlich durch meinen Schmerz.

Ich schaue auf, sehe, wie Brinleys Nachbarin aus dem Haus läuft. Als sie mich sieht, ruft sie: »Rhys! Rhys! Hilf ihr!«

Einen Augenblick verstehe ich nicht, was sie meint, aber sie zeigt auf Brinleys Haus.

Ich richte mich auf, eine Sekunde noch nicht ganz begreifend, bevor ich losrenne.

»Sie braucht Hilfe!«, ruft die Nachbarin, als ich an ihr vorbeihetze, die Stufen zur Veranda in einem Satz nehme und die Tür aufreiße.

Schon als ich reinkomme, sehe ich es. Isaac zieht Brinley an den Haaren, hat die Hand erhoben. Ich werde nicht schnell genug sein, um den Schlag zu verhindern, auch wenn ich plötzlich mit Lichtgeschwindigkeit den Flur runtereile.

»FASS SIE NICHT AN!«, schreie ich wütend.

Er sieht auf, lässt seine Hand sinken, sieht ertappt aus, dann ängstlich. Und das sollte er auch sein. Ich bringe ihn um. Darauf kann er Gift nehmen.

Isaac lässt sie los, weicht zurück, hebt die Hände beschwichtigend.

Ich stoppe ab, trete über Brinley, werfe ihr einen Blick zu, sehe, dass sie weint, aber sie lebt.

»Hey, es ist nicht so, wie es aussieht.«

»Oh, es ist ganz genau so, wie es aussieht«, knurre ich, balle die Fäuste.

»Rhys«, haucht Brinley hinter mir.

Ich drehe mich um, schaue zu ihr.

»Pass auf!«, ruft sie dann plötzlich mit geweiteten Augen.

Wie in Zeitlupe wende ich mich erneut meinem Bruder zu, aber zu spät. Viel zu spät. Ich kann gerade noch den Arm heben, während er mit der massiven Schale, die auf dem Tisch als Deko steht, auf mich einschlägt. Ich gehe in die Knie, Schmerz zuckt durch meinen Arm. Fuck. Aber es geht um Brinley. Ich muss sie beschützen.

Ich stürze mich auf seine Mitte, bringe ihn aus dem Gleichgewicht und gemeinsam fallen wir in den Couchtisch, der durch die Wucht zerbirst. Schnell richte ich mich auf, während Isaac stöhnt. Krachend donnere ich ihm meine Faust ins Gesicht, einmal, zweimal. Er wirkt benommen, macht keine Anstalten, sich zu verteidigen. Ich lasse von ihm ab, auch wenn es mir schwerfällt. Aber wie sollte ich Mom erklären, dass ich meinen Bruder getötet habe?

Schwer atmend knie ich neben ihm, will ihm nicht wieder den Rücken zudrehen, aber ich will auch wissen, wie es Brinley geht.

»Rhys?« Sorge ist in ihrer Stimme. »Geht es dir gut?«

Erleichterung breitet sich in mir aus, weil es ihr offensichtlich nicht allzu schlecht geht.

Ich nicke, auch wenn mein Arm echt wehtut, aber das will ich nicht zugeben. Zumindest nicht jetzt. Vielleicht ist es falscher männlicher Stolz, kann sein. Aber ich will in diesem Moment nicht schwach wirken, will ihr das Gefühl von Sicherheit vermitteln. So unbedingt.

»Brinley, geht es dir gut?«, fragt ihre Nachbarin von der Tür.

»Ja, Mrs. Thompson. Alles in Ordnung.«

»Ich hab den Sheriff gerufen.«

Ich schließe die Augen. Natürlich ist es richtig. Natürlich hat Isaac es verdient. Aber er ist auch mein kleiner Bruder ... Trotzdem. Es ist richtig. Isaac hat Brinley verletzt und das werde ich ihm niemals verzeihen. Niemals.

»Danke, aber das war doch nicht nötig ...« Brinley hört sich ebenso zwiegespalten an, wie ich mich fühle.

Isaac presst stöhnend die Hände vors Gesicht. »Du hast mir den Kiefer gebrochen, Mann!«, beschwert er sich.

»Wenn du noch so gut reden kannst, ist das unwahrscheinlich.« Ohne ihm den Rücken zuzudrehen, stehe ich auf, gehe zu Brinley. »Alles okay?«, frage ich sie.

Mit Tränen in den Augen nickt sie. »Und bei dir?«

»Mir gehts gut.« Was wohl die schlimmste Lüge ist, die ich ihr je erzählt habe.

Sie nickt zu Isaac. »Was sollen wir mit ihm machen?«

Ich seufze. »Das wird der Sheriff entscheiden.« Ich schaue zu Mrs. Thompson. »Danke für Ihre Hilfe. Danke, dass Sie mich geholt haben.«

»Gott sei Dank warst du in der Nähe.« Sie sieht auch sehr mitgenommen aus, was nur verständlich ist, schließlich erlebt man nicht jeden Tag eine Prügelei zwischen zwei Brüdern.

Mit der Hand des unverletzten Arms umfasse ich Brinleys Wange, vorsichtig, um ihr nicht wehzutun. »Es tut mir so leid. Wenn ich gewusst hätte ...«

»Du kannst nichts dafür. Danke, dass du gekommen bist. Und es hatte nichts zu bedeuten, wirklich nicht. Ich ... Du ... Ich will ihn nicht.«

»Wen willst du dann?«

Rhys ist zurückgekommen. Obwohl er gedacht hat, dass ich … was ich aber nie würde! Ich würde mich niemals wieder für Isaac entscheiden und wenn er der letzte Mensch auf Erden wäre. Das würde für mich einfach nicht mehr funktionieren, weil er alles kaputt gemacht hat.

Und außerdem ist da jetzt Rhys … Und weil er da ist, kann ich nichts mehr mit überhaupt jemandem anfangen. Nicht mit seinem Bruder, mit niemandem. Mein Herz würde das nicht mehr mitmachen. Das hat sich entschieden.

Aber er ist zurückgekommen. Für mich.

Ich hoffe, dass er das nicht nur für jeden getan hätte – obwohl ich das weiß –, sondern auch ganz speziell für mich, weil er nicht will, dass mir etwas zustößt. Weil er doch nicht so wütend war, dass er mich vergessen hätte.

»Wen willst du dann?«, fragt er mich.

Und die Antwort ist so klar. »Dich. Nur dich. Niemanden als dich.«

Ein kleines Lächeln zieht an seinem Mundwinkel, bevor es größer wird, strahlender. Ich schlinge meine Arme um seinen Hals, drücke mich gegen ihn. Er stöhnt auf.

Schnell löse ich mich, schaue ihn an. »O nein, der Arm?«

Er nickt zögerlich.

Bevor ich ihn bemuttern kann, kommt der Sheriff ins Haus, wirft einen Blick auf Rhys und seinen lädierten Arm und auf Isaac und sagt in sein Funkgerät, dass wir medizinische Hilfe brauchen.

Mrs. Thompson übernimmt die erste Information des Sheriffs, wofür ich ihr dankbar bin.

»Du bist zurückgekommen«, hauche ich leise.

»Es tut mir leid, dass ich überhaupt gegangen bin. Ich

war ... ich war verletzt, aber wenn ich gewusst hätte ... Wenn ich gewusst hätte, dass du es gar nicht willst, dann wäre ich nie gegangen. Verzeih mir.«

»Da gibt es nichts zu verzeihen.« Und das meine ich auch so. Ich hätte ebenfalls die falschen Schlüsse gezogen, wenn da plötzlich eine andere Frau gewesen wäre. Eine, die ihn angefasst hätte. Eine, in die er mal verliebt gewesen wäre. Es ist viel zu leicht, sich Dinge einzubilden.

Er lächelt, aber kann nicht mehr antworten, bevor wir dem Sheriff Rede und Antwort stehen müssen. Es kommt der Krankenwagen, der Isaac mitnimmt, obwohl er sich mittlerweile schon aufgerichtet hat und viel zu gut dafür aussieht, dass er mich verprügeln – und mehr – wollte. Aber auch Rhys wird ins Krankenhaus gebracht, weil der Arzt glaubt, dass sein Arm gebrochen ist.

Das schlechte Gewissen meldet sich. Er hat mich nicht nur beschützt, sondern beinahe eine Kugel für mich abgefangen. So ungefähr jedenfalls.

»Brinley, jetzt erzähl mir mal, was passiert ist.«

So ist das, wenn man beim Sheriff auf dem Schoß saß, als man vier war. Dann kennt er deinen Namen und guckt dich liebevoll an.

Ich wiederhole, was ich schon im Beisein von Rhys gesagt habe, aber dieses Mal füge ich Details ein, die ich weggelassen habe, um kein Blutbad auszulösen. Jetzt kann ich dem Sheriff einfach die Wahrheit sagen. Dass ich Angst hatte, dass er mir noch schlimmere Gewalt antun würde. Der Sheriff nickt, fragt mich, ob ich Anzeige erstatten will, was ich nicht beantworten kann. Auf der einen Seite denke ich, dass Isaac zur Rechenschaft gezogen werden muss, aber gleichzeitig ... Nun ja, er war mal mein bester Freund ... Und er ist immer noch Rhys' Bruder ... Mache ich alles mit ihm kaputt, wenn ich seinen Bruder ins Gefängnis werfen lasse?

Und was ist mit Mrs. J? Sie wird mir das nie verzeihen. Das weiß ich. Obwohl sie die Fehler ihrer Kinder kennt, ein strenges Regiment führt, würde sie doch nicht wollen, dass einem von ihnen etwas passiert. Und wenn ich dafür verantwortlich wäre ...

»Kann ich mir das noch überlegen?«, frage ich den Sheriff.

»Man darf das diesen Typen nicht durchgehen lassen, auch dann nicht, wenn man sie kennt. Gerade dann nicht. Aber du kannst einfach in den nächsten Tagen aufs Revier kommen und deine Aussage machen. Oder auch nicht. Allerdings wird es dir niemand danken, wenn du es nicht machst.« Er drückt meine Schulter, sieht mich ernst an.

»Ich muss erst mit ... hm, mit Rhys reden.«

Er nickt verständig. »Hab gehört, dass er dir Frühstück bei Nana besorgt hat.«

Ich verdrehe die Augen. »Kleinstädte.«

Er lächelt. »Beste und schlechteste Seite.« Sein Blick ist besorgt. »Soll ich dich zum Arzt bringen?«

Ich schüttele den Kopf. »Nein, das ist alles nicht so schlimm.«

»Leg ein Kotelett aufs Auge.«

»Mach ich, danke.«

Er nickt zu Mrs. Thompson. »Haben Sie ein Auge auf sie?«

Sie nickt eifrig. »Das hab ich immer.«

Und es stimmt. Zum zweiten Mal hat meine neugierige Nachbarin Hilfe geholt, als ich sie brauchte. Dafür werde ich ihr ewig dankbar sein.

»Soll ich deine Mom anrufen?«, fragt er noch.

Ich schüttele den Kopf. »Ich meld mich bei ihr.«

»Alles klar. Dann hoffe ich, dass wir uns bald sehen.« Er nickt mir zu, tippt sich noch einmal an den Hut, bevor er geht.

»Kann ich noch was für dich tun, Brinley?«, fragt Mrs. Thompson.

Ich schüttele den Kopf. »Nein, aber ich danke Ihnen so sehr, dass Sie Rhys geholt haben. Ich weiß nicht ...«, ich schlucke, weil mir wieder die Tränen kommen, »was sonst passiert wäre.«

Sie tätschelt meinen Arm. »Wir müssen aufeinander aufpassen. Wenn was ist, meld dich. Hast du ein Kotelett?« Ich schüttele den Kopf. »Dann bring ich dir noch eins vorbei. Ruh dich aus.«

Ich nicke, schaue über das Chaos, das einmal mein Wohnzimmer war. Bis Mrs. Thompson zurück ist, reiße ich mich am Riemen. Als sie wieder geht, folge ich ihr zur Haustür, schließe hinter ihr ab, gehe zwei Schritte, bevor ich an der Wand hinabsacke und weine. Damit hätte ich nie gerechnet. Dass Isaac mich mal physisch verletzt ... Oder überhaupt jemanden. Das kommt mir absolut unwahrscheinlich vor. Doch genau das ist passiert.

Aber das Schlimme ist gar nicht, dass er mich geschlagen hat, obwohl das echt wehgetan hat. Das Schlimme ist der Vertrauensverlust. Bisher wurde ich noch nie geschlagen. Nicht von meinen Eltern, nicht von meinen Brüdern, von niemandem. Deswegen war ich mir immer so sicher. So sicher, dass niemand mir etwas anhaben kann. Natürlich wusste ich, dass es passieren kann. Ich habe schließlich nie meine Augen vor der Realität verschlossen, habe Nachrichten gesehen, gewusst, was in der Welt vor sich geht. Aber ich dachte wirklich, dass ich geschützt bin. Hier im kleinen Guerneville, wo noch alles in Ordnung scheint.

Klar gibt es hier auch schlimme Dinge. Der kleine Morris hat mal den Supermarkt ausgeraubt und dabei Süßigkeiten für fünf Dollar erbeutet.

Aber natürlich weiß man nicht, was hinter verschlossenen Türen vor sich geht. Jedes Mal, wenn Leute aus der Öffentlichkeit in ihre Privatsphäre treten, könnten schlimme Dinge passieren und niemand wüsste es. Wie einfach ist es, etwas zu verbergen. Vielleicht nicht so leicht wie in der Anonymität der Großstadt, denn schließlich sind hier alle neugierig, aber dennoch ist es viel zu einfach, sein eigenes Süppchen zu kochen, verborgen von den Blicken der Nachbarn.

Ich lehne meinen Kopf gegen die Wand, umfasse mich mit den Armen, ziehe meine Beine an, versuche, mir selbst ein wenig Trost zu spenden.

Wie soll ich jetzt normal weiterleben? In dem Wissen, dass böse Dinge nicht nur irgendwo passieren, sondern direkt in meinem eigenen Wohnzimmer. Wie kann ich mich sicher fühlen?

In mir taucht eine Antwort auf, eine, die ich nicht hören will, der ich nicht glauben will.

Nein, das würde so vieles verkomplizieren.

Und ich müsste ihn vorher fragen.

Aber eigentlich ist es klar. Es ist eindeutig, was ich tun muss.

Ich muss Isaac anzeigen. Muss ihm deutlich machen, dass ich mir so was nicht gefallen lasse, dass sein Verhalten Konsequenzen hat. Aber was wird Rhys dazu sagen, wenn ich seinen Bruder hinter Gittern bringe? Wird das unserer aufblühenden ... ja, was? ... Liebe, Beziehung? ... einen Dämpfer verpassen?

Aber sollte das nicht egal sein? Ich kann doch nicht anfangen, mein Leben nach jemand anderem zu richten. Dann sollte ich lieber Single bleiben. Sicher muss man Kompromisse schließen, aber ein paar Grundlagen sollten doch nicht verhandelbar sein. Wie, dass man jemanden anzeigt, wenn er einen angreift.

Oder bilde ich mir hier einfach etwas ein? Vielleicht ist

zwischen mir und Rhys gar nichts mehr. Vielleicht verzeiht er mir nicht, dass ich Isaac nicht sofort von mir geschoben habe.

Wieso eigentlich nicht?

Zu meiner Verteidigung kann ich nur sagen, dass ich einfach so perplex war. Und eventuell hat mein Körper mich auch betrogen. Weil ich mir früher nichts mehr gewünscht habe als das. Dass er mir nah kommt, dass er mich berührt. Es war wie eine Erinnerung, die dann doch noch wahr wurde.

Nur ... dass ich es nicht mehr wollte. Ich wollte es nicht, weil ich Isaac nicht mehr will. Unabhängig davon, dass ich mich in jemand anderen verliebt habe, hat er mich einfach so sehr enttäuscht, dass ich nichts mehr mit ihm zu tun haben will. Es ist nicht einmal so, dass ich ihn jetzt hasse. Im Grunde sind Liebe und Hass ja auch nur zwei Seiten derselben Medaille. Nein, da ist einfach nichts mehr. Kein Gefühl, kein gar nichts. Er ist mir egal.

Oder fast zumindest. So schnell verschwinden Verletzungen nicht. Und die von heute werden mich noch länger begleiten, das weiß ich. Das war auch noch mal ein anderes Kaliber. Nicht dass ich vorher nicht auch verwundet gewesen wäre, aber jetzt ... jetzt hat er mich bis ins Mark getroffen. Trotz allem habe ich ihm noch vertraut.

All meine Gedanken laufen auf einen Punkt hinaus. Ich muss ihn anzeigen. Für mich gibt es keine andere Möglichkeit. Mein Seelenheil braucht das. Auch wenn dann nichts draus wird oder die Anschuldigungen fallen gelassen werden, muss ich wissen, dass ich für mich selbst eingestanden bin.

Gleichzeitig bricht mir das Herz. Nicht wegen Isaac, oder nur ein bisschen. Aber wegen all der schönen Erinnerungen, die wir hatten, und die jetzt alle in den Schmutz gezogen werden. Konnte ich es vorher noch trennen, ist jetzt alles ruiniert. Keine Sekunde, die wir zusammen verbracht haben, kann ich noch so sehen, wie sie geschehen ist, sondern stelle alles infrage. Auf einmal ist alles nur noch schwarz-weiß oder besser: nur noch schwarz.

Ich hoffe wirklich, dass das wieder vergeht. Wie furchtbar, alles nur noch negativ zu sehen.

Und dann bricht mein Herz für Rhys. Den Mann, den ich all die Jahre so falsch eingeschätzt habe.

Ich springe auf. Okay, das ist ein Euphemismus. Ich erhebe mich ziemlich ungelenk, weil mir alles wehtut. Aber so schnell, wie ich kann.

Ich muss zu ihm.

Ich ziehe meine Jacke an, schlüpfe in meine Schuhe, nehme meine Tasche und meine Schlüssel und laufe zum Auto. Das Krankenhaus ist nicht weit weg, aber jede Sekunde zählt. Ich muss ihn einfach sehen, muss wissen, ob zwischen uns alles in Ordnung ist.

Die Fahrt kommt mir wie eine Ewigkeit vor, dabei sind es nur ein paar Minuten. Ein wenig hektisch stelle ich das Auto ab, renne ins Krankenhaus, bemerke dabei, dass ich meine Hausschuhe angezogen habe, aber das kann mich jetzt auch nicht stoppen.

»Wo ist Rhys Jacobson?«, frage ich am Empfang.

Die freundliche Dame schaut nach, aber das dauert mir viel zu lange. Am liebsten würde ich sie antreiben, aber dazu bin ich zu höflich. Als sie mir endlich mitgeteilt hat, dass er in der Notaufnahme ist, habe ich kaum noch Zeit für ein Danke. Kein Wunder, dass die Sitten immer weiter verrohen.

Ich weiß, wo die Notaufnahme ist. Ich musste Gramps hier schon zweimal besuchen. Einmal hatte er eine Lungenentzündung und wir hatten schon befürchtet, das wäre sein Ende. Das andere Mal hatte er sich eine Gehirnerschütterung zugezogen, als er von einer Leiter gefallen ist. Gott sei

Dank war nichts gebrochen. Aber seitdem hat er Leiterverbot. Eigentlich sollte das doch selbstverständlich sein, aber Gramps denkt manchmal noch, dass er zwanzig ist.

Abgehetzt komme ich in der Notaufnahme an, frage erneut nach ihm und werde zu einem Vorhang geschickt. Als ich ihn aufziehe, sieht mich Rhys überrascht an, bevor er lächelt. Der Arzt legt ihm gerade eine Gipsschiene an.

»Hey, was machst du hier?«, fragt er.

Ich gehe die paar Schritte zu seiner Seite, lege meine Hand an seine Wange. »Ich musste sehen, wie es dir geht.«

Rhys greift nach meiner Hand, presst einen Kuss auf die Handfläche, bevor er sie an seine Brust zieht. »Aber du wusstest doch schon, dass nichts Schlimmes ist.«

»Trotzdem.«

»Das freut mich.« Er sieht mich besorgt von Kopf bis Fuß an, grinst bei meiner Schuhwahl, bevor er fragt: »Ist mit dir alles okay?«

Ich nicke. »Ja, alles gut. Ich hab nicht viel abbekommen.«

»Doc, kannst du dir gleich mal ihre Wange ansehen?«

»Klar, kein Problem. Lass mich das hier eben noch fertig machen.« Er lächelt mich an. »Ich bin Caden.«

Rhys nickt zu ihm. »Er ist zwar eine große Nervensäge, aber irgendwie auch mein bester Kumpel.« Er lächelt mich an. »Und das hier ist Brinley.«

Caden reißt gespielt die Augen auf. »Etwa die Brinley, die du so sehr hasst?«

Rhys verdreht die Augen. »Ich wusste, dass es mit dir peinlich wird.«

Lachend beendet Caden seine Arbeit, bevor er zu mir tritt. »Hey, du kannst nicht erwarten, dass du mir jahrelang erzählen kannst, wie doof sie ist, und ich dann nicht verwundert bin, wenn du ihr plötzlich die Hand küsst.« Er zwinkert mir zu, bevor er mit einer Taschenlampe in meine

Augen leuchtet und dann sanft gegen meine Haut drückt. »Ich geb dir eine Creme mit, aber da ist nichts gebrochen. Das wird ein bisschen schmerzhaft, aber dann geht es weg.«

»Danke«, sage ich.

»Kann ich dann gehen?«, fragt Rhys.

»Aber nur, wenn ich dich in gute Hände abgeben kann«, scherzt Caden.

»Ich pass auf ihn auf«, sage ich schnell.

»Sehr gut. Ich mach dir die Papiere fertig.«

»Danke, Mann.« Rhys sieht seinen Freund an.

»Dafür bin ich doch da.«

21

BRINLEY

Ich bringe Rhys zu sich nach Hause, bin ganz gespannt, wie es aussieht, weil ich noch nie dort war. Von außen sieht es einfach, aber solide aus. Kein Schnickschnack, nicht mal Möbel auf der Veranda. Das Haus ist größer als meins, hat auch mehr Grundstück. Mein Garten ist so groß wie ein Badetuch. Aber hier gibt es Platz.

»Soll ich dir helfen?«, frage ich zum wiederholten Mal.

Rhys grinst. »Ich kann alleine meinen Schlüssel aus der Hosentasche ziehen, aber wenn du da gern reinfassen möchtest …«

»Wenn du schon wieder scherzen kannst, kann es dir nicht schlecht gehen«, antworte ich trocken.

»Hey, aber wenn die Stelle doch ganz besonders viel Aufmerksamkeit braucht …« Er schließt die Tür auf.

»Ich glaub, auf Sex verzichten wir erst mal.« Ich trete ein, schaue mich neugierig um. Es ist ein großer, offener Bereich. Küche, Wohnzimmer und Esszimmer gehen ineinander über und man ist sofort mitten im Geschehen, was ich mag. Er hat nur spärlich möbliert und überhaupt keine Deko.

»Setz dich doch.« Er deutet auf die Couch und ich nehme Platz.

»Ich weiß nicht, was ich erwartet hab, aber das nicht«, sage ich, während ich mich weiter umsehe.

»Was meinst du?« Er lässt sich neben mir nieder, sodass er seinen gesunden Arm um meine Schultern legen kann. Ich kuschele mich neben ihn.

»Dein Haus. Wo sind denn die restlichen Möbel?«

Er zieht die Augenbrauen amüsiert hoch. »Ich brauch nicht mehr.«

»Dein Tisch hat nur zwei Stühle. Wo sollen denn Gäste sitzen? Und wo ist deine Deko?«

Er lehnt seinen Kopf an meinen. »Brauchte ich bisher nicht.«

»Männer, echt. Troy hatte auch keinen Tisch, bevor Leah ihm nicht die Leviten gelesen hat.«

»Ich bin mir nicht sicher, ob die kleine Leah dem großen Troy tatsächlich die Leviten lesen kann.«

»Kannste Gift drauf nehmen. Aber wirklich. Wo setzt du dich mit Gästen hin?«

Er zuckt mit der Schulter, wobei mein Kopf hüpft. »Wir sitzen draußen oder auf der Couch. Die ist ja wohl groß genug.«

»Ja, okay. Aber du hast gar keine Gartenmöbel.«

»Doch, nach hinten raus. Da ist auch der Grill.«

»Und da hast du mehr als zwei Stühle?«

»Vier, um genau zu sein.«

Ich richte mich ein wenig auf. »Das muss sich ändern.«

»Verstanden.«

Langsam hebe ich die Hand, lege sie an seine Wange. »Es tut mir so leid, dass ich … dass ich Isaac nicht sofort weggeschubst hab.«

»Da ich jetzt weiß, wie er reagiert hat, wünschte ich mir, du hättest ihn gar nicht weggeschubst.«

Ich lächele, spüre seine Lippen an meinem Handgelenk. »Aber das wär auch doof gewesen, denn ich wollte seine Avancen ja nicht.«

Er seufzt. »Ich will auch nicht, dass er dich anmacht.«

»Ich versteh es auch nicht. Schließlich hatte er noch nie Interesse an mir.«

»Man merkt manchmal erst später, was man an jemandem hat.«

»Ja.« Ich schaue ihm in die Augen. »Tut mir leid, dass ich ewig gebraucht hab.«

»Aber jetzt weißt du es?«

»Jetzt weiß ich es.« Ich drücke meine Lippen auf seine, löse mich dann aber schnell wieder. »Aber es gibt da noch eine Sache, die wir klären müssen.«

»Und die wäre?« Er sieht mich besorgt an.

Ich verschränke die Arme vor der Brust. »Wieso hast du mich Pumpkin genannt?«

Er grinst erst, bevor er lacht. »Das müssen wir klären? *Das*?«

»Ja, genau. Das ist mein Trauma!«

»Das tut mir natürlich sehr leid, aber du sahst einfach zu süß in deinem Kostüm aus.«

»Aber du hast andere animiert, mich auch so zu nennen.«

Er kratzt sich am Kopf, sieht ein wenig verlegen aus. »Ja, okay, das war gemein. Aber ganz vielleicht ist der Grund, dass ich damit das Interesse von anderen Jungs vermindern wollte.« Er sieht mich zerknirscht an. »Mir ist natürlich bewusst, wie übergriffig das ist, und heute würde ich das nicht mehr tun. Ich hab auch ganz sicher Isaacs Kumpel Michael in dieser Nacht im Pub nicht gesagt, dass er die Finger von dir lassen soll ...«

Ich reiße die Augen auf. »Was hast du?«

Er legt den Kopf schräg. »Tu nicht so empört. Du weißt gar nicht mehr, wer das ist.«

»Das tut ja nichts zur Sache!« Ich weiß wirklich nicht mehr, wer Michael ist. Ups. Da hatte ich wohl die ganze Zeit nur Augen für jemand anderen.

»Es war falsch, okay? Das weiß ich.«

Ich starre ihn an. »Du hast ehrlich diesem Matthew gesagt, er soll die Finger von mir lassen?«

»Michael. Und ja, hab ich. Nicht meine Sternstunde.«

»Aber irgendwie doch süß. Problematisch auch, weil es dich nichts angeht, mit wem ich ausgehe, aber auch süß.«

»Na ja, aber jetzt geht es mich schon ein bisschen was an, oder?«

»Wieso?«, frage ich nach, während mein Herz schneller klopft.

Wieder sieht er ein wenig verlegen aus. »Weil du doch meine Freundin bist.«

»Freundin?«

»Feste Freundin.«

Und dann fange ich an zu grinsen, reiße die Arme hoch. »Jaaaa!«

Er lacht so fröhlich auf, dass mir ganz warm ums Herz wird. Er schlingt den Arm um mich, zieht mich an sich. »So viel Enthusiasmus find ich gut.«

Ich drücke meine Lippen auf seine. »So viel Enthusiasmus wird es immer sein.« Ich küsse ihn erneut, löse mich dann wieder, schaue ihn ernst an. »Da ist noch was ...«

»Oje. Ich schwöre, ich hab damals nicht in die Welt gesetzt, dass du von einer echten Hexe abstammst.«

Ich kneife die Augen zusammen. »Das warst auch du? Na, egal. Nein. Ich ... hm, ich denke, ich muss Isaac anzeigen.«

Er nickt langsam. »Ich wünschte, es wäre anders.«

»Heißt das … heißt das, dass wir nicht …?«, frage ich bang nach.

»Das ändert nichts zwischen uns. Nichts kann das.« Er sieht nachdenklich aus. »Außer vielleicht, wenn du mir eröffnest, dass du Rosenkohl magst.«

»Sei mal ernst!«

Rhys seufzt, streichelt meine Schulter. »Es ändert nichts zwischen uns und ich finde es richtig, dass du es machst. Dennoch wünschte ich, dass es einfach nicht nötig wäre. Also, dass er dich nicht angegriffen hätte. Das mein ich.«

»Und deine Mom?«

»Oh, ja, das wird ein Problem.«

»Sie würde doch nicht gutheißen, dass er …?«

»Nein, natürlich nicht. Aber sie würde erwarten, dass du es ihr überlässt.«

Nachdenklich blicke ich ihn an. »Und wenn ich das nicht kann?«

»Du musst tun, was für dich richtig ist. Ich akzeptier deine Entscheidung und steh dir bei. Immer.«

»Aber es würde Dinge für dich verkomplizieren …«

»Das darf aber kein Maßstab sein. Nur weil Dinge kompliziert werden könnten, kann man sie nicht durchgehen lassen.«

»Oder doch? Ich mein, man muss sich das Leben doch nicht erschweren.« Ich schaue ihn an.

»Brin, ehrlich, ich würde nie wollen, dass du durch Rücksichtnahme auf mich nicht das tust, was für dich richtig ist. Ich weiß es nicht, aber ich denke, der Angriff war für dich traumatisch«. Ich nicke. »Und deswegen weißt auch nur du, wie du das verarbeiten kannst. Und ganz ehrlich: Lieber ist mir, dass du unbeschwert leben kannst, als dass ich mir Gedanken um meinen Bruder mache. Er hat es verdient. Ich hätte nie gedacht, dass er so was machen würde, aber er hat es. Also muss er mit den Konsequenzen leben.«

»Hm.«

»Was? Nicht zufrieden mit meiner Antwort?«, fragt er leicht lächelnd.

»Doch. Aber es hilft mir nicht, dass du es mir überlässt.« Ich ziehe einen Schmollmund.

Er grinst. »Ah, du hättest gern, dass ich dir sage, was du tun sollst.«

»Ganz genau. Dann könnte ich vielleicht das Gegenteil tun und behaupten: *Ich lass mir doch von dem nichts sagen!*«

»Ah, das ist also deine Taktik. Muss ich mir merken.« Er drückt meine Schulter. »Du brauchst dich ja nicht jetzt entscheiden. Aber du hast meine Unterstützung. Immer.«

»Danke.« Ich kuschele mich wieder gegen ihn. »Und jetzt reden wir über was anderes.«

»Und über was?«

»Also, wie war das noch mal? Du warst echt seit unserem ersten Treffen in mich verliebt?«, frage ich mit neckendem Unterton.

»Kannst du verstehen, warum?«, zieht er mich auf.

Ich lasse meine Hand auf seinen Bauch klatschen. »Wie bitte?«

»Hey, ich bin krank und brauch ganz viel Liebe!«

»Ach, stell dich doch nicht an. So ein kleiner Bruch.« Aber sofort fliegt mein Blick über ihn, um mich zu vergewissern, dass alles in Ordnung ist. Gott sei Dank scheint es so zu sein.

»*Tough Love*, was?«, scherzt er.

»Immer.« Und dann küsse ich ihn. So richtig. Nicht nur kurz, nicht nur einmalig, sondern so, als wollte ich nie wieder stoppen.

Habe ich nur den Eindruck oder werden unsere Küsse mit jedem Mal immer besser? Der erste hat mir schon den

Atem geraubt, aber jetzt? Wow. Ich kann es nicht erwarten, ihn in zehn Jahren zu küssen. Wie viel besser kann es werden?

Und dann ... dann denke ich nichts mehr. Sondern küsse ihn nur noch. Meinen Rhys.

Am nächsten Tag ist es dann für mich so weit. Ich fahre zum Sheriff. Rhys hat angeboten, dass er mich begleiten könnte, aber irgendwie habe ich das Gefühl, dass ich das alleine machen muss. Dass ich ihn nicht noch mehr hineinziehen darf, als ich es sowieso schon tue. Ich hasse es. Ich wünschte einfach, es hätte nie dazu kommen müssen. Wieso hat Isaac mir das angetan?

Aber es ist müßig. All diese Fragen haben doch keine zufriedenstellende Antwort.

Ich drücke die Tür zum Revier auf, der Blick des Sheriffs fällt auf mich, er sieht mich fragend an. Ich nicke.

»Hol Isaac Jacobson zur Befragung ab«, weist er seinen Deputy an, bevor er mich zu sich winkt.

Wir setzen uns in sein Büro und dann erzähle ich ihm noch mal die ganze Geschichte, während seine Sekretärin Notizen macht. Der Sheriff stellt unzählige Fragen, geht genau auf die Details ein. Abschließend macht er noch ein Foto von meiner Wange und von dem blauen Fleck an meinem Rücken, der aber nicht groß ist. Mehr Blessuren habe ich nicht, weswegen ich mir auch irgendwie Fake vorkomme, als würde ich mich nur anstellen, auch wenn es doch gar keinen Grund gäbe.

Im Anschluss tippt die Sekretärin meine Aussage ab, während der Sheriff mir einen Kaffee holt. Ich bin irgendwie leer. Als hätte ich all meine Wörter aufgebraucht und müsste jetzt erst einmal meine Batterien aufladen.

Ich stützte mein Gesicht in die Hände, versuche, mich zu entspannen, aber das ist kaum möglich. Die Sekretärin kommt mit meiner Aussage zurück und ich lese sie noch einmal durch. Dann starre ich auf die Linie am unteren Ende. Dahin gehört meine Unterschrift. Ich hatte mich schon entschieden, aber jetzt zweifele ich doch wieder.

Tief einatmen, sage ich mir selbst, bevor ich nach dem Kuli greife und das Papier signiere.

»Gut gemacht, Brinley«, sagt der Sheriff. »Ich kann dir leider nicht versprechen, dass viel dabei rumkommen wird, du weißt ja, wie Dinge laufen. Aber wir werden unser Möglichstes tun.«

»Danke.«

Ich stehe auf, gehe aus dem Raum. In dem Moment geht die Vordertür auf und Isaac wird in Handschellen vom Deputy hereingeführt.

»Was soll diese verfickte Scheiße? Ich hab nichts gemacht!«, beschwert er sich, bis sein Blick auf mich fällt. »Du! Du Schlampe! Was hast du mir angetan?«

Ich schlinge die Arme um mich, zittere. Plötzlich spüre ich Wärme neben mir, einen Arm um meine Schultern, einen bekannten Duft. Mom. Ich könnte heulen, so dankbar bin ich, dass sie hier ist.

»Beruhig dich, Junge«, knurrt der Sheriff.

»Ich soll mich beruhigen? Diese Schlampe hat mich angezeigt, weil ich ihr gesagt hab, dass sie mich nur haben kann, wenn sie sich nicht mehr von anderen Männern anfassen lässt! Das ist doch nicht zu viel verlangt! Das kann man doch erwarten!«

Hinter ihm kommt seine Mom in den Raum. Ihr Blick findet mich.

Sonst hat sie mich immer freundlich angesehen, aber jetzt? Jetzt weiß ich, dass da nie wieder Zuneigung sein wird. »Brinley, wirklich? Du zeigst meinen Sohn an? Wieso bist du nicht zu mir gekommen? Ich bin wirklich enttäuscht von dir! Das hätte ich nie gedacht. Nach allem, was wir für dich getan haben. Das ist eine Schande.«

»Moment mal, so reden Sie nicht mit meiner Tochter. Ihr Sohn hat sie angegriffen und geschlagen. Er ist der Schuldige, nicht sie. Sie setzt sich nur mit allen legalen Mitteln zur Wehr.« Moms Stimme ist eiskalt, als sie das sagt.

»Bei einem solchen Elternhaus kann man nichts anderes erwarten«, meint Mrs. J abfällig.

Alles in mir sträubt sich vor Empörung, aber Mom hat alles im Griff. »Da sollten Sie doch mal lieber in den Spiegel schauen. Oder finden Sie Frauenschläger etwa akzeptabel?«

»Oh, drehen Sie mir doch nicht die Worte im Mund um. Natürlich nicht, aber ich hätte das geregelt.«

»Geregelt? Und dann hätte er es immer und immer wieder getan. Aber ich warne Sie und vor allem warne ich dich, Isaac: Wenn du meiner Tochter auch nur noch einmal zu nahe kommst, dann lernst du mich kennen. Du wirst deines Lebens nicht mehr froh.«

»Cheryl, wir sollten doch von Drohungen im Polizeirevier absehen«, meint der Sheriff milde.

»Das kann ruhig jeder hören. Schau sie nur einmal falsch an ...«

»Ich hab nichts getan! Sie lügt! Ich würde nie eine Frau schlagen. Ihr kennt mich doch!«

Und da ist das, wovor ich Angst hatte. Aussage gegen Aussage. Deswegen kommen so viele Männer davon.

»Du hast es getan.« Mein Kopf schnellt zur Seite. Rhys.

Seine Mom starrt ihn entgeistert an. »Junge, so was bespricht man nicht in der Öffentlichkeit.«

Rhys greift nach meiner Hand, lächelt mich an. »Ich bin hier, um meine Aussage zu machen. Ich hab gesehen, wie mein Bruder meine Partnerin angegriffen hat.«

»Wie kannst du mir das antun?«, kreischt Isaac. »Wie kannst du diese Schlampe deinem eigenen Bruder vorziehen? Du hasst sie!«

»Ich liebe sie.« Ich starre ihn an, kann es gar nicht fassen. »Sie ist die Liebe meines Lebens. Schon immer gewesen und sie wird es auch immer sein.«

Mom drückt meine Schulter.

»Du liebst mich?«, frage ich leise nach, weil ich es noch einmal bestätigt haben muss. Er hatte gesagt, dass er schon immer in mich verliebt ist. Aber das ist doch nicht dasselbe wie lieben ...

»Das tu ich. Von ganzem Herzen.«

Und in dem Moment weiß ich, dass das alles ist, was ich brauche. Der Support von meinen Menschen. Von Rhys und von Mom, die für mich in jeden Kampf ziehen würde. Dafür hat man Familie.

»Rhys Jacobson, ich schwöre dir, wenn du dich für *die* entscheidest, dann ...« Das sonst so liebe Gesicht seiner Mom verzieht sich vor Wut.

»Sag nichts, was du bereuen wirst«, sagt Rhys leise. »Du magst Brinley. Und Isaac hat sie verletzt.«

Sie verschränkt die Arme vor der Brust. »Deswegen kümmere ich mich darum.«

Er schüttelt den Kopf. »Das reicht nicht.«

»Und ob das reicht! Ich bin seine Mom!« Sie deutet auf mich. »Nur weil du jetzt von einem meiner Söhne zum anderen gesprungen bist, heißt das nicht, dass du noch in unserer Familie willkommen bist.«

Es schneidet mir tief ins Herz, weil ich sie doch immer so gern hatte.

»Also, mir reicht es jetzt. Sperr ihn ein, Bill, und wirf den Schlüssel meinetwegen weg. Ich hab Besseres zu tun, als mir hier das wahnhafte Geschwafel einer verbitterten Frau anzuhören.« Mom sieht zu mir. »Hast du deine

Anzeige gemacht?« Ich bejahe die Frage. »Gut, dann lass uns gehen.« Sie nickt dem Sheriff zu, bevor sie zur Tür marschiert. Ich laufe ihr hinterher, bedanke mich noch kurz bei allen.

»Sie haben sich doch schon immer für was Besseres gehalten«, schnappt Mrs. J nach Mom.

Sie zieht die Augenbraue hoch. »Ich bin was Besseres.«

Mrs. J schaut mich empört an. »Nach allem, was ich für dich getan hab, fällst du mir so in den Rücken?«

»Das hat rein gar nichts mit Ihnen zu tun.«

Ich folge meiner Mom nach draußen, schaue mich um, suche nach Rhys. Durch die Glastür sehe ich, dass er noch bei seiner Familie steht. Es bricht mir das Herz, dass ich ihn in so eine Situation gebracht habe. Aber ich bin so erleichtert, dass er mir beisteht.

»Woher wusstest du es?«, frage ich Mom.

»Rhys hat angerufen und gesagt, dass du ein wenig Unterstützung brauchen könntest.«

»Danke, dass du gekommen bist.«

»Ich bin immer für dich da, Schätzchen.«

Und das macht mich so unglaublich dankbar. Ich weiß, dass sie es so meint. Und das ist es ja auch, was eine gute Mom ausmacht, daher kann ich auch Mrs. J nicht böse sein, dass sie ihren Sohn verteidigt.

»Wieso hast du mir nichts gesagt?«, fragt sie dann und deutet auf mein Gesicht.

»Wollte ich noch, aber es gab bisher keine Gelegenheit.«

»Es gibt immer eine Gelegenheit, seiner Mom von wichtigen Dingen zu erzählen. Muss ich dich daran erinnern, wie lange ich in den Wehen lag?«

»Nein, nein, du hast so recht. Ich hätte Bescheid sagen müssen. Tut mir leid.« Ich sehe sie zerknirscht an.

Rhys kommt heraus, unterbricht damit dieses Gespräch.

»Alles okay?«, frage ich ihn.

Er zuckt mit den Schultern. »Wir werden sehen. Sie wird sich schon wieder einkriegen.«

»Und Isaac?«, frage ich, obwohl ich mich dafür schelte.

»Er wohl nicht.« Er lächelt mich an, greift nach meiner Hand. »Aber das ist seine Entscheidung und hat nichts mit uns zu tun.«

»Danke, dass du Bescheid gesagt hast.« Mom sieht ihn an.

»Natürlich.«

»Wir machen ein außerplanmäßiges Familienessen am Sonntag. Bei uns. Ihr kommt.«

»Aye, aye, Ma'am«, sagt Rhys, ohne mit der Wimper zu zucken, während ich lospruste. Ma'am. Ja, klar!

Aber Mom sieht ihn wohlwollend an, als wäre er der perfekte Schwiegersohn! Ist er das etwa?

22

RHYS

Ein weiteres Familienessen, aber dieses Mal ist es anders. Statt alleine hinzugehen und eher so etwas wie der ungeliebte Gast zu sein, habe ich heute die spektakulärste Frau an meiner Seite, die ich je gesehen habe. Nicht nur das. Ich halte sogar ihre Hand und sie lächelt mich liebevoll an.

So lange habe ich mich damit aufgehalten, sie zu hassen, weil sie meine Gefühle nicht erwiderte. Mehr noch, sie war auch noch in meinen Bruder verliebt. Wenn ich einfach weiterhin nett zu ihr gewesen wäre, wäre es vielleicht schon längst zu diesem Ergebnis gekommen. Oder auch nicht, denn schließlich war sie ziemlich in ihn verliebt. Und es brauchte viel schlechtes Verhalten von Isaac, bis sie es nicht mehr war. Aber vielleicht hätte sie dann nicht gedacht, dass Männer, und ganz besonders Jacobson-Männer, eben so sind. Sondern sie hätte ein gutes Beispiel gehabt, hätte sich vielleicht früher überlegt, dass so ein Arschlochverhalten, wie es mein Bruder an den Tag gelegt hat, nicht so ganz das Wahre ist.

Aber sie hatte Vorbilder. Ihre Brüder waren anders, haben sie nicht schlecht behandelt. Also wusste sie eigentlich, dass man sich nicht ausnutzen lässt.

Hm, aber es ist müßig, darüber nachzudenken. Schließlich ist sie jetzt da, wo sie ist. Neben mir.

Ich streichele über ihre Hand und sie schaut zu mir. Und dieses Lächeln ist nur für mich. Mein bisher liebstes. Verliebt.

»Ah, da seid ihr ja!«, ruft die Bürgermeisterin, als wir das Haus betreten. Wie überall ist die Tür nicht abgeschlossen, sodass die Familie einfach eintreten kann. Andere könnten es auch, also Diebe, aber hier in dieser Kleinstadt fühlt man sich sicher.

»Hey, Mom«, sagt Brinley und umarmt sie.

»Ma'am«, sage ich, was Brinley zum Lachen bringt, und nur deswegen sage ich es auch. Weil ihr Lachen einfach der schönste Laut ist, den ich je gehört habe.

Zusatzpunkt: Die Bürgermeisterin fühlt sich geschmeichelt. Und es ist immer gut, sie auf seiner Seite zu wissen.

»Wieso ist heute eigentlich kein Potluck?«, fragt meine Freundin ihre Mutter. Meine Freundin! Oder lieber meine Partnerin? Ich bin mir noch nicht sicher, wie genau ich sie bezeichnen will. Bisher habe ich beides ausprobiert und es hört sich beides verdammt gut an.

»Raymond wollte heute kochen, für alle. Keine Ahnung, wieso er sich diesen Floh ins Ohr gesetzt hat.«

»Vielleicht weil er im Gegensatz zu dir kochen kann?«, fragt meine Freundin nach. Okay, ich höre schon auf. Sie hat auch einen Namen, nicht nur eine Beschreibung.

»Ganz schön frech«, erklärt ihre Mutter, bevor sie uns in Esszimmer bringt.

Ich war erst einmal in diesem Haus, weil ich etwas vorbeibringen sollte, aber da war ich nur in der Küche, habe diesen Teil nicht zu sehen bekommen. Es ist beeindruckend. Nicht weil es so groß ist, sondern weil es so wohnlich und bewohnt aussieht. Man kann förmlich spüren, dass hier viele Kinder gelebt haben, hier groß geworden sind, von Liebe umgeben waren. So was mag ich. Wenn ich da an mein eigenes Haus denke, muss ich Brinley recht geben, es ist doch alles ein wenig steril. Aber vielleicht ändern wir das ja gemeinsam. Ich unter ihrer Anleitung, meine ich. Egal ob es mein Haus ist oder ihr Haus, oder ob wir ein neues kaufen.

Okay, hier müssen wir mal stoppen, denn sonst plane ich alles im Voraus, und das Schöne ist doch, mir mit ihr gemeinsam eine Zukunft zu erschaffen. Also, Pläne über Bord, und einfach leben.

Und das kann ich sofort umsetzen, denn als wir ins Esszimmer kommen, ist hier das pure Leben.

BRINLEY

Sie wissen es alle. Wissen, dass Rhys und ich jetzt zusammen sind, aber auch, was in den letzten Tagen bei mir los war. Ich merke das daran, dass sie fürsorglicher sind. Vor allem meine Brüder, die so aussehen, als würden sie sich allesamt die Schuld dafür geben, was mir passiert ist. Aber dass das Unsinn ist, müssten selbst sie kapieren.

»Alles okay?«, fragt mich Holden, als er mich zur Begrüßung umarmt.

»Es wird wieder. Ich hab ja Unterstützung.«

»Wenn du irgendwas brauchst ...«

Ich drücke seinen Arm. »Ich weiß, du bist nur einen Anruf entfernt.«

»Ja, genau. Es tut mir so leid, dass ich nicht da war.«

»Das konntest du doch nicht wissen.«

»Aber ich hätte es wissen müssen. War ja klar, dass Isaac durchdreht, wenn du mit jemand anderem zusammen bist.«

»Wir wussten doch nicht, dass er wieder zurück ist.«

»Trotzdem.«

»So ein Blödsinn. Ganz ehrlich. Niemand hat Schuld, außer ihm.« Auch wenn es mir immer noch einen Stich versetzt, dass ausgerechnet mein bester Freund sich als Arschloch entpuppt hat. Das wird wahrscheinlich auch noch eine ganze Weile an mir nagen. Aber so ist das eben. Kann man sich nicht aussuchen.

»Das Essen ist fertig«, ruft Dad von der Tür zur Küche und bringt eine Platte mit Braten heraus. »Setzt euch, setzt euch.«

»Soll ich dir helfen, Dad?«, frage ich.

Er schüttelt den Kopf. »Nein, du setzt dich hin und lässt dich von deinem alten Herrn verwöhnen.«

»Okay, wenn du das so willst ...« Grinsend setze ich mich hin, lehne mich kurz an Rhys, der sich neben mich setzt und einen Kuss auf meinen Scheitel platziert. Also daran könnte ich mich wirklich gewöhnen.

»Wie kommen wir zu der Ehre?«, fragt Gramps.

»Das kommt gleich. Ich hole eben den Rest aus der Küche.« Und jetzt gehen meine Brüder mit, weil es doch einfach lächerlich ist, dass Dad alles alleine reinbringt. Es hat einen Grund, wieso es da eine Arbeitsteilung gibt. Köche und Kellner.

Und Rhys ... Rhys folgt ihnen, auch wenn er nur einen Arm zur Verfügung hat, was mich irgendwie auf irrationale Weise glücklich macht. Als wäre er bereits ein Teil dieser Familie. Ich liebs.

Vollbepackt kommen sie aus der Küche, alle mit strahlenden Augen, also ist was Gutes in den Schüsseln. Aber das hatte ich nicht anders erwartet. Dad kann schließlich wirklich kochen.

Sie stellen alles auf den Tisch, Dad arrangiert noch hier und da was, aber dann ist er auch zufrieden und setzt sich. Gespannt blicken wir ihn alle an.

Er räuspert sich, mag die Aufmerksamkeit nicht so, ist immer der, der ein bisschen im Schatten steht. »Vielen Dank, dass ihr heute alle gekommen seid. Ihr wundert euch wahrscheinlich, wieso wir so kurz nach dem letzten Mal wieder ein Familienessen haben, wobei ich finde, man kann nicht genug davon haben. Aber heute ist ein besonderer Anlass.«

Selbst Mom sieht ihn erstaunt an. Offensichtlich wusste sie nicht, dass es einen Anlass gibt.

Dad schaut ihr in die Augen. »Heute vor fünfzig Jahren haben wir uns auf der Hochzeit meines besten Freunds getroffen und es war der beste Tag in meinem Leben. Alles, was ich habe, ist auf diesen einen Tag zurückzuführen, weswegen er sich für immer in meinem Herzen eingebrannt hat. Es war ein absolutes Glück, dich kennenzulernen, mit dir ein gemeinsames Leben aufzubauen.«

Wie kann es auch anders sein, fließen Tränen über meine Wangen, aber ich kann sie auch in Moms Augen sehen. Sie ist nicht der sentimentale Typ, nie gewesen, aber ihr Mann kann sie rühren. Der eine Mensch, der ihre sanfte Seite zum Klingen bringt und keine Angst vor ihren Ecken und Kanten hat.

Rhys greift nach meiner Hand, zieht sie an seine Lippen. Es ist ein Versprechen. Ein Versprechen, dass wir in fünfzig Jahren auch an dieser Stelle sind. Ich lächele ihn an, mit aller Liebe, die ich schon jetzt für ihn empfinde.

»Oh, Ray. Das war mir gar nicht bewusst. Fünfzig Jahre

ist es schon her. Kann gar nicht sein. Schließlich bin ich noch keine fünfzig«, scherzt sie.

»Cheryl, du bist das Glück meines Lebens.« Er reicht ihr ein samtenes Etui, in dem ein Collier liegen muss. Ich halte den Atem an, warte, bis sie es ausgepackt hat.

»O Gott«, haucht sie. Und sie ist nicht der Typ, der haucht. »Ist das …?«

»Ja, ist es.«

Und jetzt laufen die Tränen auch über Moms Wangen.

»Was ist es, Dad?«, fragt Everett neugierig.

Mom sieht auf. »Das ist das Collier, in das ich mich direkt verliebt hab, als wir in New York das erste Mal zusammen in ein Juweliergeschäft gegangen sind, aber es war unerschwinglich.« Sie sieht ihren Mann an. »Das ist es immer noch.«

»Nach fünfzig Jahren soll sich dein Wunsch erfüllen.«

Sie legt ihre Hand an seine Wange. »Es haben sich alle meine Wünsche erfüllt.«

Und wer da nicht zerfließt, hat echt kein Herz. So wunderschön. Ich wusste immer, dass die Beziehung zwischen Mom und Dad eine besondere ist, aber es jetzt noch mal so demonstriert zu bekommen, ist einfach wahnsinnig toll. Solche Vorbilder zu haben, die sich nicht an Konventionen gehalten, sondern ihren eigenen Weg gefunden haben, ist einfach großartig. Und es macht Mut. Mut, dass Rhys und ich auch unseren eigenen Weg finden.

»Sehr schön, sehr schön«, meint Gramps, »aber können wir endlich essen? Es wird kalt.«

Zu vielen Ausrufen, dass Gramps total unromantisch ist, was Granny mit einem herzhaften Ja unterstützt, fangen wir dann doch mit dem Essen an. Aber zwischendurch stehle ich immer wieder einen Blick zu Mom, die einfach aussieht, als wäre sie eine Disneyprinzessin, die alles bekommen hat, was sie sich immer gewünscht hat. Und so will ich nach fünfzig Jahren auch noch aussehen.

Und so will ich Rhys nach fünfzig Jahren auch immer noch ansehen.

Er schaut zu mir, lächelt mich an. Und ja, das hier ist perfekt. Ziemlich perfekt.

EPILOG

RHYS

Die letzten Monate waren die schönsten in meinem Leben. Die allerschönsten. Und gestern ... gestern ist sie endlich bei mir eingezogen. Das hört sich so an, als wäre das ein langer Prozess gewesen, was nicht stimmt. Es ging schnell, aber für mich konnte es nicht schnell genug gehen.

Und mit ihrem Einzug kam so eine Zufriedenheit über mich, die ich nicht kannte. So als wäre jetzt endlich alles im Lot. Meinetwegen könnte man gestern zu einem Feiertag erklären, aber wenn man damit anfängt, muss man auch dringend diesen einen Tag letzte Woche zelebrieren, an dem sie beim Lachen Kakao über den Tisch gespuckt hat. Oder den, an dem sie sich noch einmal nach mir umgesehen hat, und dann beinahe in eine Laterne gelaufen ist. Oder auch den, an dem sie einfach nur so unglaublich glücklich gelächelt hat und mein Herz jubiliert hat. Glückliche Brinley ist meine liebste Brinley und ich werde alles tun, was ich kann, um dafür zu sorgen, dass sie immer diese

Version ist. Aber auch Schatten gehören dazu, und wenn sie nachts weinend aufwacht, weil sie schlecht geträumt hat, dann ziehe ich sie in meine Arme und flüstere zärtliche Worte in ihre Ohren, bis sie mir lachend sagt, ich wäre total kitschig. Diese Momente liebe ich auch.

Aber mein liebster Moment ist dieser hier.

»Guten Morgen«, flüstere ich leise, als ihre Wimpern anfangen zu flattern.

»Morgen«, murmelt sie zurück, rekelt sich in meinen Armen, bevor sie sich an mich schmiegt und ihre kalten Füße, die sie immer morgens hat, an meinen Beinen wärmt.

Es ist so wunderschön intim, diese Momente mit ihr zu haben. Diese stillen Augenblicke, die nur uns beiden gehören, bevor wir in die Welt hinausziehen müssen, uns für ein paar Stunden trennen müssen. Meine Morgen mit Brinley sind die besten. Sie ist ganz warm, bis auf ihre Füße, ganz weich, ganz sanft.

Ich streichele über ihre Wangen und ein Lächeln zeigt sich auf ihrem Gesicht. Zart küsse ich ihre Nasenspitze, ihre Lider, ihre Stirn, ihre Wangen, bis ich schließlich meine Lippen auf ihre drücke. Langsam bewege ich mich auf sie, was sie mit einem Augenaufschlag quittiert, der mir den Atem stocken lässt. Sie öffnet ihre Beine für mich, ich bette mich zwischen sie. Normalerweise trägt sie zum Schlafen ein Shirt und ein Höschen, aber wir mussten gestern noch ausgiebig feiern, dass wir jetzt zusammenwohnen, sodass sie nackt eingeschlafen ist, was sich gerade als äußerst praktisch entpuppt.

Langsam dringe ich in sie ein, schaue ihr dabei in die Augen, und frage mich, wie viel Glück ein einzelner Mensch haben kann. Denn das hier ist ganz eindeutig Perfektion.

Sanft bewegen wir uns miteinander, ihr Blick noch ein bisschen verschlafen, aber mit jedem Move wacher werdend. Sie schlingt ihre Arme um meinen Hals, zieht mich eng an sich, bis ich ihr Herz an meiner Brust klopfen spüre. Und so mag ich es auch am liebsten.

»Ich liebe dich«, flüstere ich.

»Du glaubst nicht, wie sehr ich dich liebe«, kommt emotional von ihr zurück.

»Ich liebe dich immer einmal mehr als du mich«, necke ich sie.

»Kann gar nicht sein. Meine Liebe ist so groß wie der Mount Everest.«

»Meine Liebe ist so groß wie der Mauna Kea.«

»Wow, beeindruckend«, spottet sie.

»Du weißt vielleicht nicht, dass er unter Wasser noch sechstausend Meter weitergeht. Damit schlägt er den Everest um Längen.«

»Mist. Dann ist meine Liebe so groß wie der Olympus Mons. Ha! Über sechsundzwanzigtausend Meter!«

Ich liebe, dass sie so was weiß. Mein kleiner Nerd.

»Fein, du hast gewonnen. Das nächste Mal messen wir in was anderem.«

»In was?«

»In Walgrößen.«

Sie lacht auf, bevor sie ihre Lippen auf meine drückt. »Ich liebe, dass du so schön bescheuert bist.«

»Und ich liebe, dass du ... na ja, dass du du bist.«

Ihr Gesicht wird ganz weich, bevor sie ein wenig heiser sagt: »Ich liebe auch, dass du du bist.«

»Trifft sich gut.«

»Perfekt geradezu.«

Und dann reden wir nicht weiter, sondern genießen unsere Bewegungen, während wir einander in die Augen schauen. Sanft streiche ich ihre wirren Haare aus ihrem Gesicht, bevor ich sie noch einmal küsse und nie wieder aufhören will. Perfekt geradezu.

• • •

ENDE